MAIS LINDO QUE A LUA

CB009385

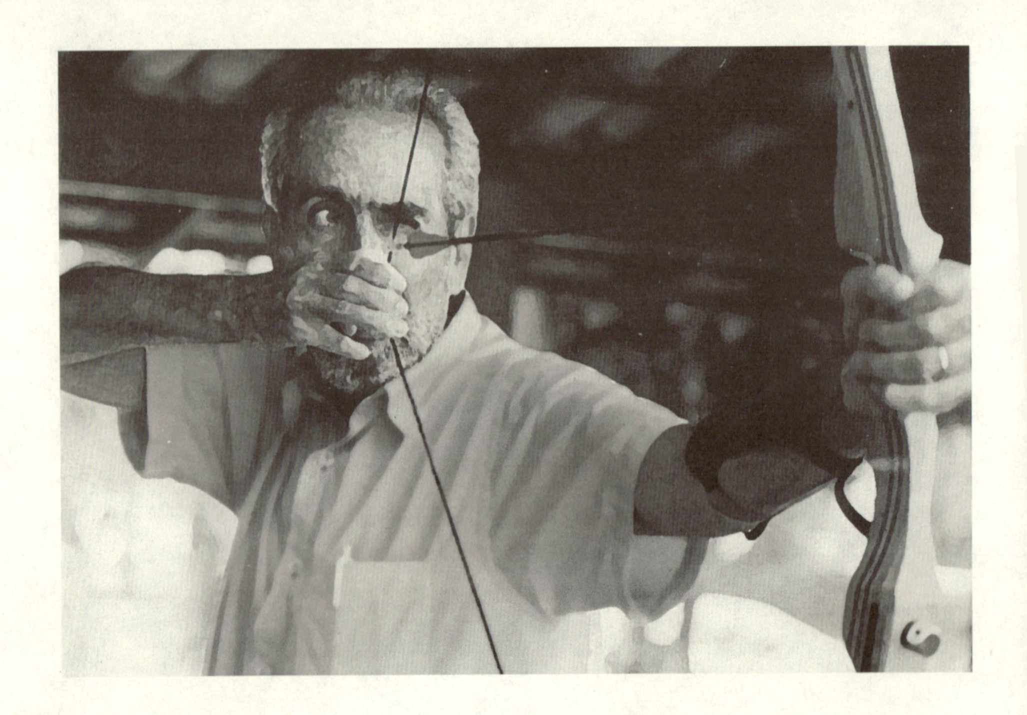

O Arqueiro

Geraldo Jordão Pereira (1938-2008) começou sua carreira aos 17 anos, quando foi trabalhar com seu pai, o célebre editor José Olympio, publicando obras marcantes como *O menino do dedo verde*, de Maurice Druon, e *Minha vida*, de Charles Chaplin.

Em 1976, fundou a Editora Salamandra com o propósito de formar uma nova geração de leitores e acabou criando um dos catálogos infantis mais premiados do Brasil. Em 1992, fugindo de sua linha editorial, lançou *Muitas vidas, muitos mestres*, de Brian Weiss, livro que deu origem à Editora Sextante.

Fã de histórias de suspense, Geraldo descobriu *O Código Da Vinci* antes mesmo de ele ser lançado nos Estados Unidos. A aposta em ficção, que não era o foco da Sextante, foi certeira: o título se transformou em um dos maiores fenômenos editoriais de todos os tempos.

Mas não foi só aos livros que se dedicou. Com seu desejo de ajudar o próximo, Geraldo desenvolveu diversos projetos sociais que se tornaram sua grande paixão.

Com a missão de publicar histórias empolgantes, tornar os livros cada vez mais acessíveis e despertar o amor pela leitura, a Editora Arqueiro é uma homenagem a esta figura extraordinária, capaz de enxergar mais além, mirar nas coisas verdadeiramente importantes e não perder o idealismo e a esperança diante dos desafios e contratempos da vida.

Julia Quinn

MAIS LINDO QUE A LUA

Irmãs Lyndon

1

Título original: *Everything and the Moon*
Copyright © 1997 por Julie Cotler Pottinger
Copyright da tradução © 2018 por Editora Arqueiro Ltda.
Todos os direitos reservados. Nenhuma parte deste livro pode ser utilizada ou reproduzida sob quaisquer meios existentes sem autorização por escrito dos editores.
Publicado mediante acordo com a Harper Collins Publishers.

tradução: Viviane Diniz
preparo de originais: Fernanda Pantoja
revisão: Hermínia Totti e Livia Cabrini
diagramação: Ilustrarte Design e Produção Editorial
capa: Raul Fernandes
imagem de capa: Lee Avison/Trevillion Images
impressão e acabamento: Cromosete Gráfica e Editora Ltda.

CIP-BRASIL. CATALOGAÇÃO NA PUBLICAÇÃO
SINDICATO NACIONAL DOS EDITORES DE LIVROS, RJ

Q64m Quinn, Julia
Mais lindo que a lua/ Julia Quinn; tradução de Viviane Diniz. São Paulo: Arqueiro, 2018.
272 p.; 16 x 23 cm. (Irmãs Lyndon; 1)

Tradução de: Everything and the moon
ISBN 978-85-8041-797-5

1. Ficção americana. I. Diniz, Viviane. II. Título. III. Série.

17-46145 CDD: 813
CDU: 821.111(73)-3

Todos os direitos reservados, no Brasil, por
Editora Arqueiro Ltda.
Rua Funchal, 538 – conjuntos 52 e 54 – Vila Olímpia
04551-060 – São Paulo – SP
Tel.: (11) 3868-4492 – Fax: (11) 3862-5818
E-mail: atendimento@editoraarqueiro.com.br
www.editoraarqueiro.com.br

Querida leitora,

Vou admitir algo que nenhum romancista deveria dizer em público: não acredito em amor à primeira vista. Ao primeiro encontro, talvez, mas à primeira vista? Faça-me o favor.

No entanto, quando comecei a escrever *Mais lindo que a lua*, decidi tentar algo novo. Os heróis e as heroínas dos meus três romances anteriores precisaram de muito mais do que um simples olhar para encontrar a verdadeira felicidade, mas dessa vez decidi fazer meu herói mergulhar de cabeça no amor já na primeira frase.

E foi mágico. Eu nunca havia escrito uma cena tão inebriante, tão cheia daquele encantamento que todos nós sentimos quando nos apaixonamos. Meus dedos formigavam enquanto escrevia e eu não conseguia tirar o sorriso bobo do rosto à medida que as palavras fluíam. Quando cheguei ao final do primeiro capítulo, eu, a descrente, acreditei que Robert e Victoria estavam verdadeira, perdida e profundamente apaixonados e, se não fosse por seus pais intrometidos, teriam vivido felizes para sempre desde aquele momento.

Então eu gostaria de lhe perguntar: você acredita em amor à primeira vista? Sim? Não? Deixa para lá, não importa. Porque posso lhe garantir: ao longo das próximas páginas, você vai passar a acreditar.

Com carinho,

Julia Q.

Para Lyssa Keusch,
minha maravilhosa editora
e protetora de todas as coisas amarelo-esverdeadas,
marrom-arroxeadas e verde-acinzentadas.
Esta cartela de cores é para você!

E para Paul, mesmo que ele queira
que eu chame a sequência deste livro
de Mais lindo que a rua.

CAPÍTULO 1

Kent, Inglaterra
Junho de 1809

Robert Kemble, conde de Macclesfield, nunca fora dado a reações impulsivas, mas, quando avistou a jovem junto ao lago, apaixonou-se no mesmo instante.

Não era a beleza. De cabelos pretos e nariz empinado, ela com certeza era atraente, mas ele já vira mulheres muito mais bonitas nos salões de baile de Londres.

Não era a inteligência. Ele não tinha motivos para acreditar que fosse burra, mas, como não haviam trocado sequer uma palavra, não podia opinar sobre o intelecto dela.

E com certeza não era a graciosidade. Quando colocou os olhos nela pela primeira vez, ela agitava os braços ao mesmo tempo que escorregava de uma pedra úmida e aterrissava em outra com um baque alto, seguido de um igualmente alto "Ai, mas que *diabo*!", enquanto se levantava e esfregava o traseiro dolorido.

Não conseguia identificar muito bem o que era. Só sabia que ela era perfeita.

Ele se aproximou, mantendo-se escondido em meio às árvores. Ela passava de uma pedra para outra, e qualquer um podia ver que escorregaria de novo, porque a pedra em que pisava estava cheia de limo e...

Splash!

– Ah, minha nossa, minha nossa, minha nossa!

Robert não pôde deixar de rir ao observá-la se arrastar para a margem de forma nem um pouco digna. A bainha do vestido estava ensopada e seus sapatos deviam ter ficado destruídos.

Em seguida, ele inclinou-se para a frente e viu que os sapatos dela estavam ao sol, provavelmente onde os deixara antes de saltar de pedra em pedra. Garota inteligente, pensou, em aprovação.

Ela sentou-se no gramado da margem e começou a torcer o vestido, oferecendo a Robert uma deliciosa visão de suas panturrilhas nuas. Ele se perguntou onde ela teria enfiado as meias.

E então, como se guiada por aquele sexto sentido que só as mulheres parecem ter, ela de repente ergueu a cabeça e olhou ao redor.

– Robert? – chamou ela. – Robert! Sei que você está aí.

Robert congelou. Tinha certeza de que nunca a vira antes, certeza de que nunca tinham sido apresentados e ainda mais certeza de que, mesmo que tivessem sido, ela não o chamaria pelo primeiro nome.

– Robert! – repetiu ela, praticamente gritando. – Insisto que apareça.

Ele deu um passo à frente.

– Como quiser, milady – falou, curvando-se de forma educada.

Ela ficou boquiaberta. Piscou e levantou-se depressa. Então deve ter percebido que ainda estava segurando a bainha do vestido, deixando os joelhos à mostra para quem quisesse ver. Soltou-a.

– Mas quem diabo é o senhor?

Ele abriu seu melhor sorriso torto.

– Robert.

– O senhor *não é* o Robert – balbuciou ela.

– Permita-me discordar – disse ele, sem nem tentar disfarçar o divertimento.

– Bem, o senhor não é o *meu* Robert.

Ele, então, foi inesperadamente invadido pelo ciúme.

– E quem é o seu Robert?

– Ele é... Ele é... Não consigo ver como isso possa ser da sua conta.

Robert inclinou a cabeça, fingindo refletir com seriedade sobre o assunto.

– Bem, uma vez que estas terras são *minhas* e suas saias estão ensopadas com a água do *meu* lago, acredito que isso seja, *sim*, da minha conta.

O rosto dela empalideceu.

– Ah, santo Deus, o senhor não é Vossa Senhoria.

Ele sorriu.

– Eu *sou* Vossa Senhoria.

– Mas... Mas Vossa Senhoria deveria ser um senhor de idade!

Ela parecia perplexa e bastante confusa.

– Ah. Entendi nosso problema. Sou o filho de Vossa Senhoria. O outro Vossa Senhoria. E a senhorita...

– Estou em apuros – disparou ela.

Robert pegou sua mão, que ela não lhe estendera, e curvou-se.

– Fico bastante honrado em conhecê-la, Srta. Estou em Apuros.

Ela riu.

– Srta. Estou em *Grandes* Apuros, a seu dispor.

Se Robert ainda tinha dúvidas quanto à perfeição da mulher à sua frente, elas se dissiparam sob a força do seu sorriso e o óbvio senso de humor.

– Muito bem, Srta. Estou em Grandes Apuros. Eu não pretendia ser descortês ao não usar seu nome completo – declarou Robert.

Então ele a pegou pela mão e a conduziu de volta à margem.

– Venha, vamos nos sentar um pouco.

Ela parecia hesitante.

– Minha mãe, que Deus a tenha, faleceu há três anos, mas tenho a sensação de que me diria para não fazer isso. O senhor me dá a impressão de ser um libertino.

Isso chamou a atenção de Robert.

– E a senhorita conhece muitos libertinos?

– Não, claro que não. Mas, se conhecesse, creio que se pareceriam com o senhor.

– E por quê?

Ela curvou os lábios em uma expressão um tanto astuta.

– Não me diga que está querendo elogios, milorde.

– De jeito nenhum. – Ele sorriu para ela, sentou-se e deu uma batidinha no chão ao seu lado. – Não há por que se preocupar. Minha reputação não é tão terrível assim. Está mais para apenas ruim.

Ela riu outra vez, fazendo Robert se sentir o rei do universo.

– Na verdade, meu nome é Srta. Lyndon – disse ela, sentando-se ao lado dele.

Ele se recostou, apoiando-se nos cotovelos.

– Srta. Estou em Grandes Apuros Lyndon, presumo?

– Sem dúvida meu pai concorda – replicou ela, atrevida. Então sua expressão mudou. – Eu preciso mesmo ir. Se ele me vir aqui com o senhor...

– Que bobagem – disse Robert, de repente desesperado para mantê-la ao seu lado. – Não há ninguém por perto.

Ela se recostou, ainda um pouco hesitante. Após uma longa pausa, finalmente perguntou:

– Seu nome é mesmo Robert?

– Sim.

– Imagino que o filho de um marquês deva ter uma longa lista de nomes.

– Receio que sim.

Ela suspirou, dramática.

– Coitada de mim. Tenho apenas dois.

– Que são?

Ela olhou de soslaio para ele, a expressão bastante sedutora. O coração de Robert disparou.

– Victoria Mary – respondeu. – E o senhor? Se eu puder me atrever a perguntar.

– A senhorita pode. Robert Phillip Arthur Kemble.

– Esqueceu seu título – lembrou ela.

Ele se inclinou em direção a ela e sussurrou:

– Não queria assustá-la.

– Ah, não me assusto assim *tão* fácil.

– Muito bem. Conde de Macclesfield, mas é apenas um título de cortesia.

– Ah, sim – disse Victoria. – Não se recebe um título de verdade até o pai falecer. Os aristocratas são estranhos.

Ele ergueu as sobrancelhas.

– Tais opiniões provavelmente ainda fariam alguém ser preso em certas partes do país.

– Ah, mas não aqui – concluiu ela com um sorriso malicioso. – Não nas *suas* terras, junto ao *seu* lago.

– Não – declarou ele, encarando os olhos azuis dela e encontrando o paraíso. – Com certeza não aqui.

Victoria não soube como reagir àquele olhar de puro desejo e desviou os olhos. Após um minuto inteiro de silêncio, Robert falou:

– Lyndon. Hum. – Ele inclinou a cabeça, pensativo. – Por que esse nome me é tão familiar?

– Papai é o novo vigário de Bellfield – replicou Victoria. – Talvez seu pai tenha comentado.

O pai de Robert, o marquês de Castleford, era obcecado por seu título e por suas terras, e costumava fazer preleções para o filho sobre a importância de ambos. Robert não tinha dúvidas de que a chegada do novo vigário tinha sido mencionada como parte dos sermões diários do marquês. Também não tinha dúvidas de que não havia prestado atenção.

Ele se inclinou para Victoria com interesse.

– E a senhorita gosta da vida aqui em Bellfield?

– Ah, sim. Morávamos em Leeds antes. Sinto falta dos meus amigos, mas é muito mais agradável aqui no campo.

Ele fez uma pausa.

– Diga-me, quem é o seu misterioso Robert?

Ela virou a cabeça de lado.

– O senhor está mesmo interessado em saber?

– Sim. – Ele cobriu a pequena mão dela com a sua. – Gostaria de saber o nome completo dele, já que talvez tenha que lhe causar danos corporais se ele tentar se encontrar novamente com a senhorita sozinha na floresta.

– Ah, pare. – Ela riu. – Não seja bobo.

Robert levou a mão dela aos lábios e deu um beijo fervoroso na parte de dentro do pulso.

– Estou falando muito sério.

Victoria fez uma leve tentativa de puxar a mão, mas sem muita convicção. Havia algo na maneira como aquele jovem lorde a encarava, os olhos brilhando com uma intensidade que a assustava e excitava.

– Eu me referia a Robert Beechcombe, milorde.

– E ele se interessa pela senhorita? – murmurou.

– Robert Beechcombe tem 8 anos. Nós íamos pescar. Creio que tenha desistido. Ele havia comentado que a mãe queria que a ajudasse com alguns afazeres.

De repente, Robert riu.

– Estou muitíssimo aliviado, Srta. Lyndon. Detesto ciúmes. É uma sensação bem desagradável.

– Eu… Eu não consigo imaginar por que sentiria ciúmes – gaguejou Victoria. – O senhor não me fez nenhuma promessa.

– Mas pretendo.

– E eu também não lhe fiz nenhuma – disse ela, em tom firme.

– Uma situação que terei de corrigir – retrucou ele com um suspiro. Então ergueu a mão dela de novo, desta vez beijando os nós dos dedos. – Por exemplo, gostaria muito que prometesse que nunca mais olhará para outro homem.

– Não sei o que quer dizer – falou Victoria, completamente perplexa.

– Eu não gostaria de dividi-la com mais ninguém.

– Milorde! Acabamos de nos conhecer!

Robert virou-se para ela, a frivolidade deixando seus olhos com uma rapidez surpreendente.

– Eu sei. Em minha mente, entendo que a vi pela primeira vez há dez minutos, mas meu coração a conhece desde sempre. E minha alma também.

– Eu... Eu não sei o que dizer.

– Não diga nada. Apenas sente-se aqui ao meu lado e aproveite o sol.

E então eles se acomodaram na relva à margem do lago, olhando para as nuvens, para a água e um para o outro. Ficaram em silêncio por vários minutos até que os olhos de Robert se fixaram em algo a distância, e de repente, num pulo, ele ficou de pé.

– Não se mexa – ordenou ele, um sorriso bobo roubando a seriedade de sua voz. – Não se mexa um centímetro.

– Mas...

– Nem um centímetro! – gritou ele, olhando para trás e cruzando depressa a clareira.

– Robert! – protestou Victoria, esquecendo-se por completo de que deveria tratá-lo formalmente.

– Estou quase lá!

Victoria ergueu o pescoço, tentando ver o que ele estava fazendo. Robert correra para um local atrás das árvores, e tudo o que ela conseguia ver era que estava se abaixando. Ela olhou para o pulso, quase surpresa ao ver que o local em que ele a beijara não estava vermelho.

Tinha sentido aquele beijo por todo o corpo.

– Aqui está. – Robert surgiu das árvores e curvou-se de maneira cortês, um pequeno buquê de violetas na mão direita. – Para milady.

– Obrigada – sussurrou Victoria, sentindo lágrimas arderem em seus olhos.

Sentia-se extraordinariamente comovida, como se aquele homem tivesse o poder de levá-la pelo mundo... Pelo universo.

Ele lhe entregou as violetas, com exceção de uma.

– Este é o verdadeiro motivo de eu tê-las colhido – murmurou ele, colocando a última flor atrás da orelha dela. – Pronto. Agora a senhorita está perfeita.

Victoria ficou olhando para o buquê em sua mão.

– Nunca vi nada tão lindo.

Robert encarava Victoria.

– Nem eu.

– O perfume delas é delicioso. – Ela se curvou e inspirou mais uma vez. – Adoro o cheiro das flores. Há madressilvas crescendo bem em frente à minha janela.

– É mesmo? – indagou ele, distraído, estendendo a mão para tocar o rosto dela, mas contendo-se a tempo.

Ela era inocente e ele não queria assustá-la.

– Obrigada – disse Victoria, erguendo os olhos de repente.

Robert se empertigou.

– Não se mexa! Nem um centímetro.

– De novo? – disparou ela, o rosto se abrindo no mais largo dos sorrisos. – Aonde você vai?

Ele sorriu.

– Encontrar um retratista.

– Um *o quê*?

– Quero que esse momento fique para a eternidade.

– Ah, milorde – disse Victoria, levantando-se, uma gargalhada fazendo o corpo estremecer.

– Robert – corrigiu ele.

– Robert. – Ela estava sendo bastante informal, mas o primeiro nome dele saía com tanta naturalidade de seus lábios... – O senhor é tão divertido. Não consigo me lembrar da última vez que ri tanto.

Ele se curvou e beijou outra vez a mão dela.

– Ai, meu Deus! – exclamou Victoria, olhando para o céu. – Está tarde. Papai pode vir atrás de mim e, se me encontrar sozinha com o senhor…

– Tudo o que ele pode fazer é nos forçar a casar – interrompeu Robert com um sorriso lânguido.

Ela o encarou.

– E isso não é o suficiente para fazê-lo sair correndo para o próximo condado?

Então ele se inclinou para a frente e beijou-lhe suavemente os lábios.

– Shhhh. Já decidi que vou me casar com a senhorita.

Victoria ficou boquiaberta.

– Está louco?

Ele se afastou um pouco, encarando-a com uma mistura de divertimento e admiração.

– Na verdade, Victoria, acho que nunca estive tão lúcido em toda a minha vida.

Victoria abriu a porta da pequena casa que dividia com o pai e a irmã mais nova.

– Papai! – chamou. – Desculpe o atraso. Estava explorando a região. Ainda há tantos lugares que não vi...

Ela enfiou a cabeça pela porta do escritório. O pai estava sentado atrás da mesa, concentrado, redigindo o próximo sermão. Ele acenou a mão no ar, provavelmente para sinalizar que estava tudo bem e que não queria ser perturbado. Victoria saiu de fininho.

Em seguida, foi para a cozinha preparar o jantar. Ela e a irmã Eleanor se revezavam no preparo das refeições, e aquele era o dia de Victoria. Provou o ensopado de carne que deixara no fogão mais cedo, acrescentou um pouco de sal e depois se afundou em uma cadeira.

Ele queria se *casar* com ela.

Com certeza estava sonhando. Robert era conde. Conde! E um dia seria marquês. Homens de títulos tão importantes não se casavam com filhas de vigário.

Ainda assim, ele a beijara. Victoria tocou os lábios e não se surpreendeu ao perceber que as mãos tremiam. Não achava que o beijo tinha sido tão significativo para ele quanto para ela – afinal, ele era muitos anos mais velho. Com certeza já havia beijado dezenas de mulheres.

Relembrando sonhadoramente a tarde, seus dedos traçavam círculos e corações na mesa de madeira. Robert. Robert. Victoria pronunciou o nome dele e em seguida escreveu-o na mesa com o dedo. Robert Phillip Arthur Kemble – traçou o nome completo dele.

Ele era muito bonito. O cabelo escuro era ondulado e apenas um pouco longo demais para os padrões. E os olhos... Seria de esperar que um homem de cabelos escuros tivesse olhos escuros, mas os dele eram azul-claros. Tão claros que sugeriam frieza, mas sua personalidade os tornava cálidos.

– O que você está fazendo, Victoria?

Victoria ergueu os olhos e viu a irmã junto à porta.

– Ah, oi, Ellie.

Eleanor, três anos mais nova do que Victoria, atravessou a sala e pegou a mão da irmã para afastá-la da mesa.

– Assim você vai arrumar uma farpa.

Então soltou a mão de Victoria e sentou-se em frente a ela.

Victoria olhou para o rosto da irmã, mas só via Robert. Lábios bem desenhados prestes a se abrirem em um sorriso, a barba insinuando-se de leve no queixo. E se perguntou se ele tinha de se barbear duas vezes por dia.

– Victoria!

Victoria olhou para a irmã de modo inexpressivo.

– Você disse alguma coisa?

– Eu estava lhe perguntando, pela segunda vez, se você gostaria de ir comigo amanhã levar comida para a Sra. Gordon. Papai está dividindo nosso dízimo com sua família enquanto ela está doente.

Victoria assentiu. Sendo vigário, o pai recebia o dízimo correspondente à produção agrícola da região. Grande parte era vendida para ajudar a igreja da aldeia, mas sempre havia comida mais do que suficiente para a família Lyndon.

– Sim, sim – concordou ela, distraída. – É claro que vou.

Robert. Suspirou. Ele tinha uma risada tão agradável...

– ...um pouco mais?

Victoria ergueu os olhos.

– Perdão. Você estava falando comigo?

– Eu estava dizendo – repetiu Ellie, sem paciência – que provei o ensopado hoje mais cedo. Precisa de sal. Quer que eu coloque um pouco mais?

– Não, não. Já coloquei agora há pouco.

– O que há de errado com você, Victoria?

– Como assim?

Ellie soltou o ar, exasperada.

– Você não ouviu uma palavra do que eu disse. Tento falar com você e tudo o que faz é olhar pela janela e suspirar.

Victoria inclinou-se para a frente.

– Consegue guardar um segredo?

Ellie curvou-se em direção à irmã.

– Você sabe que sim.

– Acho que estou apaixonada.

– Não acredito nisso nem por um segundo.

Victoria abriu a boca, consternada.

– Acabei de lhe contar que passei pela maior transformação na vida de uma mulher e você não acredita em mim?

Ellie bufou.

– Por *quem* você poderia se apaixonar em Bellfield?

– Consegue guardar um segredo?

– Já disse que sim.

– Pelo lorde Macclesfield.

– O filho do marquês? – gritou Ellie. – Victoria, ele é um conde.

– Fale baixo! – Victoria olhou por cima do ombro para ver se tinham chamado a atenção do pai. – Sei muito bem que ele é um conde.

– Você nem o conhece. Ele estava em Londres quando o marquês nos recebeu em Castleford.

– Eu o conheci hoje.

– E acha que está apaixonada? Victoria, apenas os tolos e os poetas se apaixonam à primeira vista.

– Então suponho que eu seja uma tola – disse Victoria com entusiasmo. – Porque Deus sabe que não sou poetisa.

– Você ficou louca, minha irmã. Completamente louca.

Victoria olhou para a irmã com ar de superioridade.

– Na verdade, Eleanor, acho que nunca estive tão sã em toda a minha vida.

~

Naquela noite, Victoria levou horas para adormecer e, quando conseguiu, sonhou com Robert.

Ele a beijava. Suavemente nos lábios e, em seguida, pelo rosto. E sussurrava seu nome.

– Victoria... Victoria...

Ela acordou de repente.

– Victoria...

Ainda estava sonhando?

– Victoria...

Ela saiu de debaixo das cobertas e olhou pela janela ao lado da cama. *Ele* estava lá.

– Robert?

Ele sorriu e beijou o nariz dela.

– Eu mesmo. Nem sei dizer como estou feliz por sua casa ter apenas um andar.

– Robert, o que está fazendo aqui?

– Apaixonando-me perdidamente?

– Robert! – Ela tentou conter o riso, mas o bom humor dele era contagiante. – Estou falando sério, milorde. O que está fazendo aqui?

Ele curvou o corpo de maneira galanteadora.

– Vim cortejá-la, Srta. Lyndon.

– No meio da noite?

– Não consigo pensar numa hora melhor.

– Robert, e se tivesse me chamado no quarto errado? Minha reputação estaria destruída.

Ele se curvou contra o peitoril da janela.

– Você falou sobre as madressilvas. Então fiquei tentando sentir o perfume até encontrar seu quarto. – E inspirou para demonstrar. – Tenho o olfato bem apurado.

– O senhor é incorrigível.

Ele assentiu.

– Isso, ou talvez só esteja apaixonado.

– Robert, você não pode me amar.

Mas, mesmo ao dizer essas palavras, Victoria ouviu seu coração implorando que ele a contradissesse.

– Não posso? – Ele estendeu a mão pela janela até alcançar a dela. – Venha comigo, Torie.

– N... Ninguém me chama de Torie – disse ela, tentando mudar de assunto.

– Eu gostaria de chamá-la assim – sussurrou. Então levou a mão ao queixo dela, puxando-a para si. – Vou beijá-la agora.

Victoria assentiu, trêmula, sem conseguir abrir mão do prazer com que viera sonhando a noite inteira.

Os lábios dele tocaram os dela em uma carícia suave como uma pluma. Victoria estremeceu com o arrepio que percorreu sua coluna.

– Está com frio? – sussurrou ele, as palavras como beijos nos lábios dela.

Ela balançou a cabeça.

Robert recuou e envolveu o rosto dela com as mãos.

– Você é tão linda.

Ele pegou uma mecha do cabelo de Victoria, examinando como era sedoso. Então os lábios voltaram a tocar os dela, roçando-os lentamente, permitindo que ela se acostumasse à sua proximidade antes de chegar mais perto. Robert podia senti-la tremer, mas Victoria não tentou se afastar, então soube que ela estava tão emocionada com o encontro quanto ele.

Robert levou a mão até a nuca de Victoria, afundando os dedos em seus cabelos volumosos enquanto contornava os lábios dela com a língua. Ela tinha gosto de limão e hortelã, e ele teve de se controlar ao máximo para não puxá-la pela janela e fazer amor com ela na grama macia. Nunca, em seus 24 anos, sentira um desejo como aquele. Era desejo, sim, mas misturado a uma intensa sensação de ternura.

Relutante, ele se afastou. Sabia que queria muito mais do que poderia pedir dela naquela noite.

– Venha comigo – murmurou.

Victoria levou a mão aos lábios.

Ele pegou a mão dela novamente e puxou-a em direção à janela aberta.

– Robert, estamos no meio da noite.

– A melhor hora para se estar sozinho.

– Mas eu... Eu estou de camisola!

Ela olhou para si mesma como se só então tivesse percebido que não estava vestida de forma apropriada. Pegou seus cobertores e tentou enrolá-los ao redor do corpo.

Robert fez o possível para não rir.

– Coloque sua capa – disse ele, gentil. – E apresse-se. Temos muito que ver esta noite.

Victoria hesitou por um segundo. Sair com ele era um grande absurdo, mas ela sabia que, se fechasse a janela agora, iria se perguntar pelo resto da vida o que poderia ter acontecido naquela noite de lua cheia.

Ela levantou depressa da cama e pegou uma capa longa e escura no armário. Era quente demais para aquele clima ameno, mas ela não podia perambular pelo campo de camisola. Abotoou a capa, subiu na cama e, com a ajuda de Robert, pulou pela janela.

O ar noturno estava fresco e impregnado pelo perfume das madressilvas, mas Victoria só teve tempo de respirar fundo uma vez antes de Robert puxá-la pela mão e sair correndo. Ela riu baixinho enquanto disparavam pelo campo e entravam na floresta. Nunca se sentira tão livre e viva. Queria gritar sua alegria para as copas das árvores, mas sabia que o pai dormia de janela aberta.

Em alguns minutos, estavam em uma pequena clareira. Robert parou de repente e Victoria trombou nele. Ele a segurou com firmeza, a extensão de seu corpo pressionada de forma indecente contra a dela.

– Torie – murmurou ele. – Ah, Torie.

Então ele a beijou mais uma vez, beijou-a como se ela fosse a última mulher na Terra, a única mulher no mundo.

Após algum tempo, ela se afastou, os olhos azul-escuros desconcertados.

– Está acontecendo tudo tão rápido. Não tenho certeza se entendo.

– Eu também não entendo – disse Robert com um suspiro de satisfação. – E nem quero tentar entender.

Ele sentou-se no chão, puxando-a com ele. Então deitou de costas.

Victoria ainda estava agachada, olhando para ele, hesitante.

Ele deu um tapinha no chão ao seu lado.

– Deite-se e olhe para o céu. Está espetacular.

Victoria olhou para o rosto dele, iluminado de felicidade, e deitou-se.

– As estrelas não são as coisas mais incríveis que você já viu? – perguntou Robert.

Victoria assentiu e aproximou-se dele, considerando o calor de seu corpo extraordinariamente tentador.

– Elas estão lá para você, sabia? Estou convencido de que Deus as colocou no céu só para que você pudesse admirá-las esta noite.

– Robert, você tem uma imaginação e tanto.

Ele rolou para o lado e apoiou-se no cotovelo, usando a mão livre para tirar uma mecha de cabelo do rosto dela.

– Nunca tive imaginação – disse ele, a voz séria. – Nunca quis ter. Mas agora... – Ele fez uma pausa, como se tentasse encontrar palavras que transmitissem com precisão o que havia em seu coração. – Não sei explicar. É como se eu pudesse lhe dizer qualquer coisa.

Ela sorriu.

– É claro que pode.

– Não, é mais do que isso. Nada do que eu digo parece estranho. Nem mesmo com meus amigos mais próximos consigo me abrir por completo. Por exemplo... – Ele se levantou de repente. – Você não acha surpreendente que os humanos consigam se equilibrar de pé?

Victoria tentou se sentar, mas sua risada a fez cair de volta.

– Pense nisso – disse ele, balançando-se do calcanhar à ponta do pé. – Olhe para os seus pés. São muito pequenos em comparação com o resto do corpo. Seria de esperar que caíssemos toda vez que tentássemos nos levantar.

Desta vez, ela conseguiu se sentar e olhou para os pés.

– Creio que esteja certo. É bastante surpreendente.

– Nunca comentei isso com mais ninguém – admitiu ele. – Sempre pensei a respeito, mas nunca disse nada. Até agora. Suponho que tinha medo de as pessoas acharem estúpido.

– Não acho que seja estúpido.

– Não. – Ele se agachou ao lado dela e tocou seu rosto. – Não, eu sabia que você não pensaria assim.

– E o considero brilhante por ter pensado nisso – disse ela com lealdade.

– Torie. Torie. Não sei como dizer isso, e certamente não entendo, mas acho que a amo.

Ela virou o rosto de repente para olhar para ele.

– Eu *sei* que a amo – declarou Robert com ainda mais veemência. – Nada parecido me aconteceu antes, e não deixarei de forma alguma ser controlado pela cautela.

– Robert – sussurrou ela. – Acho que também o amo.

Ele de repente ficou sem fôlego e sentiu-se tomado por uma felicidade tão grande que não conseguiu ficar parado. Então a puxou pela mão, levantando-a.

– Diga novamente – pediu ele.

– Eu o amo.

Ela agora sorria, envolvida pela magia do momento.

– Outra vez.

– Eu o amo!

As palavras se misturavam ao riso.

– Ah, Torie, Torie. Eu a farei tão feliz. Prometo. Quero lhe dar tudo.

– Eu quero a lua! – gritou ela, de repente acreditando que tais fantasias eram de fato possíveis.

– Eu lhe darei a lua e tudo o mais que você quiser – disse ele com intensidade.

E então a beijou.

CAPÍTULO 2

Dois meses se passaram. Robert e Victoria se encontravam sempre que podiam, conhecendo as paisagens da região e, quando possível, conhecendo um ao outro.

Robert lhe contou sobre seu fascínio pela ciência, a paixão por cavalos de corrida e o medo de nunca vir a ser o homem que seu pai queria que fosse.

Victoria lhe contou sobre seu fraco por histórias românticas, a habilidade de costurar em linha reta sem o uso de uma fita métrica e o medo de nunca estar à altura dos rígidos padrões morais do pai.

Ela adorava tortas.

Ele odiava ervilhas.

Ele tinha o péssimo hábito de apoiar os pés na mesa, na cama, onde quer que fosse, quando se sentava.

Ela sempre colocava as mãos na cintura quando estava nervosa, e nunca conseguia parecer tão séria quanto esperava.

Ele adorava a forma como ela franzia os lábios quando estava irritada, como sempre pensava nas necessidades dos outros e a maneira espirituosa como o provocava quando ele agia com arrogância.

Ela adorava a forma como ele passava a mão pelos cabelos quando estava exasperado, como ele gostava de parar para examinar de perto uma flor do campo e a maneira dominadora como às vezes agia só para ver se a deixava irritada.

Eles tinham tudo – e ao mesmo tempo nada – em comum.

Encontraram suas almas um no outro e compartilhavam segredos e pensamentos que até então não podiam expressar.

– Eu ainda converso com minha mãe – disse Victoria certa vez.

Robert olhou para ela sem entender.

– Como assim?

– Eu tinha 14 anos quando ela morreu. Quantos anos você tinha quando a sua se foi?

– Sete. Minha mãe morreu dando à luz.

A expressão gentil de Victoria suavizou-se ainda mais.

– Sinto muito. Você mal teve a chance de conhecê-la e também perdeu um irmão. Era menino ou menina?

– Menina. Minha mãe viveu o suficiente apenas para chamá-la de Anne.

– Sinto muito mesmo.

Ele sorriu, melancólico.

– Lembro como era ser abraçado por ela. Meu pai dizia que ela estava me mimando, mas ela não ligava.

– O médico disse que minha mãe teve câncer. – Victoria engoliu em seco. – Sua morte não foi tranquila. Gosto de pensar que ela está lá em cima em algum lugar – Victoria acenou a cabeça em direção ao céu –, onde não sente dor.

Robert tocou sua mão, profundamente emocionado.

– Mas ainda sinto a falta dela. Pergunto-me se algum dia deixamos de precisar de nossos pais. E eu falo com ela algumas vezes. E também a procuro.

– Como assim? – perguntou ele.

– Vai me achar boba.

– Você sabe que eu nunca acharia isso.

Após um instante de silêncio, Victoria confidenciou-lhe:

– Ah, eu digo coisas como: "Se minha mãe está me ouvindo, então que o vento balance as folhas desse galho." Ou: "Mamãe, se estiver me vendo, faça o sol se esconder atrás daquela nuvem. Para que eu saiba que está comigo."

– Ela está com você – sussurrou Robert. – Eu posso sentir.

Victoria se aconchegou nos braços dele.

– Nunca contei isso a ninguém. Nem mesmo a Ellie, e sei que ela sente falta da mamãe tanto quanto eu.

– Você sempre poderá me contar tudo.

– Sim – disse ela alegremente –, eu sei.

Era impossível esconder do pai a corte. Robert aparecia na casa da família Lyndon quase todos os dias. Disse ao vigário que estava ensinando Victoria a cavalgar, o que não era mentira, como qualquer um que a visse mancar pela casa após uma aula poderia atestar.

Ainda assim, era óbvio que o jovem casal compartilhava sentimentos mais profundos. O reverendo Sr. Lyndon reprovava a situação veementemente, e dizia isso a Victoria em todas as ocasiões possíveis.

– Ele nunca se casará com você! – exclamou um dia com sua melhor voz de sermão, um tom que nunca deixava de intimidar as filhas.

– Papai, ele me ama – protestou Victoria.

– Não importa se a ama ou não. Ele não se casará com você. É um conde e um dia será marquês. Não se casará com a filha de um vigário.

Victoria respirou fundo, tentando não perder a calma.

– Ele não é assim, pai.

– Ele é como qualquer outro homem. Vai usá-la e depois descartá-la.

Victoria corou ante a linguagem franca do pai.

– Papai, eu…

O vigário a interrompeu:

– A vida não é como um capítulo de seus romances bobos. Abra os olhos, minha filha.

– Não sou tão ingênua quanto pensa.

– Você só tem 17 anos! – bradou ele. – Como poderia não ser ingênua?

Victoria resmungou e revirou os olhos, sabendo que o pai odiava aquelas atitudes nada apropriadas para uma dama.

– Não sei por que ainda me dou ao trabalho de conversar sobre isso com o senhor.

– Porque sou seu pai! E, por Deus, você vai me obedecer. – O vigário inclinou-se para a frente. – Eu vi o mundo, Victoria. Sei bem como são as coisas. Não é possível que as intenções do conde sejam honradas e, se você permitir que ele continue a cortejá-la, acabará caindo em desgraça. Você me entende?

– Mamãe teria compreendido – murmurou Victoria.

O rosto do pai ficou vermelho.

– O que você disse?

Victoria engoliu em seco antes de repetir suas palavras.

– Eu disse que mamãe teria compreendido.

– Sua mãe era uma mulher temente a Deus que conhecia seu lugar. Ela não teria me contrariado nesse aspecto.

Victoria lembrou-se de como a mãe costumava contar piadas bobas para ela e Ellie quando o vigário não estava prestando atenção. A Sra. Lyndon não era tão séria e austera quanto o marido pensava. Não, concluiu Victoria, a mãe teria mesmo entendido.

Ela encarou o queixo do pai por um bom tempo antes de finalmente erguer os olhos e perguntar:

– O senhor está me proibindo de vê-lo?

Victoria achou que a mandíbula do pai fosse se partir em duas, de tão tenso que estava seu rosto.

– Você sabe que não posso proibi-los de se verem – replicou. – Uma palavra de desagrado ao pai dele e serei mandado embora daqui sem uma referência sequer. *Você* tem de romper com ele.

– Eu não vou fazer isso – disse Victoria de maneira desafiadora.

– Você tem de romper com ele. – O vigário não deu mostras de tê-la ouvido. – E deve fazer isso com toda sutileza e tato.

Victoria encarou-o, furiosa.

– Robert vem me visitar daqui a duas horas. Vou sair para caminhar com ele.

– Diga-lhe que não poderá vê-lo outra vez. Faça isso esta tarde ou, por Deus, você irá se arrepender.

Victoria sentiu sua resolução enfraquecer. O pai não batia nela havia anos, desde que era criança, mas parecia bravo o bastante para perder a cabeça. Ela não disse nada.

– Ótimo – concluiu o pai, satisfeito, interpretando o silêncio dela como aquiescência. – E leve Eleanor junto. Você não deve deixar esta casa com ele sem a companhia de sua irmã.

– Sim, papai.

Àquela ordem, pelo menos, Victoria obedeceria. Mas só àquela.

Duas horas depois, Robert chegou. Ellie abriu a porta com tanta rapidez que ele nem conseguiu abaixar a aldrava para uma segunda batida.

– Olá, milorde – disse ela, o sorriso ligeiramente atrevido.

E não era de admirar – Robert lhe pagava uma libra por cada passeio em que ela desaparecia. Ellie nunca tivera problema algum com suborno, fato pelo qual Robert sentia-se muito grato.

– Boa tarde, Ellie – respondeu ele. – Creio que seu dia esteja sendo agradável.

– Ah, muito, milorde. E espero que fique ainda melhor em breve.

– Pequena impertinente – murmurou Robert.

Mas ele não falava sério. Na verdade, gostava bastante da irmã mais nova de Victoria. Compartilhavam um certo pragmatismo e uma tendência a se planejar para o futuro. Se estivesse no lugar dela, estaria exigindo *duas* libras por passeio.

– Ah, você está aqui, Robert. – Victoria surgiu alvoroçada. – Não percebi que havia chegado.

Ele sorriu.

– Eleanor abriu a porta com notável entusiasmo.

– Imagino que sim. – Victoria lançou à irmã um olhar meio irritado. – Ela é sempre muito rápida quando você chega.

Ellie ergueu o queixo e abriu um meio sorriso.

– Gosto de cuidar dos meus investimentos.

Robert caiu na gargalhada. Então estendeu o braço para Victoria.

– Vamos?

– Só preciso pegar um livro – disse Ellie. – Tenho o pressentimento de que terei muito tempo para ler esta tarde.

E saiu depressa pelo corredor e desapareceu em seu quarto.

Robert olhou para Victoria enquanto ela amarrava o chapéu.

– Eu amo você – disse ele em voz baixa.

Os dedos dela atrapalharam-se com as fitas do chapéu.

– Devo dizer mais alto? – sussurrou ele, um sorriso malicioso no rosto.

Victoria balançou a cabeça negando, os olhos correndo para a porta fechada do escritório do pai. Ele lhe dissera que Robert não a amava, que não *podia* amá-la. Mas o pai estava errado. Disso, Victoria tinha certeza. Bastava olhar para os olhos azuis radiantes de Robert para saber.

– *Romeu e Julieta*!

Victoria piscou e ergueu os olhos ao som da voz da irmã, pensando por um instante que Ellie se referia a ela e a Robert como os amantes desafortunados daquela história. Então viu o pequeno exemplar de Shakespeare na mão da irmã.

– Uma leitura bastante deprimente para esta tarde tão ensolarada – disse Victoria.

– Ah, eu discordo – retrucou Ellie. – Acho muito romântica. Com exceção da parte em que todos morrem, é claro.

– Sim – murmurou Robert. – Posso entender por que essa parte não é das melhores.

Victoria sorriu e cutucou-o.

O trio saiu de casa, atravessando o campo aberto e seguindo para a floresta. Após cerca de dez minutos, Ellie suspirou e disse:

– Bem, creio que fico por aqui.

Ela estendeu um cobertor no chão e olhou para Robert com um sorriso astuto.

Ele lhe atirou uma moeda e disse:

– Eleanor, a senhorita tem alma de banqueiro.

– Tenho, não tenho? – murmurou ela.

Então se sentou e fingiu não notar quando Robert segurou a mão de Victoria e se afastou.

Logo chegaram à margem coberta de relva do lago onde se conheceram. Victoria mal teve tempo de estender o cobertor antes de Robert puxá-la para o chão.

– Eu amo você – disse ele, beijando o canto de seus lábios. – Eu amo você – repetiu, beijando o outro canto. – Eu amo você – falou pela terceira vez, tirando o chapéu dela. – Eu amo...

– Eu sei, eu sei!

Victoria finalmente riu, tentando impedi-lo de tirar todos os seus grampos de uma só vez.

Ele deu de ombros.

– Bem, eu amo.

Mas as palavras do pai ainda ecoavam na cabeça de Victoria. *Ele vai usá-la.*

– Você me ama de verdade? – perguntou, olhando fixamente nos olhos dele. – Você tem certeza de que me ama?

Então ele segurou o queixo dela com uma força atípica.

– Como pode me perguntar isso?

– Não sei – sussurrou Victoria, erguendo a mão para tocar a dele, que no mesmo instante relaxou. – Sinto muito. Sinto muito mesmo. Sei que você me ama. E eu o amo.

– Mostre-me – disse ele, com a voz quase inaudível.

Victoria lambeu os lábios aflita, então moveu o rosto e cruzou os centímetros que os separavam.

No momento em que seus lábios tocaram os dele, Robert sentiu o corpo em chamas. Mergulhou as mãos nos cabelos dela, puxando-a para si.

– Meu Deus, Torie – disse ele com voz rouca. – Adoro sentir seu corpo, seu cheiro...

Em resposta, ela beijou-o com renovado fervor, contornando os lábios carnudos dele com a língua, como ele lhe ensinara a fazer.

Robert estremeceu, sentindo um desejo ardente percorrer seu corpo. Queria mergulhar nela, passar as pernas dela em volta de sua cintura e não soltar. Seus dedos encontraram os botões do vestido dela e começaram a abri-los.

– Robert?

Victoria se afastou, assustada com aquela nova intimidade.

– Shhh, querida – disse ele, a paixão deixando sua voz rouca. – Só quero tocá-la. Ando sonhando com isso há semanas.

Ele envolveu o seio sob o tecido fino de seu vestido de verão e apertou.

Victoria gemeu de prazer e relaxou, permitindo que ele concluísse a carícia.

Os dedos de Robert tremiam em razão da expectativa, mas de alguma forma ele conseguiu abrir botões suficientes para soltar o corpete dela. As mãos de Victoria cobriram sua nudez com agilidade, mas ele gentilmente as afastou.

– Não – sussurrou Robert. – Eles são perfeitos. *Você* é perfeita.

Em seguida, como para ilustrar o que dizia, estendeu o braço e roçou o mamilo com a palma da mão. Depois moveu a mão em pequenos círculos e ficou sem ar quando o bico do seio dela se enrijeceu como um botão de flor.

– Você está com frio? – sussurrou ele.

Ela assentiu, depois negou, então assentiu de novo, dizendo:

– Não sei.

– Vou aquecê-la. – Robert envolveu o seio dela com a mão, marcando-a com o calor de sua pele. – Quero beijá-la – disse ele com voz rouca. – Você me permite?

Victoria tentou umedecer a garganta, que estava seca. Ele já a beijara centenas de vezes antes. Mil vezes, talvez. Por que de repente pedia sua permissão?

Quando a língua dele traçou lentamente um círculo ao redor de seu mamilo, ela descobriu.

– Ah, meu Deus! – deixou escapar Victoria, mal conseguindo acreditar no que ele estava fazendo. – Ah, Robert!

– Eu preciso de você, Torie. – Ele enterrou o rosto entre os seios dela. – Você não entende como preciso de você.

– Acho que devemos parar – arfou ela. – Não posso fazer isso... Minha reputação...

Não tinha ideia de como colocar os pensamentos em palavras. O alerta de seu pai ainda estava presente em seus ouvidos. *Ele vai usá-la e depois descartá-la.*

Ela viu a cabeça de Robert entre seus seios.

– Robert, não!

Ele inspirou, ofegante, e fechou o corpete dela. Tentou abotoar a roupa da jovem, mas suas mãos tremiam.

– Eu faço isso – declarou Victoria de súbito, virando-se para ele não ver seu rosto ardendo de vergonha.

Os dedos dela também tremiam, mas provaram ser mais ágeis e, por fim, ela conseguiu se recompor.

Mas Robert notou suas bochechas rosadas e quase morreu ao pensar que ela estava com vergonha de seu comportamento.

– Torie – disse ele com delicadeza.

Como ela não se virou, ele segurou gentilmente seu queixo até que ela o olhasse.

Os olhos dela brilhavam com lágrimas não derramadas.

– Ah, Torie – falou ele, ansiando por tomá-la nos braços, mas se conformando em tocar seu rosto. – Por favor, não se repreenda.

– Eu não devia ter deixado você fazer isso.

Ele sorriu de maneira gentil.

– Não, provavelmente não. E eu provavelmente não devia ter tentado. Mas estou apaixonado. Sei que isso não é justificativa, mas não consegui me conter.

– Eu sei – sussurrou ela. – Mas eu não devia ter gostado tanto.

Robert, então, deu uma gargalhada tão alta que Victoria teve certeza de que Ellie viria correndo investigar.

– Ah, Torie – disse ele, arfando em busca de ar. – Nunca se desculpe por gostar do meu toque. Por favor.

Victoria tentou encará-lo com ar de reprovação, mas o olhar dele era caloroso demais para que ela fizesse isso, e acabou permitindo que seu bom humor retornasse.

– Desde que você não se desculpe por gostar do meu.

Robert agarrou a mão dela e puxou-a para junto de si. Então sorriu, sedutor, parecendo o libertino que Victoria um dia o acusara de ser.

– Esse risco nunca existiu, minha querida.

Ela riu baixinho, sentindo a tensão anterior deixar seu corpo. Em seguida, mudou de posição, apoiando as costas contra o peito dele. Robert brincava despreocupado com o cabelo dela e sentia-se no paraíso.

– Vamos nos casar em breve – sussurrou ele, as palavras com uma urgência que ela não esperava. – Vamos nos casar, e então lhe mostrarei tudo. Vou lhe mostrar como eu a amo.

Victoria estremeceu de expectativa. Ele falava encostado a sua pele, e ela podia sentir a respiração dele em sua orelha.

– Vamos nos casar – repetiu ele. – Assim que possível. Mas até lá não quero que se sinta envergonhada por nada que tenhamos feito. Nós nos amamos e não há nada mais bonito do que duas pessoas expressando seu amor. – Ele a virou para fitar seus olhos. – Eu não sabia disso até conhecer você. Eu... – ele engoliu em seco – ... estive com outras mulheres, mas não sabia disso.

Bastante comovida, Victoria tocou o rosto dele.

– Ninguém nos condenará por nos amarmos antes do casamento – continuou ele.

Victoria não tinha certeza se ele estava se referindo ao amor espiritual ou físico, e tudo o que conseguiu dizer foi:

– Ninguém a não ser meu pai.

Robert fechou os olhos.

– O que ele lhe falou?

– Que eu não posso mais vê-lo.

Robert praguejou baixinho e abriu os olhos.

– Por quê? – perguntou, a voz saindo um pouco mais ríspida do que pretendia.

Victoria pensou em várias respostas, mas por fim optou pela sinceridade:

– Ele disse que você não vai se casar comigo.

– E como ele saberia disso? – esbravejou Robert.

Victoria recuou.

– Robert!

– Sinto muito. Não pretendia levantar a voz. É só que… Como seu pai poderia saber o que se passa na minha cabeça?

Ela colocou a mão sobre a dele.

– Ele não sabe. Mas acha que sabe, e temo que seja só o que importa agora. Você é conde. Eu sou a filha do vigário. Tem de admitir que é uma união bastante incomum.

– Incomum – disse ele, decidido. – Não impossível.

– Para ele é – replicou ela. – Ele nunca vai acreditar em suas boas intenções.

– E se eu falar com ele, pedir-lhe sua mão?

– Isso pode acalmá-lo. Falei que você quer se casar comigo, mas acho que ele pensa que estou inventando.

Robert levantou-se, puxou-a para si e beijou sua mão de forma cortês.

– Então pedirei formalmente sua mão amanhã.

– E por que não hoje? – perguntou Victoria com ar provocador.

– Devo primeiro informar meu pai dos meus planos – retrucou Robert. – Devo-lhe essa demonstração de respeito.

Robert ainda não contara ao pai sobre Victoria. Não que o marquês pudesse proibir a união. Aos 24 anos, Robert já tinha idade para tomar as próprias decisões. Mas ele sabia que o pai poderia dificultar as coisas com sua reprovação. E, considerando a frequência com que o marquês incentivava Robert a se comprometer com a filha deste duque ou daquele conde, tinha a sensação de que a filha de um vigário não era bem o que o pai tinha em mente para ele.

E assim, com muita determinação e algum receio, Robert bateu à porta do escritório do pai.

– Entre. – Hugh Kemble, o marquês de Castleford, estava sentado atrás de sua mesa. – Ah, Robert. O que foi?

– Tem um instante, senhor? Precisava lhe falar.

Castleford encarou-o com ar impaciente.

– Estou muito ocupado, Robert. Pode esperar?

– É de grande importância, senhor.

Castleford pousou a pena com um gesto de irritação. Como Robert não começou logo a falar, indagou:

– Então?

Robert sorriu, na esperança de melhorar o humor do pai.

– Decidi me casar.

Com isso, o marquês sofreu uma transformação radical. Toda a irritação desapareceu do rosto dele, substituída por pura alegria. Então se levantou e deu um forte abraço no filho.

– Excelente! Excelente, meu filho. Você sabe como eu queria isso...

– Sei.

– Você é jovem, é claro, mas tem muitas responsabilidades. Seria o fim de minha linhagem se o título se perdesse. Se você não tivesse nenhum herdeiro...

Robert não quis mencionar que, se isso acontecesse, o pai já estaria morto, então não saberia da tragédia.

– Eu sei, senhor.

Castleford sentou-se na beirada da mesa e cruzou os braços cordialmente.

– Então me conte. Quem é a felizarda? Não, deixe-me adivinhar. É a filha do Billington, a jovem loura.

– Senhor, eu...

– Não? Então deve ser lady Leonie. Que garoto esperto, você. – Ele cutucou o filho. – A filha única do velho duque. Ela vai receber um dote e tanto.

– Não, senhor – disse Robert, tentando ignorar o brilho avarento no olhar do pai. – O senhor não a conhece.

Castleford empalideceu, surpreso.

– Não conheço? Então, quem diabo é ela?

– A Srta. Victoria Lyndon, senhor.

Castleford piscou.

– Por que esse nome me é familiar?

– O pai dela é o novo vigário de Bellfield.

A princípio o marquês não disse nada. Então caiu na risada. E demorou a conseguir falar de novo.

– Santo Deus, filho, você me pegou direitinho. A filha de um vigário. Você se superou dessa vez.

– Estou falando sério, senhor – afirmou Robert.

– A filha de um... Haha... *O que* você disse?

– Disse que estou falando sério. – E, após uma pausa, acrescentou: – Senhor.

Castleford avaliou o rosto do filho, procurando de forma desesperada algo que indicasse que estava brincando. Como não viu nada, praticamente gritou:

– Você está louco?

Robert cruzou os braços.

– Estou perfeitamente são.

– Eu o proíbo.

– Perdão, senhor, mas não vejo como possa me proibir. Já sou adulto. E – acrescentou, na esperança de apelar para o lado mais compreensivo do pai – estou apaixonado.

– Mas que diabo, garoto! Se fizer isso, vou deserdá-lo.

Pelo visto, o pai *não tinha* um lado mais compreensivo. Robert ergueu a sobrancelha e sentiu seus olhos passarem do azul-claro para um tom escuro de cinza.

– Vá em frente – disse ele com indiferença.

– Vá em frente?! – balbuciou Castleford. – Você vai ver só uma coisa! Vou deixá-lo sem um centavo! Deixá-lo...

– O que o senhor vai conseguir é ficar sem herdeiro. – Robert sorriu com uma firme determinação que nunca soube possuir. – Que pena para o senhor que mamãe nunca conseguiu ter outro filho. Nem mesmo uma menina.

– Você...! – O marquês começou a ficar vermelho de raiva. Respirou fundo algumas vezes e continuou de maneira mais tranquila: – Talvez você não tenha pensado direito sobre a inadequação dessa garota.

– Ela é bastante adequada, senhor.

– Ela não... – Castleford se conteve ao perceber que estava gritando de novo. – Ela não saberá cumprir os deveres de uma dama da nobreza.

– Ela é muito inteligente. E seus modos são irrepreensíveis. Recebeu uma boa educação. Tenho certeza de que será uma excelente condessa. – A expressão de Robert se suavizou. – Sua essência trará honra ao nosso nome.

– Já pediu a mão dela para o pai?

– Não. Pensei que devia ao senhor a consideração de informá-lo dos meus planos primeiro.

– Graças a Deus – disse Castleford com um suspiro. – Ainda temos algum tempo.

As mãos de Robert se fecharam em punhos rígidos, mas ele não disse nada.

– Prometa-me que não pedirá a mão dela ainda.

– Não vou prometer isso.

Castleford viu a firme resolução nos olhos do filho e encarou-o com ar severo.

– Ouça-me bem, Robert – falou em voz baixa –, ela não o ama.

– Não vejo como poderia saber disso, senhor.

– Maldição, filho. Ela só está interessada em seu dinheiro e seu título.

Robert sentiu a raiva crescer dentro dele, um sentimento bem diferente de tudo o que já sentira.

– Ela me ama – disparou.

– Você nunca saberá se ela o ama. – O marquês bateu as mãos na mesa para dar ênfase. – Nunca!

– Eu *já* sei– disse Robert em voz baixa.

– O que essa garota tem? Por que ela? Por que não uma das dezenas de moças que conheceu em Londres?

Robert deu de ombros, impotente.

– Não sei. Ela desperta o que há de melhor em mim, creio. Com ela ao meu lado, posso fazer qualquer coisa.

– Santo Deus! – exclamou o pai. – Como posso ter criado um filho que diz essas baboseiras românticas?

– Percebo que essa conversa é inútil – disse Robert, severo, dando um passo em direção à porta.

O marquês suspirou.

– Não vá embora.

Robert virou-se, incapaz de desrespeitar o pai a ponto de desobedecer um pedido direto.

– Por favor, me ouça. Você deve se casar com alguém da sua classe. Essa é a única maneira de ter certeza de que não se casou com uma mulher interessada apenas em sua posição ou dinheiro.

– Segundo minha experiência, as mulheres da sociedade costumam se casar por posição e dinheiro.

– Sim, mas é *diferente*.

Robert considerou o argumento bem fraco, e assim o disse.

Seu pai passou a mão pelo cabelo.

– Como essa garota pode saber o que sente por você? Como poderia não se deslumbrar com seu título, sua riqueza?

– Pai, ela não é assim. – Robert cruzou os braços. – E eu *vou* me casar com ela.

– Você estará cometendo o maior…

– Nem mais uma palavra! – explodiu Robert.

Era a primeira vez que levantava a voz para o pai. Em seguida se virou para sair da sala.

– Diga a ela que o deixei sem um centavo! – gritou Castleford. – E veja se ainda estará interessada em você. Veja se irá amá-lo se você não tiver nada.

Robert virou-se mais uma vez, estreitando os olhos de forma ameaçadora.

– Está me dizendo que fui deserdado? – perguntou ele, a voz com tranquila indiferença.

– Está correndo esse risco.

– Fui ou não?

O tom de Robert exigia uma resposta.

– Pode muito bem ter sido. Não me provoque.

– Isso não é resposta.

O marquês inclinou-se para a frente e deixou os olhos se fixarem em Robert.

– Se dissesse a ela que o casamento de vocês talvez resultasse em uma grande perda de riqueza, você não estaria mentindo.

Robert odiou o pai naquele momento.

– Entendo.

– É mesmo?

– Sim. – E, quase como se isso só tivesse lhe ocorrido depois, acrescentou: – Senhor.

Era a última vez que se dirigia ao pai usando aquele tratamento respeitoso.

CAPÍTULO 3

Toc. Toc, toc, toc.

Victoria acordou assustada, sentando-se com rapidez.

- Victoria! - veio o sussurro pela janela.

- Robert?

Ela se arrastou pela cama e olhou para fora.

- Preciso falar com você. É urgente.

Victoria olhou ao redor do quarto e, após concluir que a família já dormia àquela hora, disse:

- Está bem. Entre.

Se Robert estranhou Victoria chamá-lo para dentro do quarto, algo que nunca fizera antes, não mencionou. Apenas entrou pela janela e sentou-se na cama. Curiosamente, não fez qualquer tentativa de beijá-la ou puxá-la para os seus braços - o seu jeito de recebê-la quando estavam sozinhos.

- Robert, o que houve?

Ele não disse nada a princípio, só olhou para a estrela polar pela janela.

Ela segurou-o pela manga.

- Robert?

- Temos que fugir - disse ele sem rodeios.

- O quê?

- Analisei a situação de todas as maneiras. Não há outra solução.

Victoria tocou seu braço. Ele sempre abordava a vida de forma tão científica, tratando cada decisão como um problema a ser resolvido. Talvez apaixonar-se por ela tivesse sido a única coisa impulsiva que havia feito em toda a vida, e isso a fazia amá-lo ainda mais.

- Qual é o problema, Robert? - perguntou com cuidado.

- Meu pai me deserdou.

- Você tem certeza?

Robert olhou nos olhos dela, naquelas fabulosas profundezas azuis, e tomou uma decisão da qual não se orgulhava.

- Sim, tenho certeza - disse ele, negligenciando o fato de seu pai ter dito que ele estava apenas correndo esse risco.

Mas ele precisava ter certeza. Não achava possível, mas e se Victoria estivesse de fato mais deslumbrada por suas posses do que por ele?

– Robert, isso é inconcebível. Como um pai pode fazer uma coisa dessas?

– Victoria, você precisa me ouvir. – Ele agarrou suas mãos, segurando-as com feroz intensidade. – Não faz diferença. Você é mais importante para mim do que o dinheiro. Você é tudo.

– Mas seu direito de nascença... Como posso lhe pedir para abrir mão disso?

– É minha escolha, não sua, e eu escolho você.

Victoria sentiu as lágrimas arderem nos olhos. Nunca pensara que poderia fazê-lo perder tanto. E sabia como o respeito do pai era importante para ele. Robert passara a vida inteira tentando impressioná-lo, e sempre achava que não estava à altura.

– Você tem que me prometer uma coisa – sussurrou ela.

– Qualquer coisa, Torie. Sabe que eu faria qualquer coisa por você.

– Deve me prometer que tentará acertar as coisas com seu pai depois do casamento. Eu... – Ela engoliu em seco, quase sem conseguir acreditar que estava impondo condições para aceitar o pedido dele. – Não me casarei com você a menos que prometa. Não poderia viver em paz sabendo que fui a causa da desavença entre vocês dois.

Uma expressão estranha invadiu o rosto de Robert.

– Torie, ele é muito teimoso. Ele...

– Não falei que você tem que conseguir – apressou-se a dizer –, só que precisa tentar.

Robert levou as mãos dela aos lábios.

– Muito bem, milady. Eu prometo.

Ela, então, abriu um sorriso que tinha a intenção de ser sério.

– Ainda não sou "sua" lady.

Robert apenas sorriu e beijou a mão dela outra vez.

– Eu partiria com você ainda esta noite se pudesse – disse ele –, mas vou precisar de um pouco de tempo para juntar algum dinheiro e todo o necessário. Não pretendo arrastá-la por aí sem nada além de nossas roupas do corpo.

Victoria tocou o rosto dele.

– Você é um grande planejador.

– Não gosto de deixar nada ao acaso.

– Eu sei. É uma das qualidades que mais amo em você. – Ela sorriu, tímida. – Eu sempre esqueço as coisas. Quando minha mãe era viva, sempre dizia que eu esqueceria a cabeça se fosse possível.

Isso o fez sorrir.

– Fico feliz que tenha um pescoço. Gosto bastante dele – disse Robert.

– Não seja bobo – retrucou Victoria. – Estava só tentando dizer que é bom saber que terei você para manter minha vida em ordem.

Ele se inclinou para a frente e beijou-a suavemente nos lábios.

– É tudo o que quero. Fazê-la feliz.

Ela o fitou com os olhos úmidos e apoiou a cabeça no ombro dele. Robert deixou o queixo descansar no alto da cabeça dela.

– Consegue estar pronta em três dias?

Victoria assentiu, e passaram a hora seguinte fazendo planos.

~

Robert estremeceu com o vento noturno, verificando seu relógio de bolso pelo que devia ser a vigésima vez. Victoria estava cinco minutos atrasada. Nada para se alarmar; ela era terrivelmente desorganizada e com frequência se atrasava cinco ou dez minutos para seus passeios.

Mas aquilo não era um simples passeio.

Robert planejara a fuga até o último detalhe. Pegara seu cabriolé dos estábulos do pai. Teria preferido um veículo mais prático para a longa jornada até a Escócia, mas o cabriolé era dele, não do pai, e Robert não queria se sentir em dívida.

Victoria deveria encontrá-lo naquele local, no final da estrada que dava em sua casa. Eles haviam decidido que ela teria de sair desacompanhada. Se Robert fosse com o cabriolé ao seu encontro, faria muito alarde, e ele não queria deixar o veículo sozinho. Victoria só levaria cinco minutos até ali, e a área sempre fora segura.

Mas, céus, onde ela estava?

~

Victoria passou os olhos pelo quarto, verificando se havia esquecido alguma coisa. Estava atrasada. Robert já a esperava havia cinco minutos, mas, no último instante, chegara à conclusão de que poderia precisar de um vestido mais quente, então tivera de arrumar toda a bolsa de novo. Não era todo dia que uma jovem saía de casa no meio da noite. Precisava, pelo menos, ter certeza de que estava levando os itens certos.

A miniatura! Victoria bateu na testa ao perceber que não poderia partir sem a pequena pintura de sua mãe. Havia duas da Sra. Lyndon, e o vigário sempre dissera que cada uma das filhas levaria uma quando se casasse, para não se esquecerem da mãe. Eram pequenas pinturas; a de Victoria cabia na palma de sua mão.

Ainda agarrada à bolsa, Victoria saiu do quarto na ponta dos pés. Em seguida, chegou à sala de estar, cruzando em silêncio o tapete até a mesa lateral, onde ficava o pequeno retrato. Ela o pegou, enfiou-o na bolsa e depois se virou para voltar ao quarto, de onde planejava escapar pela janela.

Mas, ao se virar, esbarrou com a bolsa em um abajur de bronze e derrubou-o no chão.

Em poucos segundos, o reverendo Lyndon chegou à porta.

– Mas que diabo está acontecendo aqui? – Seus olhos voltaram-se para Victoria, que estava paralisada de pânico no meio da sala de estar. – Por que está acordada, Victoria? E por que está vestida para sair?

– Eu... Eu...

Victoria tremia de medo, incapaz de dizer uma palavra.

O vigário viu a bolsa.

– O que é isso? – Em dois passos, ele atravessou a sala e arrancou-a da filha. Então tirou dela roupas, uma Bíblia... Até que encontrou a pintura. – Você está fugindo de casa – sussurrou, olhando para ela como se não pudesse acreditar que uma das filhas fosse capaz de desobedecê-lo. – Você vai fugir com aquele homem.

– Não, papai! – gritou. – Não!

Mas nunca soubera mentir.

– Por Deus! – berrou Lyndon. – Você vai pensar duas vezes antes de me desobedecer uma segunda vez.

– Papai, eu...

Victoria não conseguiu terminar a frase, pois a mão do pai atingiu seu rosto com tanta força que ela foi jogada ao chão. Quando ergueu os olhos, viu Ellie, imóvel junto à porta, a expressão petrificada. Victoria lançou à irmã um olhar de súplica.

Ellie limpou a garganta.

– Papai – disse ela em tom gentil. – Algum problema?

– Sua irmã decidiu me desobedecer – grunhiu ele. – Agora vai arcar com as consequências.

Ellie limpou a garganta novamente, como se fosse a única maneira de reunir coragem para falar:

– Papai, tenho certeza de que houve um grande mal-entendido. Por que não me deixa levar Victoria para o quarto dela?

– Silêncio!

Nenhuma das duas deixou escapar um único ruído.

Depois de uma pausa interminável, o vigário agarrou o braço de Victoria e a levantou com severidade.

– Você – disse ele com um puxão violento – não vai a lugar nenhum esta noite.

Ele a arrastou para o quarto e atirou-a na cama. Ellie seguiu os dois, assustada, e ficou no canto do quarto da irmã.

O Sr. Lyndon cutucou o ombro de Victoria e vociferou:

– E não saia daí. – Ele deu alguns passos em direção à porta, e Victoria aproveitou para correr até a janela aberta. Mas o vigário foi mais rápido, a força alimentada pela fúria. Ele a atirou de volta na cama, e deu-lhe outro tapa violento. – Eleanor! – berrou. – Traga-me um lençol.

Ellie piscou.

– C... Como?

– Um lençol! – gritou ele.

– Sim, papai – disse ela, correndo para o armário de roupas de cama.

Depois de alguns segundos, ela voltou trazendo um lençol branco e limpo. Entregou-o ao pai, que começou a rasgá-lo metodicamente em tiras longas. Ele amarrou os tornozelos de Victoria, depois as mãos à frente dela.

– Pronto – disse ele, examinando seu trabalho. – Ela não vai a lugar nenhum.

Victoria o encarou com revolta.

– Eu odeio o senhor – disse ela, a voz baixa. – E odiarei para sempre por fazer isso.

O pai balançou a cabeça.

– Um dia, você vai me agradecer.

– Não, não vou. – Victoria engoliu em seco, tentando disfarçar o tremor na voz. – Sempre pensei que o senhor estivesse logo abaixo de Deus, que fosse tudo o que há de bom, puro e gentil. Mas agora... Agora vejo que não passa de um homem pequeno com uma mente pequena.

O Sr. Lyndon estremeceu de raiva e ergueu a mão para bater nela mais uma vez. Mas se conteve no último instante.

Ellie, que mordia o lábio inferior no canto do quarto, aproximou-se timidamente e disse:

– Ela vai se resfriar, papai. Deixe-me cobri-la. – Ela puxou os cobertores sobre o corpo trêmulo de Victoria, inclinando-se para sussurrar: – Eu sinto muito.

Victoria encarou a irmã com um olhar agradecido e depois virou para a parede. Não queria dar ao pai a satisfação de vê-la chorar.

Ellie sentou-se na beira da cama e olhou para o pai com o que esperava ser uma expressão gentil.

– Vou ficar aqui sentada com ela, se o senhor não se importar.

Lyndon estreitou os olhos, desconfiado.

– Ah, você gostaria disso, não é? – disse ele. – Não vou deixar que a solte para que fuja com aquele canalha mentiroso. – E puxou o braço de Ellie, levantando-a. – Como se ele fosse mesmo se casar com ela – acrescentou, lançando um olhar mordaz para a filha mais velha.

Em seguida, levou Ellie para fora do quarto e a amarrou também.

~

– *Maldi*ção – disparou Robert. – Onde diabo ela está?

Victoria agora já estava mais do que uma hora atrasada. Robert imaginou que pudesse ter sido atacada, espancada, morta – coisas improváveis de ocorrerem em sua curta caminhada, mas o coração dele estava gelado de medo.

Por fim, decidiu deixar a cautela de lado. Largou o cabriolé e os pertences ali mesmo e foi correndo até a casa de Victoria. Estava tudo escuro, e ele se esgueirou pela parede externa até a janela do quarto da amada. Estava aberta, as cortinas agitando-se, suavemente, com a brisa.

Sentiu um bolo no estômago quando se inclinou para a frente e viu Victoria ali, deitada na cama. Ela estava virada para o outro lado, mas não havia como confundir seus lindos cabelos negros. Aninhada em suas cobertas, ela parecia dormir.

Robert deixou-se afundar no chão em silêncio.

Dormindo. Ela foi para a cama e o deixou esperando no meio da noite. E nem sequer lhe enviou um bilhete.

Sentiu o estômago revirar quando percebeu que seu pai estava certo o tempo todo. Victoria chegara à conclusão de que ele não era tão bom partido assim sem dinheiro e título.

Pensou em quando ela lhe pedira para fazer as pazes com o pai... O que resultaria na recuperação de sua fortuna. Na hora, achara que Victoria lhe fizera o pedido preocupada com seu bem-estar, mas agora percebia que ela nunca se preocupara com o bem-estar de ninguém, a não ser com o próprio.

Ele lhe dera seu coração, sua alma. E não fora o suficiente.

∽

Dezoito horas depois, Victoria corria pela floresta. O pai a mantivera prisioneira a noite inteira, a manhã seguinte e quase a tarde toda. Depois a soltara com um sermão sobre como deveria se comportar e honrar o pai, mas, logo em seguida, ela já pulava pela janela e fugia.

Robert devia estar preocupado. Ou furioso. Não sabia como faria para o encontrar e estava apreensiva para descobrir.

Ao ver o Solar Castleford, Victoria diminuiu o ritmo. Nunca estivera na casa de Robert; ele sempre ia até a sua. Ela agora percebia, depois da veemente oposição do marquês ao noivado dos dois, que Robert tinha medo de que seu pai a tratasse de forma rude.

Com a mão trêmula, bateu à porta.

Um criado de libré atendeu, e Victoria disse seu nome, informando-lhe que gostaria de falar com o conde de Macclesfield.

– Ele não está, senhorita – foi a resposta.

Victoria piscou.

– Como?

– Ele partiu para Londres hoje bem cedo.

– Mas isso não é possível!

O criado lançou-lhe um olhar complacente.

– O marquês pediu para vê-la, caso a senhorita aparecesse.

O pai de Robert queria falar com ela? Aquilo era ainda mais inacreditável do que o fato de Robert ter ido para Londres. Aturdida, Victoria deixou-se conduzir por um grande saguão até uma pequena sala de estar. Olhou ao redor. Os móveis eram muito mais grandiosos do que qualquer coisa que ela e sua família possuíam, e, ainda assim, por instinto soube que não tinha sido levada à melhor sala de estar.

Alguns minutos depois, o marquês de Castleford apareceu. Era um homem alto e muito parecido com Robert, exceto pelas pequenas linhas de expressão em torno da boca. E seus olhos eram diferentes – de alguma forma, pareciam ter menos vida.

– Suponho que seja a Srta. Lyndon – disse ele.

– Sim – replicou ela, mantendo a cabeça erguida. Seu mundo estava caindo aos pedaços, mas não deixaria aquele homem perceber. – Estou aqui para falar com Robert.

– Meu filho partiu para Londres. – O marquês fez uma pausa. – Para procurar uma esposa.

Victoria estremeceu. Não pôde evitar.

– Ele lhe disse isso?

O marquês não falou nada, aproveitando para avaliar melhor a situação. O filho admitira que havia planejado fugir com aquela garota, mas alegara que ela lhe dera provas de sua falsidade. Porém a presença de Victoria em Castleford, combinada com seu comportamento quase desesperado, parecia indicar o contrário. Obviamente, Robert não estava a par de todos os fatos quando, de forma impulsiva, fizera as malas e jurara nunca voltar ao condado. Mas o marquês não permitiria que o filho jogasse a vida fora por aquela menina insignificante. Então disse por fim:

– Sim. Já está na hora de ele se casar, não acha?

– Não posso acreditar que esteja me perguntando isso.

– Minha querida Srta. Lyndon, a senhorita não passava de uma distração. Com certeza sabia disso.

Victoria não disse nada. Apenas encarou-o, horrorizada.

– Não sei se meu filho conseguiu ou não se divertir com a senhorita. Contudo, não me importo.

– O senhor não pode falar assim comigo.

– Minha querida menina, posso falar com a senhorita da maneira que eu quiser. Como eu dizia, a senhorita foi apenas um passatempo. É claro que não tolero as atitudes do meu filho; é um tanto ofensivo o fato de ele deflorar dessa forma a filha do vigário local.

– Ele não fez isso!

O marquês olhou para ela com uma expressão condescendente.

– No entanto, cabe à senhorita manter a própria virtude intacta, não a ele. E se fracassou nessa empreitada, bem, então o problema é seu. Meu filho não lhe fez nenhuma promessa.

– Sim, ele fez – disse Victoria em voz baixa.

Castleford ergueu a sobrancelha.

– E a senhorita acreditou?

Naquele exato momento, as pernas de Victoria ficaram bambas, e ela teve de se agarrar às costas de uma cadeira em busca de apoio.

– Ah, meu Deus – suspirou Victoria.

O pai estava certo o tempo todo. Robert nunca pretendera se casar com ela. Ou então teria esperado para saber por que Victoria não conseguira ir ao seu encontro. Ele provavelmente a teria seduzido em algum lugar a caminho de Gretna Green, e então...

Victoria nem queria pensar no destino que quase se abatera sobre ela. Lembrava-se de como Robert pedira para lhe "mostrar" como a amava, como se empenhara em tentar convencê-la de que as intimidades que tinham não eram pecaminosas.

Ela estremeceu, perdendo a inocência no espaço de um segundo.

– Sugiro que deixe o condado, minha querida – disse o marquês. – Dou-lhe *minha* palavra de que não falarei sobre a senhorita, mas não posso prometer que meu filho também manterá a boca fechada.

Robert. Victoria engoliu em seco. Só pensar em revê-lo era uma agonia. Sem dizer outra palavra, ela se virou e saiu da sala.

Mais tarde naquela noite, na cama, abriu um jornal e examinou os anúncios de emprego. No dia seguinte, enviou várias cartas, candidatando-se para o cargo de preceptora.

Duas semanas depois, foi embora.

CAPÍTULO 4

Norfolk, Inglaterra
Sete anos depois

Victoria perseguia o menino de 5 anos pelo gramado, tropeçando em suas saias com tanta frequência que decidiu segurá-las nas mãos, sem se importar que seus tornozelos ficassem à mostra para todo mundo ver. Preceptoras deveriam se comportar com o máximo decoro, mas já fazia quase uma hora que perseguia o pequeno tirano e estava a ponto de abrir mão de toda a compostura.

– Neville! – bradou ela. – Neville Hollingwood! Pare de correr neste instante!

Neville não demonstrava a menor intenção de diminuir o ritmo.

Victoria contornou o canto da casa e parou, tentando discernir para que lado o menino havia corrido.

– Neville! – gritou. – Neville!

Nenhuma resposta.

– Seu monstrinho – murmurou Victoria.

– *O que* disse, Srta. Lyndon?

Victoria virou e deu de cara com lady Hollingwood, sua patroa.

– Ah! Perdão, senhora. Não percebi que estava aqui.

– Obviamente – disse de maneira incisiva a mulher mais velha –, ou não teria chamado meu filho desse nome sujo.

Victoria não considerava "monstrinho" uma palavra suja, mas conteve o comentário e, em vez disso, replicou:

– Falei de um jeito carinhoso, lady Hollingwood. Claro que a senhora sabe disso.

– Não aprovo termos carinhosos sarcásticos, Srta. Lyndon. Sugiro que esta noite reflita sobre seu atrevimento. Não tem o direito de atribuir apelidos aos seus superiores. Tenha um bom dia.

Victoria teve de se esforçar para não ficar boquiaberta enquanto lady Hollingwood girava nos calcanhares e ia embora. Não importava o fato de o marido de lady Hollingwood ser um barão. Não havia a mínima possibilidade de pensar em Neville Hollingwood, de apenas 5 anos, como seu superior.

Ela cerrou os dentes e gritou:

– Neville!

– Srta. Lyndon!

Victoria estremeceu. De novo não.

Lady Hollingwood deu um passo na sua direção, depois parou, erguendo o queixo altivamente no ar. Victoria não tinha escolha senão ir até ela e dizer:

– Sim, milady?

– Não aprovo seus gritos mal-educados. Uma dama nunca levanta a voz.

– Perdoe-me, milady. Eu só tentava encontrar o jovem Sr. Neville.

– Se o vigiasse corretamente, a senhorita não estaria nessa situação.

Na opinião de Victoria, o menino era escorregadio como uma enguia e nem o próprio Almirante Nelson conseguiria ficar de olho nele por mais de dois minutos, mas guardou os pensamentos para si mesma. Por fim, ela disse:

– Sinto muito, milady.

Os olhos de lady Hollingwood se estreitaram, indicando que não acreditava nem por um instante na sinceridade das desculpas de Victoria.

– E faça-me o favor de se comportar com mais decoro esta noite.

– Esta noite, milady?

– A recepção, Srta. Lyndon.

A mulher mais velha suspirou como se fosse a vigésima vez que tivesse de explicar aquilo à Victoria, quando na verdade não mencionara nada antes. E os criados inferiores nunca falavam com Victoria, logo não estava a par das fofocas.

– Receberemos alguns convidados nos próximos dias – continuou lady Hollingwood. – Convidados muito importantes. Vários barões, alguns viscondes e até mesmo um conde. Lorde Hollingwood e eu frequentamos os mais elevados círculos.

Victoria estremeceu ao se lembrar da única vez que tivera a oportunidade de conviver com a nobreza. Não os achara tão nobres assim.

Robert. O rosto dele surgiu em sua mente de maneira espontânea.

Sete anos haviam se passado e ela ainda podia se lembrar de cada detalhe. A forma como suas sobrancelhas se arqueavam. As linhas em seu rosto quando sorria. A maneira como sempre tentava lhe dizer que a amava quando ela menos esperava.

Robert. Suas palavras acabaram se provando falsas.

– Srta. Lyndon!

Victoria acordou de seu devaneio.

– Sim, milady?

– Eu preferiria que evitasse cruzar o caminho de nossos convidados, mas, se for absolutamente impossível, tente se comportar com o decoro apropriado.

Victoria assentiu, desejando não precisar tanto daquele trabalho.

– Isso significa que não deve elevar a voz.

Como se alguém além do terrível Neville lhe desse motivo para tanto.

– Sim, milady.

Desta vez Victoria aguardou até lady Hollingwood sair, então voltou a procurar Neville, certificando-se de que ela estava fora de vista antes de dizer, satisfeita:

– Vou encontrá-lo, seu maldito pestinha.

Entrou no jardim oeste, cada passo pontuado por uma discreta imprecação mental. Ah, se o pai pudesse ouvir seus pensamentos! Victoria suspirou. Não via a família havia sete longos anos. Ainda se correspondia com Eleanor, mas nunca voltara a Kent. Não podia perdoar o pai por amarrá-la naquela noite fatídica, e não conseguia encará-lo, sabendo que tinha razão sobre Robert.

Mas o trabalho de preceptora não se mostrou nada fácil, e Victoria ocupou três cargos nos últimos sete anos. Parecia que a maioria das senhoras não gostava que as preceptoras de seus filhos tivessem cabelos negros e sedosos e olhos azul-escuros. E certamente não gostavam que fossem tão jovens e bonitas. Victoria tornara-se bastante habilidosa em evitar atenções indesejadas.

Ela balançou a cabeça enquanto examinava o gramado à procura de Neville. Com relação àquilo, Robert havia demonstrado não ser muito diferente dos outros jovens de sua classe. Só pareciam interessados em atrair moças para suas camas. Principalmente aquelas cuja família não era poderosa o suficiente para exigir o casamento após o ato.

O emprego nos Hollingwoods parecera um presente de Deus. Lorde Hollingwood não se interessava por nada além de seus cavalos e cães, e não havia filhos mais velhos para atormentá-la quando aparecessem em casa nos recessos da faculdade.

Infelizmente havia Neville, que era um pequeno terror desde o primeiro dia. Mimado e mal-educado, ele mandava na casa, e lady Hollingwood proibira Victoria de discipliná-lo.

Victoria suspirou enquanto atravessava o gramado, rezando para que Neville não tivesse entrado no labirinto de sebes.

– Neville! – chamou, tentando manter a voz baixa.

– A-qui, Lyndon!

O pequeno miserável sempre se recusava a chamá-la de *Srta.* Lyndon. Victoria levara o assunto a lady Hollingwood, que não deu muita importância e apenas observou como o filho era inteligente e original.

– Neville?

Por favor, no labirinto não. Nunca aprendera a andar por ali.

– No labirinto, sua tonta!

Victoria gemeu e resmungou:

– Odeio ser preceptora.

E era verdade. Odiava. Odiava cada segundo daquela terrível subserviência, odiava ter que fazer as vontades de crianças mimadas. Mas, acima de tudo, odiava o fato de ter sido forçada a isso. Nunca tivera escolha. Não de verdade. Não acreditara nem por um segundo que o pai de Robert não espalharia fofocas horríveis a seu respeito. Ele queria que ela deixasse o distrito.

Era trabalhar como preceptora ou a ruína.

Victoria entrou no labirinto.

– Neville? – chamou com cautela.

– Por aqui!

A impressão era de que ele estava à sua esquerda. Victoria deu alguns passos nessa direção.

– Ah, Lyndon! – gritou ele. – Aposto que não consegue me encontrar!

Victoria dobrou uma esquina correndo, depois outra e outra.

– Neville! – berrou. – Onde está você?

– Estou aqui, Lyndon.

Victoria quase gritou de frustração. Parecia que ele estava diretamente à sua direita. O único problema era que não tinha ideia de como chegar do outro lado. Talvez se virasse naquela curva...

Então deu mais algumas voltas, ciente de que estava perdida. De repente, ouviu um som terrível.

A risada de Neville.

– Já saí do labirinto, Lyndon!

– Neville! – vociferou ela, a voz ficando estridente. – Neville!

– Vou para casa agora – provocou ele. – Tenha uma boa noite, Lyndon!

Victoria desabou no chão. Quando conseguisse sair, *mataria* aquele garoto. Com prazer.

Oito horas mais tarde, Victoria ainda não tinha encontrado a saída. Depois de procurar por duas horas, finalmente se sentou e chorou. Lágrimas de frustração eram cada vez mais comuns naqueles dias. Não podia acreditar que ninguém havia notado sua ausência, mas duvidava que Neville confessaria tê-la atraído para o labirinto. Era bem provável que o pequeno miserável tivesse indicado a direção oposta a quem quer que estivesse procurando por ela. Victoria teria sorte se passasse somente *uma* noite ali.

Ela suspirou e olhou para o céu. Talvez fossem nove horas da noite, mas o crepúsculo ainda pairava. Graças a Deus Neville não pensou em lhe pregar aquela peça no inverno, quando os dias eram curtos.

O som da música flutuava pelo ar, sinal de que a festa já havia começado, obviamente sem ninguém se preocupar com a preceptora desaparecida.

– Odeio ser preceptora – resmungou Victoria pelo que deveria ser a décima vez naquele dia.

Dizer aquilo em voz alta não a fazia se sentir melhor, mas falou assim mesmo.

E, por fim, depois de ter começado a fantasiar sobre o escândalo que seria quando, três meses depois, os Hollingwoods encontrassem seu cadáver no labirinto, Victoria ouviu vozes.

Ah, graças aos céus. Estava salva. Levantou-se depressa e abriu a boca para gritar uma saudação.

Então ouviu o que as vozes estavam dizendo.

E fechou a boca. Ah, *maldição*.

– Venha aqui, seu grande garanhão – disse uma voz feminina, dando risadinhas.

– Você é sempre tão original, Helene.

A voz masculina personificava o tédio civilizado, mas ele parecia ligeiramente interessado no que a senhora tinha a oferecer.

Ah, que sorte. Oito horas no labirinto e as primeiras pessoas a aparecerem eram um casal de amantes num encontro secreto. Victoria duvidava que ficariam satisfeitos em saber que estava ali. Pelo que conhecia da nobreza, provavelmente encontrariam alguma maneira de fazer aquela situação constrangedora parecer culpa *dela*.

– Odeio ser preceptora – sussurrou, irritada, sentando-se outra vez. – E odeio a nobreza.

A voz feminina interrompeu as risadas o suficiente para dizer:

– Ouviu alguma coisa?

– Cale-se, Helene.

Victoria suspirou e bateu a mão na testa. O casal começava a soar bastante amoroso, apesar do jeito rude e indolente do homem.

– Não, tenho certeza de que ouvi algo. E se for meu marido?

– Seu marido sabe quem você é, Helene.

– Você acabou de me insultar?

– Não sei. Insultei?

Victoria podia imaginar o homem cruzando os braços e recostando-se na sebe.

– Você é muito atrevido, sabia disso? – provocou Helene.

– E você adora me lembrar disso.

– Você faz com que eu também me sinta atrevida.

– Não creio que precise de ajuda para isso.

– Ah, senhor, terei de castigá-lo.

Ah, *por favor*, pensou Victoria, cobrindo os olhos com a mão.

Helene deixou escapar mais algumas risadinhas estridentes.

– Pegue-me se puder!

Victoria ouviu o barulho dos dois correndo e suspirou, concluindo que ainda ficaria constrangedoramente presa no labirinto com aquele casal por um bom tempo. Então os passos começaram a se aproximar. Victoria ergueu os olhos a tempo de ver uma mulher loura dobrar depressa a esquina. E nem teve tempo de gritar antes que Helene tropeçasse nela e aterrissasse sem jeito no chão.

– Mas que *diabo*! – gritou Helene.

– Calma, Helene – disse a voz masculina um pouco mais distante. – Essa linguagem não fica bem em sua linda boca.

– Quieto, Macclesfield. Tem uma *garota* aqui. Uma garota. – Helene virou-se para Victoria. – Mas quem diabo é você? Meu marido a mandou aqui?

Mas Victoria não ouviu o que ela disse. Macclesfield? *Macclesfield?* Ela fechou os olhos em agonia. Ah, santo Deus. Que não seja o Robert. Por favor, qualquer um, menos o Robert.

Passos pesados dobraram a esquina.

– Helene, mas que raios está acontecendo?

Victoria olhou lentamente para cima, os olhos azuis arregalados e apavorados.

Robert.

A boca ficou seca. Não conseguia respirar. Ah, meu Deus. Robert. Ele parecia mais velho. O corpo ainda era forte como uma rocha e musculoso, mas havia linhas em seu rosto que não existiam havia sete anos, e seus olhos pareciam severos.

A princípio, ele não a viu; a atenção ainda estava em Helene, que continuava furiosa.

– É provável que seja a preceptora desaparecida de quem Hollingwood estava falando. – Então encarou Victoria. – E que sumiu desde...

O sangue se esvaiu do rosto dele.

– *Você.*

Victoria engoliu em seco, nervosa. Nunca pensara em revê-lo, nunca nem tentara se preparar para o que sentiria se isso acontecesse. Seu corpo estava estranho, esquisito, e tudo o que queria era cavar um buraco no chão e se esconder.

Bem, isso não era inteiramente verdade. Parte dela queria muito gritar de ódio e arranhar o rosto dele.

– Mas que diabo está fazendo aqui? – disparou ele.

Victoria reuniu todo o orgulho e olhou para ele com ar desafiador.

– Sou a preceptora desaparecida.

Helene acertou o pé no quadril de Victoria.

– É melhor tratá-lo por "milorde", se valoriza o seu emprego, garota. Ele é um conde, e é bom que não se esqueça disso.

– Sei muito bem quem ele é.

Helene virou a cabeça em direção a Robert.

– Conhece esta garota?

– Conheço.

Victoria precisou de toda a sua força de vontade para não se encolher com a frieza da voz de Robert. Ela era mais sensata agora do que sete anos antes. E mais forte também. Levantou-se, olhou nos olhos dele e disse:

– Robert.

– É um bom cumprimento – disse ele.

– O que significa isso? – indagou Helene. – Quem é ela? O que você...? – Ela olhava para Victoria e depois para Robert. – Ela o chamou de *Robert*?

Robert não tirou os olhos de Victoria nem por um instante.

– É melhor você sair daqui, Helene.

– Não saio mesmo.

Ela cruzou os braços.

– Helene – repetiu ele, a voz baixa em tom de advertência.

Victoria notou a fúria velada na voz dele, mas, aparentemente, Helene não, porque disse:

– Não consigo imaginar o que você teria a dizer para essa... Essa preceptora.

Robert virou para Helene e vociferou:

– Deixe-nos a sós!

Ela piscou.

– Não sei sair daqui.

– Vire à direita, depois duas vezes à esquerda e mais uma à direita – disparou ele.

Helene abriu a boca como se quisesse dizer mais alguma coisa, então pensou melhor a respeito. Com um último olhar irritado na direção de Victoria, foi embora. Victoria sentiu-se bastante inclinada a segui-la.

– Virar à direita, depois duas vezes à esquerda e mais uma à direita – sussurrou para si mesma.

– Você não vai a lugar nenhum! – bradou Robert.

Seu tom imperioso foi o suficiente para convencer Victoria de que era inútil tentar conversar educadamente com ele.

– Se me der licença – disse ela, passando por ele.

A mão dele atingiu seu braço como uma tempestade.

– Volte aqui, Victoria.

– Não me dê ordens! – explodiu, virando para encará-lo. – E não fale comigo nesse tom.

– Meu Deus – zombou ele. – Toda essa exigência por respeito é bem estranha vindo de uma mulher cuja ideia de...

– Chega! – gritou ela. Não sabia ao certo sobre o que ele estava falando, mas não podia suportar o tom mordaz em sua voz. – Pare com isso! Já basta!

Para sua surpresa, ele parou. E parecia bastante chocado com a explosão de raiva dela. Victoria não ficou abalada. A garota que ele havia conhecido sete anos antes não gritava daquele jeito. Nunca precisou. Ela puxou o braço e disse:

– Por favor, deixe-me em paz.

– Não quero.

Victoria ergueu a cabeça de repente.

– O que você disse?

Ele deu de ombros e avaliou-a com seriedade.

– Estou bastante interessado no que perdi sete anos atrás. Você está muito bonita.

Victoria ficou boquiaberta.

– Como se eu…

– Em seu lugar, eu não teria tanta pressa em me recusar – interrompeu ele. – É claro que você não esperaria por casamento, mas não corro mais o risco de ser deserdado. Sou muito rico, minha querida.

O pai dele a chamara de "minha querida". E com o mesmo tom condescendente. Victoria conteve o impulso de cuspir no rosto dele e disse:

– Que ótimo para você.

Ele continuou como se não a tivesse ouvido:

– Devo dizer que nunca pensei encontrá-la de novo nessas circunstâncias.

– Eu tinha esperança de que isso *nunca* acontecesse – retrucou ela.

– Preceptora – falou ele em um tom de voz estranhamente reflexivo. – Que posição interessante e precária ocupa na casa. Nem parte da família nem criada.

Victoria revirou os olhos.

– Duvido que esteja tão familiarizado quanto eu com a "posição interessante" de uma preceptora.

Ele inclinou a cabeça de uma maneira falsamente amigável.

– Há quanto tempo vem fazendo isso? Acho muito engraçado que a elite da Inglaterra confie a *você* a educação moral de seus filhos.

– Sem dúvida posso fazer um trabalho melhor do que *você*.

Ele deu uma risada.

– Mas eu nunca fingi ser bom e sincero. Nunca fingi ser o rapaz dos sonhos. – Ele se inclinou para a frente e acariciou o rosto dela com as costas da mão. Seu toque era frio e suave. – Nunca fingi ser um anjo.

– Fingiu! – desabafou ela. – Fingiu, sim. Você era tudo com o que eu sempre sonhei, tudo o que eu sempre desejei. E tudo o que você queria…

Os olhos dele reluziram maliciosamente, enquanto a puxava mais para perto.

– O que eu queria, Victoria?

Ela virou a cabeça para o lado, recusando-se a responder.

Ele soltou-a abruptamente.

– Suponho que não faça sentido repetir todas as minhas esperanças tolas.

Ela deu risada.

– *Suas* esperanças? Bem, sinto muito por não ter conseguido me levar para a cama. Isso deve ter partido seu coração.

Ele se inclinou para a frente, o olhar ameaçador.

– Nunca é tarde demais para sonhar, não é?

– Este é um sonho que nunca se realizará.

Ele deu de ombros, com uma expressão que dizia que não se importava.

– Deus do céu, significava tão pouco para você, não foi? – sussurrou ela.

Robert olhou para ela, incapaz de acreditar em suas palavras. Ela significara tudo para ele. Tudo. Ele lhe prometera a lua e estava sendo sincero. Ele a amara tanto que teria dado um jeito de puxar aquela esfera do céu para lhe entregar em uma bandeja, se ela quisesse.

Mas ela nunca o amara. Só gostara da ideia de se casar com um conde rico.

– Torie – disse ele, preparando-se para lhe dar uma resposta mordaz.

Mas ela nunca lhe deu a oportunidade.

– Não me chame de Torie! – explodiu ela.

– Pelo que me lembro, fui eu quem lhe deu esse apelido.

– Você abriu mão do seu direito a ele há sete anos.

– Eu abri mão? – indagou ele, sem conseguir acreditar que ela estava tentando culpá-lo.

As lembranças daquela fuga patética voltaram à sua mente. Ele ficou esperando por ela na friagem da noite. Esperou por mais de uma hora, cada fibra de seu ser repleta de amor, desejo e esperança. E ela foi dormir. Simples assim. Adormeceu sem se importar com ele.

A fúria tomou conta de Robert, e ele a puxou para perto, afundando os dedos em sua pele.

– Você parece ter esquecido de propósito os fatos do nosso relacionamento, Torie.

Ela puxou o braço com uma força que o surpreendeu.

– Já disse para *não* me chamar assim. Não sou mais ela. Não sou há anos.

Ele contraiu os lábios, sem humor.

– E quem você é, então?

Ela o encarou por um instante, tentando decidir se respondia ou não sua pergunta. Por fim, disse:

– Sou a Srta. Lyndon. Ou, nos dias atuais, o mais comum é apenas Lyndon. Nem Victoria eu sou mais.

Os olhos de Robert percorreram seu rosto, sem reconhecer direito o que via. Havia uma certa força que ela não possuía aos 17 anos. E os olhos dela tinham uma frieza que o enervavam.

– Você está certa – declarou ele, dando de ombros com uma expressão de tédio. – Você não é Torie. Provavelmente nunca foi.

Victoria contraiu os lábios e se recusou a responder.

– E por isso eu lhe agradeço – continuou ele com uma voz formalmente debochada.

Victoria olhou para o rosto dele.

Robert ergueu a mão como se fizesse um brinde.

– A Victoria Mary Lyndon! Por me propiciar ensinamentos que não deveriam faltar a nenhum homem.

Victoria sentiu o estômago embrulhar e deu um passo para trás.

– Não faça isso, Robert.

– Por me mostrar que as mulheres são frívolas e imprestáveis…

– Robert, não.

– …que servem apenas para um propósito. – Então passou o polegar pelos lábios dela com uma lentidão agonizante. – Embora eu deva dizer que cumprem esse dever muito bem.

Victoria ficou paralisada, tentando com todas as forças não deixar o coração disparar ao toque dos dedos dele em seus lábios.

– Acima de tudo, Srta. Victoria Lyndon, devo lhe agradecer por me mostrar a verdadeira medida do coração. Sabe, o coração não é o que eu pensava.

– Robert, eu não quero ouvir isso.

Ele se mexeu com velocidade, agarrando-a brutalmente pelos ombros e pressionando-a contra a sebe.

– Mas você *vai* ouvir, Victoria. Vai ouvir tudo o que tenho a dizer.

Como não podia tapar os ouvidos, ela fechou os olhos, mas isso não ajudou muito a bloquear aquela presença esmagadora.

– Aprendi que o coração só existe para sofrer. O amor é o sonho de um poeta, mas a dor… – Seus dedos apertaram os ombros dela. – A dor é muito, muito real.

Sem abrir os olhos, ela sussurrou:

– Sei mais sobre a dor do que você pode imaginar.

– Dor por não ter arranjado uma fortuna, Victoria? Não é disso que estou falando. Mas... – Ele tirou as mãos dela com um floreio. – Já não sinto mais dor.

Victoria abriu os olhos.

Ele olhou para o rosto dela.

– Não sinto mais nada.

Ela o encarou de volta, o olhar tão duro quanto o dele. Aquele era o homem que a traíra. Ele lhe prometera a lua e, em vez disso, roubara sua alma. Talvez ela não fosse uma pessoa tão nobre, porque estava *contente* por ele ter ficado tão amargo, contente por ele levar uma vida infeliz.

Ele não sentia mais nada? Ela disse exatamente o que sentia.

– Ótimo.

Ele ergueu uma sobrancelha ante a malícia no tom de voz dela.

– Posso ver que não a julguei mal.

– Adeus, Robert.

Virar à direita, depois duas vezes à esquerda e mais uma à direita. Ela lhe deu as costas e foi embora.

~

Robert ficou parado no labirinto por uma hora, os olhos desfocados, o corpo sem vida.

Torie. Estremecia só de ouvir o som do nome dela em sua mente.

Ele mentira ao dizer que já não sentia nada. Quando a viu, sentada ali no labirinto, foi invadido por uma imensa sensação de prazer e alívio, como se ela pudesse preencher o vazio que o inundara nos últimos sete anos.

Mas é claro que foi ela a responsável por deixar aquele vazio em seu coração.

Ele tentou apagar sua lembrança com a companhia de outras mulheres – embora nunca, para a grande consternação do pai, do tipo que poderia considerar tomar como esposa. Envolveu-se com viúvas, cortesãs e cantoras de ópera. Chegou a buscar mulheres parecidas com Victoria, como se cabelos pretos sedosos e olhos azuis pudessem remendar sua alma. E às vezes, quando a dor em seu coração era muito forte, esquecia-se e gritava o nome dela no calor da paixão. Era constrangedor, mas nenhuma de suas amantes foi indiscreta o suficiente para mencionar o fato. Sempre recebiam uma gratificação extra quando acontecia e redobravam seus esforços para agradá-lo.

Porém nenhuma dessas mulheres o fez esquecê-la. Não se passava um dia sem que Victoria lhe viesse à cabeça. Sua gargalhada, seus sorrisos.

Sua traição. A única coisa que ele nunca poderia perdoar.

Torie. Aqueles cabelos negros espessos. Os olhos azuis brilhantes. A idade a deixara ainda mais linda.

E ele a queria.

Que o Senhor o ajudasse, porque ele ainda a queria.

Mas também queria vingança.

Só não sabia o que queria mais.

CAPÍTULO 5

Na manhã seguinte, Victoria acordou com apenas um pensamento na cabeça: queria ficar o mais longe possível de Robert Kemble, o conde de Macclesfield.

Ela não queria se vingar. Não queria um pedido de desculpas. Só não queria vê-lo.

E esperava que Robert sentisse o mesmo. Só Deus sabia como ele estava excepcionalmente irritado na noite anterior. Ela deu de ombros, sem entender o motivo de tanta fúria. Talvez estivesse com seu ego masculino ferido por não ter conseguido seduzi-la como fazia com todas as outras.

Victoria vestiu-se depressa, preparando-se mentalmente para o café da manhã com Neville, uma tarefa sempre desagradável. O menino aprendeu a reclamar com um mestre: a mãe. Se os ovos não estavam muito frios, então o chá estava muito quente ou o…

Ela ouviu uma batida forte na porta e se virou, o coração de repente batendo acelerado. Com certeza Robert não teria a audácia de procurá-la em seu quarto. Então mordeu o lábio inferior, lembrando-se de como fora grosseira com ele. E ele seria, *sim,* capaz de algo tão insensato.

A fúria cresceu dentro dela. Esse comportamento poderia lhe custar seu emprego e, ao contrário de Robert, ela não tinha uma fortuna. Victoria atravessou o quarto com passadas rápidas e abriu a porta com força, irritada:

– O que foi?

– Com sua licença, Srta. Lyndon.

– Ah, lady Hollingwood, sinto muito. Pensei que era... Quer dizer...

Com total desânimo, Victoria parou de falar. Daquele jeito, não precisaria da ajuda de Robert para perder o emprego. Estava fazendo um bom trabalho sozinha.

Lady Hollingwood inclinou a cabeça de forma imperiosa e entrou no quarto sem esperar convite.

– Estou aqui para conversar sobre seu infeliz desaparecimento na noite passada.

– O jovem Neville atraiu-me até o labirinto, milady. E não consegui achar a saída.

– Não tente forçar um garoto de apenas 5 anos a assumir a culpa pelos seus atos.

Victoria cerrou os punhos ao lado do corpo.

– A senhorita percebe – continuou lady Hollingwood –, o transtorno que me causou? Eu estava com a casa cheia de convidados e fui forçada a deixá-los a sós para colocar meu filho para dormir. Quando a senhorita deveria estar lá para fazer isso.

– E estaria, milady – disse Victoria, tentando não trincar os dentes. – Mas fiquei presa no labirinto. Com certeza a senhora...

– Pode considerar este seu aviso final, Srta. Lyndon. Estou muito insatisfeita com seu comportamento. Mais um contratempo desses e serei forçada a mandá-la embora. – Lady Hollingwood girou nos calcanhares e voltou para o corredor. Então de repente se virou e disse: – *Sem* referências.

Victoria ficou olhando para a porta aberta por vários segundos antes de soltar o ar pesadamente. Tinha de arrumar um novo emprego. Aquilo era inaceitável. Insuportável. Era...

– Victoria.

O contorno de Robert preencheu a porta.

– E eu que achava que o dia não teria como piorar – murmurou ela.

Robert ergueu a sobrancelha de forma insolente, olhando para o relógio da mesinha de cabeceira.

– Sério, como seu dia já pode estar tão ruim a essa hora da manhã?

Ela tentou passar por ele.

– Tenho que trabalhar.

– Dar comida para o jovem Neville? – Então segurou o braço dela e fechou a porta com o pé. – Não será necessário. Neville saiu para cavalgar com meu bom amigo Ramsay, que generosamente se ofereceu para entreter o pirralho a manhã inteira.

Victoria fechou os olhos por um instante e soltou o ar, sendo invadida pelas lembranças. Ele sempre fora tão organizado, atento aos mínimos detalhes. Ela deveria saber que ele encontraria uma maneira de ocupar Neville se quisesse vê-la a sós.

Quando Victoria abriu os olhos, Robert examinava distraidamente um livro em sua mesa de cabeceira.

– Nada mais de romances? – perguntou ele, segurando o livro, um estudo árido sobre astronomia.

Victoria ergueu um pouco o queixo.

– Não gosto mais de romances.

Robert continuou a folhear as páginas do livro.

– Não fazia ideia de que você gostava tanto de astronomia.

Victoria engoliu em seco, não podia dizer que a lua e as estrelas a faziam sentir-se mais perto dele. Ou melhor, mais perto da pessoa que achava que ele fosse.

– Milorde – disse ela com um suspiro. – Por que está fazendo isso?

Ele deu de ombros e sentou-se em sua pequena cama.

– Fazendo o quê?

– Isto! – Ela ergueu os braços. – Vindo até o meu quarto. Sentando-se na minha cama. – Então piscou, como se tivesse acabado de perceber o que ele estava fazendo. – Você está na minha cama. Pelo amor de Deus, saia da minha cama.

Ele lentamente abriu um sorriso.

– Obrigue-me.

– Não sou tão infantil assim para me irritar com um desafio desses.

– Não? – Ele se recostou nos travesseiros e cruzou os tornozelos. – Não se preocupe. Minhas botas estão limpas.

Victoria estreitou os olhos, e então pegou a bacia d'água que usava para se lavar e despejou-a na cabeça e no peito dele.

– Retiro o que disse – observou ela, ácida. – Posso ser bastante infantil quando a ocasião justifica.

– Santo Deus, mulher! – bradou Robert, pulando da cama.

A água escorria em filetes pelo seu rosto, ensopando a gravata e a camisa.

Victoria apoiou-se na parede e cruzou os braços, contente com sua obra.

– Sabe – disse ela com um sorriso satisfeito –, acho que, no final das contas, está tudo certo com o mundo.

– Não se atreva a fazer algo assim outra vez! – rugiu ele.

– E o quê? Impugnar sua honra? Não sabia que você tinha uma.

Ele avançou em direção a ela com passos ameaçadores. Victoria provavelmente teria recuado, mas suas costas já estavam contra a parede.

– Você vai se arrepender! – disse ele fora de si.

Victoria não conseguiu se controlar e começou a rir.

– Robert, nada será capaz de fazer com que eu me arrependa disso. Guardarei este momento na lembrança o resto da vida. O resto da vida! Na verdade, essa pode ser uma das únicas coisas de que *não* me arrependerei...

– Victoria – disse ele, com ódio mortal na voz. – Cale-se.

Ela ficou quieta, mas não parou de rir.

Robert se aproximou dela até estarem a um milímetro de distância.

– Se você vai me molhar – disse ele, a voz se transformando em um sussurro rouco –, então também vai me secar.

Victoria desviou para o lado.

– Talvez uma toalha... Seria um prazer lhe emprestar a minha.

Ele se colocou na frente dela novamente e segurou seu queixo. O corpo dele estava quente, mas os olhos ardiam.

– Esperei a vida inteira por isso – sussurrou ele, pressionando o corpo contra o dela.

A água da roupa de Robert ensopou o vestido de Victoria, mas ela não sentia nada além do calor do corpo dele.

– Não – sussurrou ela. – Não faça isso.

Os olhos dele deixavam transparecer um estranho desespero.

– Não consigo me controlar – disse ele com a voz rouca. – Que Deus me ajude, não consigo me controlar.

Os lábios dele desceram em direção aos dela com uma lentidão agonizante. Parou por um instante quando estava a apenas um centímetro de distância, como se tentasse se controlar até o último momento. Então, com impressionante rapidez, suas mãos soltaram os braços de Victoria e se moveram para a nuca, levando os lábios dela aos dele.

Robert enfiou as mãos nos cabelos espessos dela, sem se preocupar com os grampos que caíam no chão. Continuavam exatamente iguais – sedosos e pesados, e seu cheiro era o suficiente para deixá-lo maluco. Ele murmurou o nome dela várias vezes, por um instante esquecendo-se de que a odiava, de que ela o abandonara anos atrás, de que ela era a razão de seu coração estar morto havia sete longos anos. Contava apenas com seus instintos, e seu corpo não tinha escolha a não ser reconhecer que ela era sua Torie e que estava em seus braços, o lugar a que pertencia.

Ele a beijava de forma ardente, tentando absorver sua essência e compensar todos aqueles anos perdidos. Ele a abraçava com força, percorrendo seu corpo, tentando lembrar e memorizar cada curva.

– Torie – murmurou, descendo os lábios pelo pescoço dela. – Eu nunca... Nenhuma outra mulher...

Victoria deixou a cabeça cair para trás, toda a razão tendo lhe abandonado ao primeiro toque dos lábios dele. Achava que tinha esquecido como era estar nos braços de Robert, sentir o toque daqueles lábios em sua pele.

Mas não tinha. Cada toque lhe era dolorosamente familiar e surpreendentemente excitante. E, quando ele a deitou na cama, ela nem sequer pensou em protestar.

O peso do corpo dele a pressionou contra o colchão e uma das mãos de Robert envolveu sua panturrilha, apertando-a e acariciando-a, enquanto subia até o joelho.

– Vou amar você, Torie – disse Robert impetuosamente. – Vou amar você até que não consiga se mover. Até que não consiga pensar. – A mão dele subia cada vez mais, chegando à pele quente da parte superior de sua coxa onde as meias terminavam. – Vou amar você como deveria ter feito antes.

Victoria gemia de prazer. Passara sete longos anos sem nem sequer um abraço, e ansiava por afeição física. Já sabia o que era ser tocada e beijada e não fazia ideia do quanto sentia falta disso até aquele momento. A mão dele se moveu e ela percebeu vagamente que Robert estava mexendo em suas calças, tentando abri-las e...

– Ah, Deus, não! – gritou ela, empurrando-o pelos ombros. Em sua mente, podia ver os dois de cima. As pernas dela estavam abertas, e Robert estava entre elas. – Não, Robert – disse de novo, saindo de baixo dele. – Não posso.

– Não faça isso – advertiu ele, a paixão ainda vidrando seus olhos. – Não me provoque e...

– Isso é tudo o que você sempre quis, não é? – indagou ela, irritada, saindo da cama. – Tudo o que você sempre quis de mim.

– Era certamente uma delas – murmurou ele, com a aparência de quem sofria.

– Meu Deus, sou tão estúpida. – Em seguida, cruzou os braços no peito em uma manobra defensiva. – A essa altura, eu já deveria ter aprendido a lição.

– Assim como eu deveria ter aprendido a minha – disse ele, amargo.

– Por favor, vá embora.

Ele parou a caminho da porta e disse:

– Por favor? Mas que boas maneiras.

– Robert, estou lhe pedindo do jeito mais educado possível.

– Mas por que me pedir para sair? – Ele caminhou até ela. – Por que lutar contra isso, Torie? Você sabe que também me quer.

– Essa não é a questão! – Horrorizada, Victoria percebeu o que acabara de revelar. Ela não sabia como conseguiu dizer aquelas palavras, mas se forçou a baixar a voz e continuar: – Pelo amor de Deus, Robert, você entende o que está fazendo? Estou a um passo de ser demitida. Não posso me dar ao luxo de perder meu emprego. Se você for visto em meu quarto, serei mandada embora.

– É mesmo?

Ele parecia intrigado com a possibilidade.

Ela falou com cautela, medindo cada palavra.

– Já entendi que não tem bons sentimentos por mim, mas, em nome da decência, por favor, saia!

Ela odiava soar como se estivesse implorando, mas não tinha escolha. Quando a recepção dada por seus patrões chegasse ao fim, Robert iria embora e retomaria sua vida. Aquela *era* sua vida.

Ele se inclinou para a frente, os olhos azuis atentos.

– Por que se importa? Não é possível que goste tanto assim desse emprego.

Victoria explodiu. Simplesmente explodiu.

– É claro que não gosto tanto assim desse emprego. Acha que gosto de cuidar do pirralho de 5 anos mais terrível do mundo? Acha que gosto de ser tratada como um cachorro pela mãe dele? Use seu cérebro, Robert. O pouco que tem, pelo menos.

Robert ignorou o insulto.

– Então por que ficar?

– Porque não tenho escolha! – disparou ela. – Você tem alguma ideia do que é não ter escolha? Tem? Não, é claro que não.

Então virou as costas para ele, incapaz de encará-lo enquanto tremia de emoção.

– Por que você não se casa?

– Porque eu...

Ela engoliu em seco.

Como poderia dizer que nunca tinha se casado porque sabia que nenhum homem estaria a altura dele? Mesmo que toda a corte que lhe fizera tivesse sido falsa, havia sido perfeita e ela sabia que nunca encontraria alguém que pudesse fazê-la tão feliz quanto fora naqueles dois curtos meses.

– Vá embora – disse ela com uma voz quase inaudível. – Por favor, vá.

– Isso não chegou ao fim, Torie.

Ela ignorou o uso proposital de seu apelido.

– Tem de ter chegado. Na verdade, nunca deveria ter começado.

Robert encarou-a por um tempo.

– Você está diferente – disse ele, por fim.

– Não sou a mesma garota de quem você tentou se aproveitar, se é o que quer dizer. – Victoria mantinha-se firme e decidida. – Já se passaram sete anos, Robert. Sou uma pessoa diferente agora. Como, ao que parece, você também é.

Robert deixou o quarto sem mais uma palavra, seguindo com pressa da ala dos criados para seu quarto na ala dos hóspedes.

Mas em que diabo estava pensando?

Não estava. Essa era a única explicação. Por que outro motivo planejaria que entretessem o pequeno Neville a manhã toda e entraria furtivamente no quarto de Victoria?

– Porque ela faz com que eu me sinta vivo – sussurrou para si mesmo.

Não conseguia se lembrar da última vez que seus sentidos ficaram tão sintonizados, da última vez que se sentira tão deliciosamente embriagado daquele jeito.

Não, aquilo não era de todo verdade. Ele se lembrava muito bem. Foi da última vez que a tivera em seus braços. Sete anos atrás.

Era algum consolo saber que aqueles anos também não trouxeram felicidade à Victoria. Ela era uma interesseira calculista, decidida a se casar com alguém rico, mas tudo o que conseguiu foi um emprego infeliz como preceptora.

As circunstâncias certamente não a haviam favorecido. Ele podia estar morto por dentro, mas pelo menos tinha a liberdade de fazer o que queria, quando queria. Victoria tentava a todo custo manter um emprego que odiava, temendo ser demitida sem referências.

Foi quando algo lhe ocorreu. Podia ter Victoria e sua vingança.

Seu corpo zumbia só de pensar em tê-la em seus braços, em beijar cada centímetro daquele corpo delicioso.

Sua mente fervilhava com a possibilidade de que poderiam ser descobertos pelos patrões de Victoria, que então nunca mais permitiriam que ela cuidasse de seu precioso Neville.

Victoria ficaria sem eira nem beira. E ele duvidava que ela voltaria para a casa do pai. Era orgulhosa demais para isso. Não, ela ficaria sozinha, sem ninguém a quem recorrer.

Exceto ele.

~

Desta vez precisaria de um plano muito bom.

Robert passou duas horas imóvel na cama, ignorando as batidas na porta, ignorando o relógio que lhe dizia que o café da manhã já não estava mais sendo servido. Simplesmente colocou as mãos atrás da cabeça, olhou para o teto e começou a planejar.

Se quisesse levar Victoria para a cama, teria de seduzi-la. Isso não seria problema. Robert tinha passado os últimos sete anos em Londres e sabia muito bem como ser encantador.

Na verdade era conhecido por ser um dos homens mais charmosos de toda a Grã-Bretanha, razão pela qual nunca ficava sem uma companhia feminina.

Mas Victoria era um novo desafio. Era muito desconfiada e parecia pensar que ele só queria seduzi-la. O que não estava muito longe da verdade, é claro, mas não ajudaria sua causa deixá-la continuar a acreditar que seus motivos eram tão impuros.

Primeiro teria de recuperar sua confiança. A ideia era estranhamente atraente, mesmo quando seu corpo enrijecia só de pensar nela.

Ela tentaria afastá-lo. Estava certo disso. Humm. Teria de ser encantador *e* persistente. Na verdade, teria de ser mais persistente do que encantador.

Robert levantou da cama, jogou um pouco de água fria no rosto e saiu do quarto com um único objetivo.

Encontrar Victoria.

Ela estava sentada sob uma árvore frondosa, dolorosamente linda e inocente, mas Robert tentou ignorar o último pensamento. Neville estava a uns 20 metros de distância, gritando algo sobre Napoleão e bradando no ar um sabre de brinquedo. Victoria tinha um olho no menino e outro em um pequeno caderno no qual escrevia lentamente.

– Não me parece um trabalho tão terrível – disse Robert, sentando-se no chão ao lado dela. – Ficar sentada sob uma árvore frondosa, aproveitando o sol da tarde…

Ela suspirou.

– Pensei ter lhe dito para me deixar em paz.

– Não precisamente. Creio que me disse para deixar seu quarto. O que eu fiz.

Ela olhou para Robert como se ele fosse o maior idiota do mundo.

– Robert – disse ela, sem precisar concluir a frase.

Seu tom dizia tudo.

Ele deu de ombros.

– Senti sua falta.

Ao ouvir isso, Victoria ficou boquiaberta.

– Pelo menos pense em algo um pouco mais plausível.

– Aproveitando o ar do campo?

Ele se recostou e apoiou-se nos cotovelos.

– Como pode vir até aqui para falar de amenidades?

– Pensei que era o que os amigos faziam.

– Nós *não* somos amigos.

Ele sorriu de forma extravagante.

– Poderíamos ser.

– Não – disse ela com firmeza. – Não poderíamos.

– Está bem, Torie, não fique tão irritada.

– Eu NÃO... – Ela se interrompeu, percebendo que estava quase tendo um ataque. Limpou a garganta e procurou falar com tranquilidade. – Não estou irritada.

Ele sorriu de uma maneira irritantemente permissiva.

– Robert...

– Gosto do som do meu nome em seus lábios. – Ele suspirou. – Sempre gostei.

– Milorde... – grunhiu ela.

– Isso é ainda melhor. Implica uma certa subserviência que é ainda mais atraente.

Ela desistiu de tentar se comunicar e virou o corpo todo para o outro lado.

– O que está escrevendo? – perguntou ele por cima do ombro dela.

Victoria ficou tensa ao sentir a respiração dele em seu pescoço.

– Nada que lhe interesse.

– É um diário?

– Não. Vá embora.

Ele desistiu do charme em nome da persistência e ergueu a cabeça para ver melhor.

– Está escrevendo sobre mim?

– Já disse que não é um diário.

– Não acredito em você.

Ela virou-se para ele.

– Você poderia deixar de me perturbar...

Parou de falar de repente, quando se viu cara a cara com ele. Então se afastou.

Ele sorriu.

Ela se afastou mais um pouco.

Ele abriu um sorriso ainda mais largo.

Ela se afastou ainda mais. E caiu.

Robert pôs-se de pé em um instante e estendeu-lhe a mão.

– Quer ajuda?

– *NÃO!*

Victoria se levantou, pegou seu cobertor e saiu em direção à outra árvore. Ela se acomodou novamente, esperando, ainda que duvidasse, que ele entendesse que não queria sua companhia.

Ele não entendeu, é claro.

– Você não me disse o que estava escrevendo – disse ele enquanto se sentava ao lado dela.

– Ah, pelo amor de Deus! – Ela lhe entregou o caderninho. – Leia, se quiser.

Ele examinou as linhas e ergueu a sobrancelha.

– Planos de aula.

– Eu *sou* uma preceptora.

Era talvez o tom mais sarcástico que já usara.

– Você é boa – ponderou ele.

Ela revirou os olhos.

– Como se aprende a ser uma preceptora? – perguntou ele. – Não há uma escola própria para isso.

Victoria fechou os olhos por um instante, tentando conter uma onda de nostalgia. Aquele era exatamente o tipo de pergunta que Robert teria feito quando eram mais jovens.

– Não sei como as outras fazem – respondeu ela, por fim. – Mas tento imitar minha mãe. Ela dava aulas para mim e Ellie antes de morrer. E então assumi e ensinei a Ellie tudo o que eu sabia.

– Não consigo imaginá-la sem ter o que ensinar.

Victoria sorriu.

– Quando Ellie tinha 10 anos, já *me* ensinava matemática. Ela sempre foi... – Victoria parou, horrorizada ao perceber como já se sentia confortável na presença dele naqueles poucos minutos. Então assumiu um ar mais sério e disse: – Não importa.

Robert ergueu um dos cantos da boca em um sorriso astuto, como se soubesse o que ela pensara. Em seguida, voltou os olhos para o caderno e virou uma página.

– Parece que se orgulha bastante do que faz – disse ele. – Pensei que detestasse esse emprego.

– Detesto. Mas isso não significa que darei menos do que o meu melhor. Isso seria injusto com Neville.

– Neville é um pirralho.

– Sim, mas merece uma boa educação.

Robert a encarou, surpreso com as convicções de Victoria. Ela era uma linda calculista cujo único critério para escolher um marido era sua fortuna. E, no entanto, dedicava-se ao máximo para garantir que um menininho detestável recebesse uma boa educação.

Ele lhe devolveu o caderno.

– Queria ter tido uma preceptora como você.

– Você era provavelmente pior do que Neville – retrucou ela.

Mas sorriu ao dizer isso.

Ele sentiu o coração disparar e teve de procurar se lembrar que não gostava dela, que só queria seduzi-la e arruinar sua vida.

– Não consigo imaginar que haja algo de tão errado com o menino que um pouco de disciplina não possa dar jeito.

– Se fosse assim tão fácil. Lady Hollingwood me proibiu de discipliná-lo.

– Lady H. é uma cabeça oca, como minha jovem prima Harriet diria.

– Por que veio à recepção na casa dela, então? Ela estava toda empolgada porque um conde viria.

– Não sei. – Ele fez uma pausa, então se inclinou para a frente. – Mas fico feliz que tenha vindo.

Ela ficou alguns segundos sem se mexer, não poderia se mexer nem que sua vida dependesse disso. Podia sentir a respiração dele em seu rosto, uma sensação tão dolorosamente familiar.

– Não faça isso – sussurrou ela.

– Isso?

Ele projetou o corpo mais para a frente e seus lábios roçaram o rosto dela na mais suave das carícias.

– Não! – disparou ela, lembrando-se de sua angústia ao ser abandonada por ele todos aqueles anos antes.

Não precisava ter o coração partido de novo. Ainda nem tinha cicatrizado por completo desde a última vez que estiveram juntos. Ela se afastou e levantou-se, dizendo:

– Tenho de cuidar do Neville. Não há como prever em que tipo de apuros ele vai se meter.

– Pode cuidar – murmurou ele.

– Neville! Neville!

O menino veio correndo.

– Sim, Lyndon? – disse ele de forma insolente.

Victoria cerrou os dentes por um instante, tentando ignorar sua atitude. Já desistira havia muito tempo de fazê-lo chamá-la de Srta. Lyndon.

– Neville, nós...

Mas ela não chegou a terminar porque, no espaço de um segundo, Robert estava de pé e assomava sobre o menino.

– O que você disse? – perguntou ele. – Como se dirigiu à sua preceptora?

Neville congelou, boquiaberto.

– Eu a chamei... Chamei...

– Você a chamou de Lyndon, não foi?

– Sim, senhor, chamei. Eu...

– Você percebe o quanto isso é desrespeitoso?

Desta vez foi Victoria quem ficou boquiaberta.

– Não, senhor. Eu...

– A Srta. Lyndon trabalha muito para cuidar de você e dar-lhe uma boa educação, não é?

Neville tentou falar, mas não conseguiu.

– De agora em diante, irá se dirigir a ela como Srta. Lyndon. Está bem?

Àquela altura, Neville olhava para Robert com um misto de espanto e pavor. Ele assentiu com firmeza.

– Que bom – disse Robert. – Agora aperte minha mão.

– A... Apertar sua mão, senhor?

– Sim. Ao apertar minha mão, você promete oficialmente dirigir-se à Srta. Lyndon da maneira correta, e um cavalheiro nunca quebra uma promessa, não é?

Neville estendeu a pequena mão.

– Não, senhor.

Os dois apertaram as mãos e Robert deu um tapinha nas costas do menino.

– Volte depressa para seu quarto, Neville. A Srta. Lyndon estará lá em um instante.

Neville saiu correndo de volta para casa, deixando Victoria de boca aberta e sem ação. Ela virou para Robert, quase em estado de choque.

– O que você... Como você...

Robert sorriu.

– Só quis ajudá-la um pouco. Espero que não se importe.

– Não! – disse Victoria emocionada. – Não, não me importo. Obrigada.

– Foi um prazer, eu lhe garanto.

– É melhor eu ir atrás do Neville. – Victoria deu vários passos em direção à casa, depois virou, ainda atordoada. – Muito obrigada!

Robert recostou-se no tronco da árvore, todo satisfeito com seu progresso. Victoria não conseguia parar de agradecer-lhe. Era uma situação bastante satisfatória.

Ele já devia ter disciplinado o menino há tempos.

CAPÍTULO 6

Um dia inteiro se passou antes que Victoria o visse de novo. Um dia inteiro esperando, indagando-se, sonhando com ele, mesmo sabendo que era o errado a fazer.

Robert Kemble partira seu coração uma vez, e ela não tinha motivos para acreditar que não o faria outra vez.

Robert. Tinha que parar de pensar nele daquela maneira. Ele era o conde de Macclesfield e o título ditava seu comportamento de uma maneira que ela nunca entenderia.

Era a razão pela qual ele a rejeitara, pela qual nunca pensara seriamente em se casar com a filha de um vigário pobre. Era muito provável que fosse a razão pela qual mentira para ela. Nos últimos anos, Victoria entendeu que seduzir jovens inocentes era quase um esporte entre os nobres. Robert apenas seguiu as regras de seu mundo.

Do mundo *dele*. Não dela.

E, no entanto, ele resolveu seus problemas com Neville. E não precisava fazer isso. O garoto agora a tratava como se fosse uma rainha. Victoria nunca tinha tido um dia tão tranquilo em sua carreira como preceptora.

Ah, ela sabia que heróis matavam dragões, recitavam poemas e outras coisas, mas talvez, só talvez, para ser um herói bastasse apenas fazer o menino de 5 anos mais terrível do mundo se comportar.

Victoria balançou a cabeça. Não podia colocar Robert em um pedestal. E, se ele tentasse ficar a sós com ela de novo, teria de mandá-lo embora. Não importava que seu coração batesse mais forte ao vê-lo ou sua pulsação acelerasse ou que ela...

Ela se forçou a parar de pensar naquilo e voltou sua atenção ao assunto em mãos. Ela e Neville faziam seu passeio diário pelos terrenos da família. Pelo que podia se lembrar, era a primeira vez que ele não pisava em seu pé ou cutucava algum pobre inseto com um graveto. E a chamava de *Srta.* Lyndon em todas as oportunidades. Victoria estava satisfeita por ele ter finalmente aprendido uma lição sobre boas maneiras. Talvez houvesse esperança para o menino, afinal.

Neville correu à frente, depois se virou e voltou para o lado dela.

– Srta. Lyndon – disse ele com grande seriedade –, temos algum plano especial para hoje?

– Fico feliz que tenha perguntado, Neville – respondeu ela. – Hoje, vamos fazer um jogo novo.

– Um jogo novo?

Ele olhou para ela um pouco desconfiado, como se já conhecesse todos os jogos da Grã-Bretanha que valiam a pena.

– Isso mesmo – disse ela depressa. – Hoje vamos falar sobre as cores.

– Cores? – disse ele com aquela entonação de desgosto que só um garoto de 5 anos sabe usar. – Já sei as cores. – E começou a listá-las. – Vermelho, azul, verde, amarelo...

– Vamos aprender novas cores – interrompeu ela.

– ... roxo, laranja... – continuou ele, já gritando.

– Neville Hollingwood! – cortou Victoria em sua voz mais severa.

Ele se calou, algo que talvez não teria acontecido antes da intervenção de Robert.

– Tenho sua atenção agora? – perguntou Victoria.

Neville assentiu.

– Excelente. Bem, hoje vamos estudar a cor verde. Existem muitos tons diferentes de verde. Por exemplo, a folha que vemos naquela árvore ali não é exatamente da mesma cor que a grama em que estamos pisando, concordam?

A cabecinha de Neville girou de um lado para outro, vislumbrando a folha e a grama.

– Não – disse ele, como se não acreditasse bem no que estava vendo. – Não é. – Ele ergueu os olhos, entusiasmado. – E não é da mesma cor que a faixa do seu vestido!

– Muito bom, Neville. Estou muito orgulhosa de você.

Ele sorriu.

– Vamos ver quantos tons diferentes de verde podemos encontrar. E, quando terminarmos, vamos dar nomes a todos esses verdes.

– Tem musgo nas pedras do lago.

– Sim, é verdade. Podemos chamá-lo de verde-musgo.

– Como se chama o verde do seu vestido?

Victoria olhou para baixo e examinou o vestido sem graça.

– Creio que é chamado de verde-floresta.

Ele estreitou os olhos, desconfiado.

– É muito mais escuro do que a floresta.

– Não à noite.

– Nunca estive na floresta à noite.

Victoria sorriu.

– Eu já.

– Já?

Ele olhou para ela com ainda mais respeito.

– Aham. Agora, que outras cores você pode encontrar?

– Que tal o vestido que mamãe estava usando hoje de manhã? Era uma cor meio nojenta, mas era verde.

Victoria estava inclinada a concordar com a avaliação que ele fizera do vestido de lady Hollingwood, mas não podia admitir isso.

– O vestido de sua mãe não tinha uma cor "nojenta", Neville – disse, diplomática. – E chamamos aquela cor... Hã, suponho que seria chamado de verde-salobre.

– Salobre. – Ele experimentou o som da palavra por um instante antes de apontar um dedinho gorducho para a direita de Victoria. – E o paletó de Sua Senhoria? É verde também.

Victoria sentiu o estômago afundar até quase os pés ao virar a cabeça. E gemeu. Tinha de ser Robert. Havia pelo menos uma dúzia de "Suas Senhorias" na propriedade para a recepção, mas não, tinha de ser Robert caminhando na direção deles.

Não que ela achasse que fosse uma coincidência.

– Bom dia, Srta. Lyndon, jovem Neville.

Robert cumprimentou-os com uma reverência educada.

Victoria acenou com a cabeça, tentando ignorar as fortes batidas do coração e a pulsação acelerada. Então bufou, profundamente decepcionada consigo mesma.

– Isso *sim* é um cumprimento gentil – disse Robert, rindo de sua reação.

Ele olhou nos olhos dela e Victoria sentiu o ar deixar seu corpo. Poderia ter ficado ali paralisada a tarde toda, olhando nos olhos dele, se Neville não os tivesse interrompido.

– Milorde! Milorde! – ouviram o menino chamar.

Relutantes, Victoria e Robert olharam para ele.

– Estamos praticando as cores – disse Neville com orgulho.

– É mesmo? – Robert se agachou até a altura do menino. – Você sabia que as cores dos objetos se devem a certas propriedades da luz? Não se pode ver as cores no escuro. Os cientistas chamam esse conceito de teoria ondulatória da luz. É uma descoberta um pouco nova.

Neville piscou.

– Milorde – disse Victoria, sem conseguir conter o riso. Ele sempre fora tão apaixonado pelas ciências. – Talvez isso esteja um pouco além do alcance de uma criança de 5 anos.

Ele olhou para ela, constrangido.

– Ah, sim, claro.

Neville tossiu, tentando voltar ao assunto.

– Hoje estamos falando sobre o verde – falou determinado.

– Você disse verde? – Robert ergueu o braço e fingiu olhar a manga do seu paletó com grande interesse. – Eu estou de verde.

Neville parecia radiante com a atenção que recebia de Robert.

– Sim, falávamos agora mesmo disso.

Robert dirigiu um olhar astuto na direção de Victoria.

– Falavam?

– Sim. – Neville virou-se para Victoria. – Srta. Lyndon, não estávamos falando sobre o paletó de Sua Senhoria?

– *Você* certamente estava – retrucou Victoria, sem achar a menor graça.

O garoto puxou-a pela manga.

– Que tipo de verde é?

Victoria examinou o paletó de Robert, uma peça de roupa tão habilmente confeccionada que poderia ser considerada como uma elegante obra de arte.

– Verde-garrafa, Neville. É chamado de verde-garrafa.

– Verde-garrafa – repetiu ele. – Até agora aprendi verde-musgo, verde-garrafa e verde-salobre, que eu chamaria de verde-nojento...

– Neville! – repreendeu Victoria.

– Está bem. – Ele suspirou. – Não vou chamá-lo de verde-nojento. Mas... – O menino olhou animado para Robert. – Você sabe de que cor é a faixa do vestido da Srta. Lyndon?

Robert deixou os olhos pousarem sobre a faixa do vestido, que ficava na altura do corpete.

– Não – disse ele, sem voltar a olhar para o menino. – Não sei.

Victoria conteve o impulso de cobrir os seios com as mãos. Era um absurdo, ela sabia, porque estava completamente vestida. Mas sentia como se Robert pudesse ver sua pele.

– É verde-floresta – bradou Neville. – E a Srta. Lyndon sabe, porque já esteve na floresta à noite.

Robert arqueou uma sobrancelha.

– Já?

Victoria engoliu em seco, tentando não se lembrar das noites mágicas em que escapava do quarto e caminhava com Robert pela floresta de Kent. Era impossível, claro. Todos os dias, aquelas lembranças voltavam à sua mente de maneira dolorosa.

– Não se pode ver as cores no escuro – comentou ela, nervosa. – O conde que disse.

– Mas você disse que o verde-floresta era tão escuro quanto uma floresta à noite – insistiu Neville.

– Talvez se a lua estiver no céu seja possível ver um pouco de cor, e seria tão romântico – ponderou Robert.

Victoria olhou para ele, irritada, antes de virar de volta para o menino.

– Neville – disse ela, a voz soando estranha aos ouvidos. – Tenho certeza de que o conde não está interessado em nosso jogo sobre as cores.

Robert abriu lentamente um sorriso.

– Estou interessado em tudo o que você faz.

Victoria puxou a mão de Neville.

– Nós realmente não deveríamos tomar o tempo de Sua Senhoria. Tenho certeza de que ele tem muitas coisas importantes a fazer. Coisas que *não* nos envolvem.

Neville não se mexeu. Olhou para Robert e perguntou:

– O senhor é casado?

Victoria tossiu e conseguiu dizer:

– Neville, tenho certeza de que não é da nossa conta.

– Não, Neville, não sou – respondeu Robert.

O menino inclinou a cabeça.

– Talvez o senhor devesse pedir a mão da Srta. Lyndon. Assim poderia morar aqui conosco.

Robert pareceu se esforçar para não rir.

– Já pedi uma vez.

– Ah, Deus – disse Victoria, gemendo.

A vida não podia ficar muito pior do que aquilo.

– Pediu? – indagou Neville.

Robert deu de ombros.

– Ela não aceitou.

Neville virou a cabeça para Victoria.

– Você disse *não*?

E a última palavra soou como um gemido horrorizado.

– Eu... Eu... Eu... – gaguejava Victoria, sem conseguir dizer nada.

– Srta. Lyndon? – insistiu Robert, como se não se divertisse tanto assim havia anos.

– Eu não disse... Ah, pelo amor de Deus! – Victoria encarou Robert, furiosa. – Você deveria se envergonhar, milorde.

– Envergonhar-me?

Ele fingiu inocência.

– Usar um garotinho como esse para satisfazer sua... sua...

– Minha o quê?

– Sua necessidade de me ferir. É inconcebível.

– Ora, Srta. Lyndon, ofende-me que pense que eu desceria a esse nível.

– Não haveria por que descer – disse ela, fria. – O senhor sempre esteve em algum lugar entre a sarjeta e o inferno.

– Você disse *inferno*? – perguntou Neville com voz estridente.

O corpo de Robert se sacudia em uma risada silenciosa.

– Neville, vamos voltar para casa neste instante – disse Victoria com firmeza.

– Mas minhas cores! Quero terminar com o verde.

Ela o pegou pela mão e começou a arrastá-lo para a casa.

– Vamos tomar nosso chá no salão verde.

Victoria não se incomodou em olhar para trás. A última coisa que queria era ver Robert curvado, dando gargalhadas.

~

Se a intenção de Robert era torturá-la até a loucura, pensou Victoria de maneira mordaz, mais tarde naquele dia, ele estava fazendo um ótimo trabalho.

Ela não podia sonhar que ele ousaria procurá-la outra vez em seu quarto; havia deixado bem claro que tal comportamento era inaceitável. Mas é claro que Robert não se importava, porque à uma da tarde, enquanto Neville estava na aula de equitação, ele entrou sorrateiro no quarto dela sem um pingo de culpa.

– Robert! – exclamou Victoria.

– Está ocupada? – perguntou ele, o rosto a imagem da inocência enquanto fechava a porta.

– Ocupada! – exclamou ela, em um grito. – Saia!

– Se não queria companhia, deveria ter trancado a porta.

– Pode ter certeza de que adotarei esse hábito daqui para a frente. – Victoria parou, tentando relaxar o maxilar. Não conseguiu. – O que está fazendo aqui? – grunhiu ela.

Ele estendeu um prato.

– Trazendo-lhe um pedaço de bolo de chocolate. Sei o quanto você adora e não creio que lady H. seja do tipo que compartilha doces com a preceptora.

– Robert, você precisa sair daqui.

Ele a ignorou.

– Embora não consiga imaginar que lady H. ignore o fato de você ser muito mais bonita do que ela, e não duvido de que poderia tentar prejudicar a senhorita de alguma forma.

– Você perdeu a cabeça?

– Sério, Victoria, você está sendo muito ingrata. Que péssimas maneiras. Estou surpreso.

Victoria pensou que deveria estar no meio de um sonho muito estranho. Era a única explicação possível. Robert, dando-lhe lições de boas maneiras?

– Devo estar louca – murmurou ela. – Se você não está, então a louca sou eu.

– Que tolice. O que poderia haver de errado em dois amigos desfrutarem da companhia um do outro?

– Mas esse não é o nosso caso e você sabe muito bem disso. – Victoria colocou as mãos na cintura. – E devo lhe pedir que não faça mais seus joguinhos tolos na frente de Neville. Não é apropriado.

Ele ergueu a mão como se fizesse um voto solene.

– Nada mais de joguinhos na frente de Neville.

– Obrigada.

– Embora eu tenha conseguido convencê-lo a chamá-la de *Srta.* Lyndon, não é mesmo?

Victoria soltou um suspiro. Estava mais do que irritada com as gracinhas daquela tarde, mas sua integridade exigia que lhe agradecesse.

– Sim, Robert, agradeço por sua intervenção com Neville ontem, mas...

Ele acenou com a mão.

– Não foi nada, posso lhe garantir.

– De qualquer forma, eu lhe agradeço. Contudo...

– O menino precisava de uma mão firme.

– Concordo com você, mas...

– É realmente uma pena que tenha sido eu, pois essa tarefa deveria caber aos pais.

Ela colocou as mãos na cintura de novo.

– Por que tenho a impressão de que está tentando me impedir de falar?

– Talvez esteja – ele se apoiou casualmente contra o batente da porta. – porque sei que você está tentando me dispensar.

– Exato.

– Péssima ideia.

– Perdão?

– Disse que é uma péssima ideia. Totalmente desaconselhável.

Ela piscou, contrariada.

– É possível que seja a melhor ideia que tenho em muito tempo.

– Mas você não iria querer ser privada da minha companhia – retrucou Robert.

– Isso é o que pretendo.

– Sim, mas você ficaria muito infeliz sem mim.

– Estou certa de que posso julgar minhas próprias emoções com maior clareza do que você.

– Gostaria de saber qual é o seu problema com Neville?

– Você gostaria de me dizer? – perguntou ela com sarcasmo.

– Você não sabe ser severa.

– O que disse? Sou preceptora. Ganho a vida sendo severa.

Ele deu de ombros.

– Você não é muito boa nisso.

Ela ficou de boca aberta, consternada.

– Passei os últimos sete anos trabalhando como preceptora. E, caso não se lembre, ontem mesmo você disse que eu era muito boa nisso.

– Com os planos de aula e esse tipo de coisa. – Ele fez um gesto de indiferença com a mão. – Mas com relação à disciplina... Bem, você nunca será boa nisso.

– Não é verdade.

– Você nunca soube ser severa. – Ele riu e tocou o rosto dela. – Lembro-me tão claramente. Sempre que tentava me repreender, seus olhos continuavam calorosos. E seus lábios se erguiam um pouco nos cantos. Acho que você não sabe fazer uma expressão séria.

Victoria olhou para ele, desconfiada. O que estaria tramando? Estava tão furioso com ela quando entrara em seu quarto na manhã anterior. Mas desde então vinha sendo bastante agradável. Absolutamente encantador.

– Estou certo? – perguntou ele, interrompendo seus pensamentos.

Ela, então, encarou-o com um olhar perspicaz.

– Você está tentando me seduzir de novo, não está?

Robert não estava comendo nem bebendo nada, mas mesmo assim engasgou, e Victoria teve de lhe dar um forte tapa nas costas.

– Não posso acreditar que falou isso – disse ele por fim.

– É verdade?

– Claro que não.

– Então é verdade.

– Victoria, você ouviu ao menos uma palavra do que eu disse?

Antes que ela pudesse responder, alguém bateu na porta. Victoria entrou em pânico na mesma hora. Olhou angustiada para Robert, que levou o dedo indicador aos lábios, pegou o prato de bolo e entrou no guarda-roupa em silêncio. Victoria piscou, incrédula, vendo-o se espremer ali dentro. Ele parecia um tanto quanto desconfortável.

– Srta. Lyndon! Abra logo essa porta! – Lady Hollingwood não parecia nada satisfeita. – Sei que está aí.

Victoria correu para a porta, agradecendo silenciosamente ao criador por Robert ter sido atrevido o suficiente para fechar a porta.

– Sinto muito, lady Hollingwood – disse ela, abrindo a porta. – Estava cochilando. Às vezes aproveito para descansar um pouco enquanto Neville está nos estábulos.

Lady Hollingwood estreitou os olhos.

– Tenho certeza de tê-la ouvido falar com alguém.

– Devo ter falado enquanto dormia – disparou Victoria. – Minha irmã me dizia que eu a acordava no meio da noite com meus murmúrios.

– Isso é muito esquisito.

A frase foi dita com desgosto, não interesse.

Victoria cerrou os dentes em um sorriso.

– A senhora teria alguma observação especial a fazer, lady Hollingwood? Alguma recomendação sobre as lições de Neville?

– Conversaremos sobre o progresso dele na quarta, como de costume. Estou aqui por uma razão muito mais grave.

Victoria sentiu o coração parar. Lady Hollingwood iria demiti-la. Já a vira com Robert. Talvez o tivesse visto entrar em seu quarto há menos de dez minutos. Victoria abriu a boca para falar, mas não conseguiu pensar em nenhuma palavra para se defender. Pelo menos nenhuma que lady Hollingwood fosse levar em consideração.

– A Srta. Hypatia Vinton sentiu-se mal – anunciou lady Hollingwood.

Victoria piscou. Isso era tudo?

– Espero que não seja nada grave.

– De jeito nenhum. Um mal-estar no estômago ou algo assim. Creio que já estará bem de manhã, mas ela insiste em ir para casa.

– Entendo – disse Victoria, perguntando-se o que isso tinha a ver com ela.

– Mas ficamos com uma dama a menos para o jantar de amanhã à noite. Terá de ficar no lugar dela.

– Eu? – guinchou Victoria.

– É o pior dos cenários, mas não consigo pensar em nenhuma outra saída.

– E o jantar desta noite? Certamente precisará de outra dama.

Lady Hollingwood encarou Victoria de forma arrogante.

– Um dos meus convidados se ofereceu para acompanhar Hypatia até em casa, então hoje não teremos esse problema. Não adianta tentar fisgar outro convite, Srta. Lyndon. Não quero que incomode os meus convidados mais do que o necessário.

Victoria se perguntou por que lady Hollingwood se incomodara em convidá-la se era um estorvo tão grande assim. Então murmurou:

– Foi só uma pergunta, milady.

A patroa franziu a testa.

– Você sabe como se comportar em sociedade, não é mesmo?

Victoria disse friamente:

– Minha mãe era uma dama em todos os sentidos, lady Hollingwood. Assim como eu.

– Se me decepcionar desta vez, não hesitarei em mandá-la embora. Está me entendendo?

Victoria não via como poderia deixar de entendê-la. Lady Hollingwood ameaçava demiti-la dia sim, dia não.

– Sim, claro, lady Hollingwood.

– Ótimo. Suponho que não tenha nada para vestir.

– Nada apropriado para uma ocasião como essa, milady.

– Vou pedir que lhe tragam um dos meus vestidos velhos. Deve servir.

Victoria preferiu não mencionar que lady Hollingwood era bem mais encorpada do que ela. Não parecia recomendável. Em vez disso, optou por um comentário mais neutro:

– Milady.

– Deve estar alguns anos fora de moda – ponderou lady Hollingwood –, mas ninguém vai comentar. Afinal, você é a preceptora.

– Claro.

– Ótimo. Serviremos as bebidas às oito e o jantar meia hora depois. Por favor, chegue às 8h25. Não quero que meus convidados sejam forçados a socializar com você por mais tempo do que o necessário.

Victoria mordeu a bochecha para não responder.

– Tenha um bom dia, então.

Lady Hollingwood saiu do quarto.

Victoria mal tinha fechado a porta, quando Robert reapareceu.

– Que megera! – exclamou. – Como consegue suportá-la?

– Não tenho escolha – afirmou ela.

Robert observou-a com ar pensativo.

– Não, creio que não tenha.

Mais do que qualquer outra coisa, naquele momento Victoria quis lhe dar um tapa. Uma coisa era ela estar ciente da vida infeliz que levava. Outra bem diferente era ele fazer comentários sobre isso.

– Acho melhor você ir embora – disse ela.

– Sim, claro – concordou. – Tenho certeza de que tem coisas a fazer. Coisas de preceptora.

Ela cruzou os braços.

– Não volte aqui.

– Por que não? O guarda-roupa não é desconfortável.

– Robert... – advertiu ela.

– Tudo bem. Mas primeiro um pequeno agradecimento pelo bolo de chocolate. – Ele se inclinou, beijando-a com força e rapidez. – Isso deverá ser suficiente pelo resto da tarde.

Victoria limpou a boca com as costas da mão e disparou:

– Seu porco desprezível.

Robert apenas riu.

– Estou ansioso para amanhã à noite, Srta. Lyndon.

– Não me procure.

Ele ergueu uma sobrancelha.

– Não vejo como conseguirá me evitar.

CAPÍTULO 7

Depois que aquela noite e a manhã seguinte se passaram sem qualquer contato de Robert, Victoria deixou-se iludir que ele talvez tivesse decidido deixá-la em paz.

Estava enganada.

Ele foi a seu encontro algumas horas antes do início do jantar. Victoria caminhava depressa por um corredor quando Robert se materializou à sua frente. Ela deu um pulo, assustada.

– Robert! – exclamou, uma das mãos pressionada ao esterno para acalmar o coração disparado. Então respirou fundo e olhou para os dois lados para ter certeza de que não havia ninguém por perto. – Por favor, não se aproxime assim de fininho.

Ele abriu um sorriso bem masculino.

– Gosto de surpreendê-la.

– Eu realmente gostaria que não fizesse isso – murmurou ela.

– Só queria saber como vão os preparativos para sua grande apresentação à sociedade.

– Não é minha grande apresentação à sociedade – rebateu ela. – Se quer saber, estou com pavor de cada segundo. A nobreza não me agrada nem um pouco, e só de pensar em passar várias horas entre os seus sinto o sangue gelar.

– E o que a nobreza já lhe fez para justificar tal aversão? Não lhe garantiu um casamento? – Os olhos dele se estreitaram em duas fendas. – É uma pena que seus planos tenham dado errado. A senhorita trabalhou de maneira incansável para atingir seu objetivo.

– Não tenho ideia do que está falando – disse ela, completamente desconcertada.

– Não? – provocou ele.

– Eu preciso ir. – Ela tentou desviar pela esquerda, mas ele a deteve. – Robert!

– Não quero em absoluto abrir mão de sua companhia.

– Ah, por favor – disse ela com desdém.

Aquilo era uma grande mentira. Os olhos dele claramente mostravam desgosto.

– Não acredita em mim? – perguntou ele.

– Suas palavras dizem uma coisa, mas seus olhos dizem outra. Além disso, há muito tempo aprendi a não confiar em uma palavra que sai da sua boca.

Robert faiscou de ódio.

– Mas que diabo isso significa?

– Você sabe muito bem.

Ele avançou na direção dela, forçando-a a recuar contra a parede.

– Não fui eu que menti – disse ele em voz baixa, o indicador pressionando o ombro dela.

Victoria fuzilou-o com o olhar.

– Saia do meu caminho.

– E perder essa conversa tão edificante? Acho que não.

– Robert! Se alguém nos vir...

– Por que diabo você está sempre tão preocupada com as aparências?

A raiva de Victoria aumentou ao ponto de ela tremer.

– Como se atreve a perguntar isso? – sibilou ela.

– Eu me atrevo muito, querida.

A mão dela coçava. O rosto dele estava muito perto e ficaria tão bem com uma marca vermelha.

– Vou pedir uma última vez...

– Só mais uma vez? Que bom. A senhorita está ficando entediante.

– Eu vou gritar.

– E chamar a atenção das pessoas que está tão persistentemente tentando evitar? Acho que não.

– Robert...

– Ah, pelo amor de Deus. – Ele abriu uma porta, pegou Victoria pela mão e a puxou para dentro do cômodo, batendo a porta em seguida. – Pronto. Agora estamos sozinhos.

– Você está louco? – guinchou ela.

Victoria olhou aflita ao redor, tentando descobrir onde estava.

– Tente se acalmar – disse ele, parado em frente à porta, parecendo um deus implacável. – Aqui é o meu quarto. Ninguém vai entrar e nos surpreender.

Victoria bufou.

– Esta não é a ala dos hóspedes.

– Lady H. estava sem quarto disponível na ala dos hóspedes – disse ele, dando de ombros. – Então me colocou perto dos aposentos da família. Porque sou um conde, ela disse.

– Sei muito bem sua posição e tudo o que isso implica – concluiu ela, a voz fria como gelo.

Robert deixou aquela farpa passar.

– Como eu disse, agora estamos sozinhos e podemos terminar essa conversa sem a sua incessante preocupação de sermos descobertos.

– Já lhe ocorreu que talvez eu simplesmente não goste de *você*? Que talvez *você* seja o motivo pelo qual não quero que fiquemos a sós?

– Não.

– Robert, tenho que trabalhar. Não posso ficar aqui.

– Só não sei como vai sair – falou ele, apoiando-se na porta.

– Pare de colocar meu trabalho em risco. Você pode voltar à sua vida privilegiada em Londres – disse ela em voz baixa e furiosa –, mas eu não tenho essa opção.

Robert acariciou o rosto dela de forma insolente.

– Poderia ser uma opção, se assim quisesse.

– Não! – Ela se afastou, odiando-se por gostar do toque dele, odiando-o por tocá-la. Então deu as costas para ele. – Você está me insultando.

Ele pousou as mãos com delicadeza nos ombros dela.

– Falei como o maior dos elogios.

– Um elogio! – explodiu ela, afastando-se dele mais uma vez. – Sua moral é meio distorcida.

– Essa é certamente uma declaração peculiar, vindo de você.

– Não sou eu que passo meu tempo livre seduzindo inocentes.

– Não fui eu quem tentou vender minha vida e meu corpo por uma fortuna e um título – rebateu ele.

– Olha quem fala. Você, que já vendeu sua alma.

– Explique-se – exigiu ele.

E então, só porque o tom dele a irritou muito, ela disse:

– Não.

– Não me desafie, Victoria.

– Não me desafie – provocou ela. – Você não está em posição de me dar ordens. Poderia estar... – Sua voz falhou e ela levou um instante para se recompor. – Poderia estar, mas abriu mão desse direito.

– É mesmo?

– Não faz sentido falar com você. Nem sei por que insisto.

– Não sabe?

– Não me toque – disparou Victoria.

Ela podia senti-lo se aproximar. Robert irradiava calor e uma masculinidade que era só dele. A pele dela começou a formigar.

– Você continua tentando porque sabe que as coisas entre nós ficaram mal resolvidas – disse ele, afetuoso.

Victoria sabia que era verdade. O relacionamento dos dois terminara de forma abrupta. Provavelmente era o motivo por que vê-lo depois de todos aqueles anos era tão difícil. Mas ela não queria encará-lo agora. Queria varrê-lo para baixo do tapete e esquecê-lo.

Acima de tudo, não queria ter o coração partido de novo, o que tinha certeza que aconteceria caso se permitisse estar com ele.

– Negue isso – sussurrou ele –, eu a desafio.

Ela não disse nada.

– Você não consegue, não é?

Ele atravessou o quarto e a envolveu com os braços, apoiando o queixo no alto de sua cabeça. Era um abraço que tinham compartilhado uma centena de vezes antes, mas nunca parecera tão melancólico. Robert não tinha ideia de por que a abraçava. Só sabia que *não* conseguia evitar.

– Por que está fazendo isso? – sussurrou ela. – Por quê?

– Não sei.

E que Deus o ajudasse, era a verdade. Dissera a si mesmo que queria arruiná-la. Parte dele ainda queria vingança. Ela partira seu coração. Ele a odiava por isso havia anos.

Mas abraçá-la parecia tão certo. Não havia outra palavra para isso. Nenhuma outra mulher jamais se encaixara tão perfeitamente em seus braços, e ele passara os últimos sete anos preenchendo-os com outras tantas, tentando de todos os jeitos apagar Victoria de sua memória.

Seria mesmo possível amar e odiar ao mesmo tempo? Robert sempre ridicularizou essa possibilidade, mas agora já não tinha tanta certeza. Ele passou os lábios pela pele quente da têmpora dela.

– Você já deixou outros homens abraçarem você dessa maneira? – sussurrou ele, temendo a resposta.

Ela só queria sua fortuna, mas o coração de Robert ainda batia forte de ciúmes ao pensar nela com outro homem.

Victoria não respondeu de imediato, e o corpo todo dele ficou tenso. Então ela balançou a cabeça.

– Por quê? – perguntou ele em leve tom de desespero. – Por quê?

– Não sei.

– Foi o dinheiro?

O corpo dela se enrijeceu.

– O quê?

Ele arrastou os lábios até o pescoço dela, beijando-a com graciosidade e urgência.

– Não encontrou ninguém rico o bastante para satisfazê-la?

– Não! – explodiu ela. – Eu não sou assim. Você sabe muito bem que não sou assim.

A única reação dele foi uma risada, que Victoria sentiu diretamente em sua pele.

– Ah, meu Deus – disse ela em voz baixa, afastando-se dele. – Você pensou... Pensou...

Ele cruzou os braços e olhou para ela, o retrato da elegância.

– O que eu pensei, Victoria? Diga-me.

– Você pensou que eu queria seu dinheiro. Que eu era interesseira.

Ele não fez nada além de arquear a sobrancelha direita.

– Você... Você... – Sete anos de raiva explodiram dentro de Victoria e ela se lançou para cima de Robert, esmurrando o peito dele com os punhos. – Como ousa pensar isso? Seu monstro! Odeio você! Odeio!

Robert ergueu os braços para se defender daquele ataque inesperado e agarrou os pulsos dela com uma só mão.

– É um pouco tarde para fingir afronta, não acha?

– Nunca quis seu dinheiro – disse ela, revoltada. – Isso nunca importou para mim.

– Ah, faça-me o favor, Victoria. Acha por acaso que não lembro como me implorou para resolver minhas diferenças com meu pai? Chegou a dizer que não se casaria comigo a menos que eu tentasse acertar as coisas.

– Isso foi porque... Ah, por que ainda perco meu tempo tentando me explicar?

Ele aproximou o rosto do dela.

– Você está tentando se explicar porque quer de volta o que perdeu há sete anos. A mim.

– Para começo de conversa, estou começando a perceber que você nunca foi um partido tão bom assim – afirmou ela.

Ele deu uma risada cruel.

– Talvez não. O que explicaria você não ter aparecido na noite da nossa fuga. Mas meu dinheiro e meu título sempre tiveram apelo.

Victoria puxou os pulsos da mão dele, surpresa por ele ter cedido sem protesto. Então se sentou na cama, enterrando o rosto nas mãos. Os fragmentos de sua vida começavam a fazer sentido. Quando Victoria não apareceu, Robert simplesmente acreditou que ela havia desistido do casamento porque o pai o deserdara. Ele pensou... Ah, Deus, como ele pôde pensar isso dela?

– Você nunca soube quem eu era – sussurrou ela, como se acabasse de perceber isso. – Nunca me conheceu de verdade.

– Eu queria – disse ele, ríspido. – Ah, como eu queria. E que Deus me ajude, porque ainda quero.

Ela percebeu que não havia por que tentar lhe explicar a verdade. A verdade já não importava. Ele não confiou nela, e nada poderia mudar isso. Ela se perguntou se algum dia ele já havia confiado em alguma mulher.

– Contemplando seus pecados? – perguntou ele do outro lado do quarto.

Ela levantou a cabeça para encará-lo, os olhos com um brilho estranho.

– Você é um homem frio, Robert. Solitário também, aposto.

O corpo dele se enrijeceu. Aquelas palavras foram direto ao ponto, eram surpreendentemente precisas. Com uma velocidade impressionante, ele se aproximou dela, agarrando-lhe os ombros.

– Sou o que sou por sua causa.

– Não – disse ela, balançando a cabeça com tristeza. – Você fez isso consigo mesmo. Se tivesse confiado em mim...

– Você nunca me deu uma maldita razão para isso – explodiu ele.

Ela tremia.

– Eu lhe dei todas as razões – respondeu ela. – E você escolheu ignorá-las.

Irritado, Robert afastou-se dela. Victoria comportava-se como uma pobre vítima e ele não tinha paciência para tamanha hipocrisia. Principalmente quando cada fibra de seu ser gritava de desejo por ela.

Isso era o que mais o consternava. Ele era tão hipócrita quanto ela, desejando-a daquele jeito. Logo Victoria, a única mulher que deveria ter juízo suficiente para evitá-lo como a peste.

Mas percebia que aquela necessidade era algo que não podia controlar. Mas que diabo, e por que deveria? Ela o queria tanto quanto ele a desejava. Estava bem ali nos olhos dela toda vez que olhava para ele. Robert pronunciou o nome da jovem, a voz rouca de promessa e desejo.

Victoria levantou-se e caminhou até a janela. Apoiou o rosto no vidro, não confiava em si mesma se olhasse para ele. De alguma forma, saber que ele nunca confiou nela doía mais do que quando achava que ele só estava interessado em seduzi-la.

Ele disse o nome dela novamente, e desta vez ela pôde perceber que ele estava muito perto. Perto o suficiente para sentir a respiração dele em seu pescoço.

Robert a virou de frente para ele. As chamas azuis de seus olhos chegaram às profundezas da alma dela, e Victoria ficou hipnotizada.

– Vou beijá-la agora – disse ele devagar, as palavras pontuadas pela respiração ofegante. – Vou beijá-la e não vou parar. Está me entendendo?

Ela não se moveu.

– Quando os meus lábios tocarem os seus...

As palavras dele continham uma vaga advertência, mas Victoria não conseguia prestar atenção. Sentia calor... Bastante até, e mesmo assim tremia. Seus pensamentos corriam à velocidade da luz, mas, por algum motivo, sua mente parecia vazia. Tudo nela era contradição, e talvez fosse por isso que de repente achou que beijá-lo na verdade não seria uma ideia tão ruim assim.

Uma pequena mostra do passado – era tudo o que ela queria. Sentir um gostinho do que poderia ter sido. Do que *deveria* ter sido.

Ela se inclinou para a frente, e esse foi todo o convite que ele precisava. Robert a puxou num abraço atordoante, os lábios devorando os dela. Podia sentir a excitação dele contra ela, e aquilo era emocionante. Talvez ele fosse um libertino, um galanteador, mas ela não conseguia acreditar que já tivesse desejado uma mulher do jeito que a desejava naquele instante.

Victoria sentiu-se a mulher mais poderosa da Terra. Era uma sensação inebriante e ela se arqueou contra Robert, estremecendo quando seus seios se comprimiram contra o peito dele.

– Eu preciso de mais – gemeu ele, agarrando extasiado o traseiro dela. – Preciso de tudo.

Victoria não conseguiria se conter nem se Deus tivesse descido à Terra e lhe repreendido. E não tinha dúvidas de que teria se entregado a Robert sem reservas se de repente não tivessem ouvido uma voz.

– Com licença.

Robert e Victoria se afastaram apressados e olharam para a porta, onde havia um cavalheiro muito bem-vestido. Victoria nunca o vira antes, embora não tivesse dúvidas de que era um dos convidados de lady Hollingwood.

Desviou o olhar, bastante envergonhada por ter sido pega em uma situação comprometedora como aquela.

– Eversleigh – disse Robert, a voz fria.

– Perdoe-me, Macclesfield – falou o cavalheiro. – Mas pensei que este fosse o meu quarto.

Os olhos de Victoria voltaram-se para Robert. Canalha mentiroso! Provavelmente não fazia ideia de a quem pertencia o quarto. Só queria ficar a sós com ela. Nem por um instante pensara na reputação dela. Ou na ameaça que poderia representar ao seu emprego.

Robert pegou a mão de Victoria e a conduziu até a porta.

– Estamos de saída, Eversleigh.

Victoria pôde perceber que Robert não gostava daquele lorde Eversleigh, mas estava furiosa demais para refletir sobre as consequências que isso poderia lhe trazer.

– A preceptora, hã? – disse Eversleigh, avaliando Victoria de maneira rude. – Seria bastante complicado se os Hollingwoods soubessem dessa sua pequena indiscrição.

Robert parou na mesma hora e dirigiu-se a Eversleigh, furioso.

– Se mencionar isso a qualquer um, nem que seja seu maldito *cachorro*, rasgo sua garganta.

Eversleigh riu.

– Você deveria cuidar de seus assuntos no próprio quarto.

Robert puxou Victoria para o corredor e bateu a porta com força. Ela imediatamente desvencilhou-se dele e o encarou.

– *Seu* quarto? – bufou. – *Seu* quarto? Maldito mentiroso.

– Era você que estava nervosa por estar no corredor. E é melhor manter a voz baixa se não quer atrair atenção.

– Não se atreva a colocar a culpa em mim. – Ela respirou fundo, tentando acalmar o corpo trêmulo. – Nem sei mais quem é você. Já não é mais o garoto que conheci há sete anos. Você é cruel, desprezível e amoral e…

– Acho que entendi o que quer dizer.

A serenidade civilizada de Robert só serviu para deixá-la ainda mais irritada.

– Nunca mais se aproxime de mim – declarou ela, a voz baixa e trêmula. – Nunca mais.

Ela se afastou, desejando que tivesse uma porta para bater na cara dele.

CAPÍTULO 8

Victoria não tinha ideia de como sobreviveria àquela noite. Passar várias horas na companhia de Robert já era ruim o suficiente, mas agora também teria de enfrentar lorde Eversleigh, que com certeza a considerava uma mulher em desgraça.

Por um breve instante, considerou inventar uma dor no estômago. Diria que tinha estado com a Srta. Hypatia Vinton no dia anterior; não era impossível ter contraído a mesma enfermidade. Decerto lady Hollingwood não a forçaria a participar do jantar estando doente. Mas, por outro lado, lady H. era do tipo que poderia imaginar que Victoria havia ficado enjoada só para contrariá-la. E isso seria motivo de demissão. Com lady Hollingwood, qualquer coisa era motivo de demissão.

Com um suspiro, Victoria olhou para o vestido na cama. Não era tão feio quanto temia, mas era muito grande e ficaria largo como um saco. Além disso, era amarelo, uma cor que sempre a fazia parecer pálida. Vaidade feminina à parte, decidiu não permitir que algo tão frívolo a aborrecesse – não queria atrair atenção mesmo. Estava mais do que feliz em ser invisível naquela *soirée* em particular. E o fato de tal comportamento discreto provavelmente impressionar a patroa era uma vantagem adicional.

Victoria conferiu o relógio do quarto. Eram quinze para as oito – hora de começar a se arrumar para estar lá embaixo às 8h25. Às 8h25 *em ponto*, pensou, com uma careta. Nem um segundo a mais ou a menos. Victoria não duvidava que seu emprego dependia disso.

Arrumou o cabelo da melhor forma que pôde. Não ficaria tão elegante quanto o das outras senhoras, mas não tinha nenhuma criada para fazer cachos sofisticados ou enrolar uma franja. Um coque simples e charmoso foi o melhor que conseguiu preparar.

Deu outra olhada no relógio e viu que já era hora de descer, então saiu do quarto, fechando e trancando a porta. Quando chegou à sala de estar, os convidados dos Hollingwoods já estavam todos presentes, tomando seus drinques e conversando amigavelmente. Por sorte, lorde Eversleigh estava de costas para ela, em um canto flertando com uma jovem loura. Victoria soltou um suspiro de alívio; ainda estava constrangida após o incidente daquela tarde.

Robert apoiava-se em uma parede, a expressão fechada o suficiente para afastar a todos, com exceção dos mais insensatos. Seus olhos estavam atentos e fixos na porta quando ela entrou. Ele estava esperando por ela.

Victoria olhou ao redor. Ninguém parecia inclinado a se aproximar dele. Os convidados daquela noite deviam ser bem menos tolos do que a média.

Robert deu um passo em sua direção, mas foi impedido por lady Hollingwood, que imediatamente se aproximou de Victoria.

– Obrigada por ser pontual – disse ela. – O Sr. Percival Hornsby vai acompanhá-la ao jantar. Vou apresentá-los agora mesmo.

Victoria seguiu a patroa, sem conseguir acreditar que ela havia pronunciado a palavra "obrigada". Então, quando ela e lady Hollingwood haviam quase cruzado a sala toda, ouviu a voz de Robert:

– Srta. Lyndon? Victoria?

Victoria se virou, o temor contraindo-lhe o estômago.

– Minha nossa, é você *mesmo*!

O rosto de Robert era o retrato da incredulidade enquanto diminuía a distância entre eles com passadas rápidas.

Victoria estreitou os olhos. Mas que diabo ele estava tramando?

– Lorde Macclesfield! – exclamou lady Hollingwood, meio ofegante. – Não me diga que conhece a Srta. Lyndon.

– Conheço muito bem a Srta. Lyndon.

Victoria se perguntou se mais alguém havia notado o duplo sentido naquelas palavras. Queria muito não precisar se conter para lhe dizer exatamente o que pensava daqueles joguinhos.

Lady Hollingwood pareceu ter se tocado de algo e virou para Victoria com uma expressão acusadora.

– Srta. Lyndon, não me disse que conhecia lorde Macclesfield.

– Eu não sabia que ele era um dos convidados, milady.

Se ele podia mentir, perturbá-la, então ela também podia.

– Crescemos juntos – acrescentou Robert. – Em Kent.

Bem, Victoria tinha de admitir: aquilo não era uma completa mentira. Podia ter se mudado para Kent aos 17 anos, mas com certeza crescera bastante enquanto vivera por lá. Traição e mentiras provocavam isso em uma pessoa.

– É mesmo? – indagou lady Hollingwood, parecendo muito interessada e um pouco desconcertada com o fato de sua preceptora ter um dia frequentado os mesmos círculos que um conde.

– Sim, nossas famílias são muito amigas.

Victoria tossiu com tanta força que teve de pedir licença para pegar algo para beber.

– Ah, não, permita-me – disse Robert gentilmente. – Nada me agradaria mais.

– Posso pensar em muitas coisas que me agradariam mais – murmurou Victoria, entre os dentes.

Pisar no pé dele seria bom, assim como derramar uma taça de vinho em sua cabeça. Já fizera isso com uma bacia d'água e tinha sido muito divertido. Mas o vinho tinha o bônus extra de ser vermelho.

Enquanto Robert pegava um copo de limonada para Victoria, lady Hollingwood se virou para ela e sibilou:

– Você conhece Macclesfield? Por que não me disse?

– Eu expliquei, não sabia que ele era um dos convidados.

– O fato de ele ser ou não convidado é irrelevante. Ele é muito influente. Quando a contratei, devia ter me informado que era... Ah, olá, lorde Macclesfield.

Robert assentiu enquanto erguia dois copos.

– Lady Hollingwood, tomei a liberdade de pegar limonada para as duas.

Lady Hollingwood sorriu, agradecida. Victoria ficou calada, pois sabia muito bem que, se abrisse a boca, diria algo impróprio para um ambiente tão refinado. Naquele instante, lorde Hollingwood aproximou-se, perguntando à esposa se estava na hora do jantar.

– Ah, sim – disse lady Hollingwood. – Só preciso apresentar a Srta. Lyndon ao Sr. Hornsby.

– Talvez eu possa acompanhar a Srta. Lyndon – disse Robert.

Victoria ficou de boca aberta. Com certeza ele percebeu o insulto terrível que cometia com lady Hollingwood. Como o cavalheiro de mais alta posição na festa, era seu dever acompanhar a anfitriã.

Victoria fechou a boca no instante em que lady Hollingwood abria a dela, consternada.

– Mas, mas...

Robert ofereceu-lhe um sorriso caloroso.

– Faz tanto tempo que não nos vemos e tenho certeza de que a Srta. Lyndon e eu temos muito assunto para colocar em dia. Nem sequer sei como a irmã dela tem passado. – Então virou-se para Victoria com grande interesse. – Como vai a querida Eleanor?

– Ellie está bem – afirmou Victoria.

– Continua impertinente como sempre?

– Não tão impertinente quanto o senhor – replicou Victoria.

Então percebeu que falara demais.

– Srta. Lyndon! – ralhou lady Hollingwood. – Como ousa falar com lorde Macclesfield nesse tom? Lembre-se do seu lugar.

Mas Robert estava rindo.

– A Srta. Lyndon e eu conversamos com franqueza. É uma das razões pelas quais apreciamos tanto a companhia um do outro.

Victoria ainda estava se remoendo por tê-lo deixado provocá-la a ponto de dar uma resposta insolente, então se conteve, mesmo querendo dizer que não apreciava nem um pouco a companhia dele.

Muito perdida, a anfitriã parecia não saber como lidar com aquela situação. Certamente não estava nada satisfeita com a ideia de sua preceptora ser acompanhada durante o jantar pelo convidado mais importante.

Victoria, que tinha percebido que aquela situação poderia descambar para uma terrível ofensa, intercedeu:

– Estou certa de que não é necessário que o conde e eu nos sentemos juntos. Podemos...

– Ah, claro que é necessário – interrompeu Robert, lançando às damas um sorriso encantador. – Já faz tanto tempo.

– Mas lady Hollingwood já definiu os lugares...

– Não somos um grupo tão inflexível assim. Tenho certeza de que o Sr. Hornsby ficará feliz em ocupar meu lugar junto à cabeceira da mesa.

Lady Hollingwood ficou pálida. O Sr. Hornsby não era e nunca seria uma pessoa de grande importância. Mas, antes que ela pudesse se opor, Robert chamou o cavalheiro em questão.

– Percy – disse em seu tom mais gentil –, o senhor não se importaria de conduzir lady Hollingwood para o jantar? Ficaria muito grato se concordasse em tomar meu lugar à mesa.

Percy piscou.

– Ma... Ma... Mas sou só...

Robert interrompeu-o com um tapa nas costas, poupando-o de continuar gaguejando.

– O senhor terá uma noite incrível. Lady Hollingwood é uma companhia muito agradável.

Percy deu de ombros e ofereceu o braço a lady Hollingwood. Ela aceitou – não havia mais nada que pudesse fazer sem insultar o conde –, mas não deixou de lançar um olhar furioso para Victoria.

A jovem fechou os olhos em agonia. Não havia como lady Hollingwood acreditar que aquele desastre não era obra sua. Não importava que Robert tivesse sido tão insistente e falado tudo. Lady H. encontraria uma maneira de colocar a culpa em sua preceptora.

Robert recostou-se e sorriu.

– Não foi tão difícil, foi?

Ela fuzilou-o com o olhar.

– Se eu tivesse um forcado, juro por Deus que o atravessaria com ele.

Ele apenas riu.

– Um forcado? Deve ser coisa de quem foi criada no campo. A maioria das mulheres que conheço teria escolhido uma adaga. Ou talvez um abridor de cartas.

– Ela vai querer me matar – sibilou Victoria, vendo os outros casais se dirigirem à sala de jantar por ordem de posição social.

Como Robert trocou de lugar com o Sr. Hornsby, seria o último a entrar na sala e se sentaria no extremo inferior da mesa.

– Uma mudança na disposição de lugares não é o fim do mundo – disse Robert.

– Para lady Hollingwood é – retrucou Victoria. – Eu sei muito bem o cretino que você é, mas tudo o que ela vê é um nobre conde.

– Às vezes isso tem sua utilidade – murmurou ele.

A declaração foi o suficiente para ele ser alvo de outro olhar furioso.

– Ela vem se vangloriando de sua presença no jantar há dois dias – acrescentou Victoria. – Não ficará nada feliz que se sente com a preceptora.

Robert deu de ombros.

– Já me sentei ao lado dela na noite passada. O que mais ela poderia querer?

– Para início de conversa, eu nem queria me sentar ao seu lado! Teria ficado perfeitamente feliz em acompanhar o Sr. Hornsby. Aliás, teria ficado mais feliz ainda fazendo a refeição em meu quarto. Acho todos vocês desprezíveis.

– Sim, você já disse isso.

– Terei sorte se ela só me despedir. Tenho certeza de que agora mesmo está pensando em alguma forma mais dolorosa de me torturar.

– Anime-se, Torie. É nossa vez.

Robert a pegou pelo braço e conduziu-a à sala de jantar, onde tomaram seus lugares. Os outros convidados pareciam confusos ao ver Robert na extremidade oposta da mesa. Ele abriu um sorriso tranquilo e disse:

– Lady Hollingwood me fez uma gentileza. A Srta. Lyndon é uma amiga de infância, e queria me sentar com ela.

Os outros convidados assentiram de forma enfática, bastante aliviados por terem recebido uma explicação para aquela flagrante violação da etiqueta.

– Srta. Lyndon – dirigiu-se a ela um homem corpulento de meia-idade. – Creio que não nos conhecemos. De onde a senhorita é?

– Meu pai é o vigário de Bellfield, em Kent.

– Perto de Castleford – acrescentou Robert. – Brincávamos juntos quando crianças.

Victoria quase bufou. Crianças, realmente. Eles tinham feito coisas nada recomendáveis a crianças.

Enquanto estava sentada, furiosa, Robert a apresentou às pessoas que estavam próximas. O homem à esquerda de Victoria era o capitão Charles Pays, da marinha de Sua Majestade. Victoria o achou bem bonito, mas era uma beleza diferente da de Robert. O homem corpulento era o Sr. Thomas Whistledown e a dama à direita dele era a Srta. Lucinda Mayford, que, Victoria fora rapidamente informada pelo capitão Pays, era uma grande herdeira em busca de um título. E, por fim, à frente de Robert, estava a Sra. William Happerton, uma viúva que não perdera tempo em dizer a Robert para chamá-la de Celia.

Na opinião de Victoria, a Sra. Happerton olhava para Robert de maneira um pouco intensa demais, e isso era motivo suficiente para Victoria voltar sua atenção para o capitão Pays. Não que estivesse com um pingo de ciúmes, ponderou ela. Ainda assim, parecia haver alguma justiça nisso, o que exigia que ela virasse as costas para Robert, o que por si só já era atraente.

– Conte-me, capitão Pays – disse ela com um sorriso –, o senhor está na marinha há muito tempo?

– Há quatro anos, Srta. Lyndon. É uma vida perigosa, mas gosto bastante.

– Se gosta tanto – interrompeu Robert –, por que diabo não está no continente fazendo seu trabalho?

Furiosa, Victoria virou-se para Robert e disse:

– O capitão Pays está na marinha, e isso significa servir em um navio. Seria bem difícil conduzir um navio no continente, milorde. Navios costumam precisar de água. – E então, quando todos estavam boquiabertos ao vê-la falar com um conde como se ele fosse um tolo, acrescentou: – Além disso, não sabia que o senhor estava incluído em nossa conversa.

A Srta. Mayford engasgou com a sopa de tal modo que o Sr. Whistledown teve de bater em suas costas. Ele parecia ter gostado da tarefa.

Victoria voltou-se outra vez para o capitão Pays.

– O senhor dizia...

Ele piscou, claramente desconfortável com a forma furiosa como Robert o encarava sobre a cabeça de Victoria.

– Eu dizia?

– Sim – insistiu ela, tentando soar como uma dama doce e gentil. Mas logo percebeu que era difícil soar doce e gentil através de dentes cerrados. – Adoraria saber mais sobre o que o senhor faz.

Robert enfrentava problemas semelhantes com o seu temperamento. Não estava achando graça nenhuma no flerte de Victoria com o bonito capitão. Não importava que soubesse que estava fazendo isso para irritá-lo – o plano dela estava funcionando às mil maravilhas. Sentia-se tomado pelo ciúme de forma um tanto desagradável, e tudo o que queria era arremessar uma garfada de ervilhas no capitão Pays.

E teria mesmo feito isso se ainda não estivessem tomando sopa. Em vez disso, no entanto, enfiava a colher com brutalidade no líquido, mas como ele não oferecia resistência, era ineficaz para aliviar a tensão.

Olhou de novo para Victoria, que estava decididamente virada de costas. Ele limpou a garganta.

Ela não se mexeu.

Ele limpou a garganta uma segunda vez.

Tudo o que ela fez foi se inclinar para ainda mais perto de Pays.

Robert olhou para as mãos e viu que os nós dos dedos estavam brancos da força que fazia na colher. Não queria Victoria, mas também não queria que outra pessoa a quisesse.

Bem, aquilo não era inteiramente verdade. Ele a queria. E muito. Só não queria querê-la. Procurou se lembrar, então, de cada momento humilhante e patético de sua traição. Ela era o pior tipo de interesseira.

E, ainda assim, Robert a desejava.

Ele gemeu.

– Algum problema? – perguntou a alegre viúva do outro lado da mesa.

Robert virou o rosto para a Sra. Happerton. Ela não tirou os olhos dele a noite inteira, e ele estava seriamente tentado a aceitar sua tácita oferta. Com certeza ela era atraente e seria ainda mais se seus cabelos fossem um pouco mais escuros. Negros, para ser preciso. Como os de Victoria.

Só quando olhou para baixo percebeu que havia rasgado seu guardanapo. O guardanapo *de pano*.

– Milorde?

Ele ergueu os olhos.

– Sra. Happerton. Queira me desculpar. Não estou sendo apropriadamente educado. – Então sorriu com malícia. – A senhora deveria me passar uma descompostura.

Ele ouviu Victoria murmurar entre os dentes. Então olhou depressa em sua direção. A atenção dela não estava tão focada no capitão Pays quanto gostaria que ele acreditasse.

Um criado apareceu à direita de Robert, com um prato de... Poderia mesmo ser?... Ervilhas. Victoria serviu-se de uma colher, exclamando:

– Adoro ervilhas. – E se virou para Robert. – Se bem me lembro, o senhor detesta. Que pena que a sopa não foi de ervilha.

A Srta. Mayford tossiu de novo, então se esquivou para a esquerda, tentando evitar que o Sr. Whistledown batesse outra vez em suas costas.

– Na verdade – disse Robert, radiante –, desenvolvi um gosto repentino por ervilhas. Esta noite, para falar a verdade.

Victoria limpou a garganta e voltou a atenção para o capitão Pays. Robert colocou algumas ervilhas no garfo, certificou-se de que ninguém estava olhando, mirou e arremessou-as.

E errou. As ervilhas saíram voando em todas as direções, mas nenhuma delas acertou Victoria ou Pays. Robert grunhiu, desapontado. Que noite estava tendo. E tinha começado tão bem. Torturar Victoria e lady H. na sala de estar havia sido tão divertido.

O jantar se desenrolava. Ninguém parecia se divertir, com a possível exceção do Sr. Whistledown, que permanecia alheio às farpas trocadas. Na verdade, quando a comida foi servida, ele parecia alheio a tudo.

Quando a sobremesa foi recolhida, cinco dos seis convidados sentados na extremidade da mesa pareciam exaustos. O sexto, o Sr. Whistledown, só parecia estufado.

Victoria nunca se sentiu tão grata como quando lady Hollingwood sugeriu que as damas se retirassem para a sala de estar. Não tinha desejo algum de contato com a patroa, que com certeza já pensava na melhor maneira de demiti-la. Mas até mesmo lady H. era preferível a Robert, que acabara de dizer:

– É muito complicado encontrar uma boa ajuda. Preceptoras, principalmente.

Na sala de estar, as damas fofocavam sobre tudo um pouco. Victoria, como preceptora, não estava a par dos assuntos, então permaneceu em silêncio. Os frequentes olhares que lady Hollingwood lhe lançava a deixavam ainda mais convencida de que devia se manter calada.

Após cerca de meia hora, os cavalheiros se juntaram a elas para conversar. Victoria notou que Robert não estava presente e suspirou aliviada. Apenas não estava mais disposta a confrontá-lo. E se retiraria para o quarto assim que pudesse pedir licença e sair.

Uma oportunidade se apresentou alguns minutos depois. Todos, exceto Victoria, haviam se dividido em pequenos grupos de conversa. Ela se afastou em direção à porta, mas, depois de só três passos, uma voz masculina a interrompeu.

– É um prazer revê-la, Srta. Lyndon.

Victoria virou-se, o rosto vermelho de vergonha.

– Lorde Eversleigh.

– Não sabia que nos daria o prazer de sua presença esta noite.

– Sou apenas uma substituta de última hora.

– Ah, sim, o mal-estar da Srta. Vinton.

Victoria abriu um sorriso tenso e disse:

– Se me der licença, voltarei ao meu quarto.

Com um aceno rápido, ela deixou o local.

Do outro lado da sala, Robert estreitou os olhos ao ver lorde Eversleigh curvar o corpo em um cumprimento discreto e debochado. Robert demorou a voltar para a sala de estar, pois precisou ir ao toalete no caminho. Quando chegou, encontrou Eversleigh encurralando Victoria.

E a maneira como olhava para ela fez o sangue de Robert ferver. O capitão Pays, apesar de sua boa aparência, era relativamente inofensivo. Já Eversleigh não tinha moral nem escrúpulo.

Robert começou a atravessar a sala, com vontade de arrancar a cabeça de Eversleigh, mas decidiu tentar uma ou duas palavras de advertência primeiro. No entanto, antes que pudesse alcançá-lo, lady Hollingwood levantou-se e anunciou o entretenimento da noite: poderiam cantar e tocar na sala de música ou, se os cavalheiros preferissem, jogar cartas.

Robert tentou falar com Eversleigh quando a multidão se dispersou, mas lady Hollingwood aproximou-se dele com uma expressão mais que decidida, e acabou ficando por quase uma hora preso em uma conversa.

CAPÍTULO 9

Robert se posicionou em um dos cantos da sala de música, tentando não prestar atenção à maneira como a Srta. Mayford assassinava Scarlatti no cravo. Mas os esforços musicais dela não eram os responsáveis pelo embrulho que sentia no estômago.

Era curioso como a consciência vinha à tona no pior momento.

Passara os últimos dias sonhando em acabar com a reputação de Victoria. E não tinha certeza do que gostaria mais: da ruína em si, que prometia ser inebriante, ou da satisfação de saber que foi ele o responsável por ela.

Mas naquela noite algo mudou no coração de Robert. Ele não queria que *ninguém* olhasse para Victoria com o deboche lascivo que vira nos olhos de Eversleigh. E também não lhe agradava em nada o interesse educado que notara na expressão do gentil capitão.

Sabia que a queria ao seu lado. Se os últimos sete anos deram alguma indicação, ele não se saía nada bem sem ela. Podia até não confiar plenamente em Victoria, mas ainda a queria em sua vida.

Mas primeiro havia outro assunto que merecia sua atenção: Eversleigh. O fato de ele ter ido atrás dela na sala de estar era um mau sinal. Eversleigh precisava entender que Robert falava sério com relação a proteger Victoria de rumores maliciosos. Os dois se conheciam havia anos, desde que estudaram juntos na Eton, quando garotos. Naquela época, Eversleigh era metido a valentão, e continuava sendo.

Robert olhou ao redor da sala. O incessante falatório de lady Hollingwood o fizera se atrasar para o recital improvisado e agora não via Eversleigh em lugar algum. Robert afastou-se da parede e entrou no grande salão. Encontraria o cretino e cuidaria para que ele não dissesse nada.

~

Victoria tentou trabalhar nos planos de aula, mas não conseguia se concentrar. *Maldição*. Agora acreditava que Robert tinha sido sincero sete anos atrás, mas suas recentes ações eram no mínimo deploráveis.

Ele tentou seduzi-la. Pior, fez isso no quarto de um estranho, sabendo que poderiam ser descobertos a qualquer momento. Depois teve a audácia de importuná-la na frente de sua patroa e dos convidados. Por fim, a deixara sem escolha, forçando-a a aceitá-lo como acompanhante para o jantar. Lady Hollingwood nunca a perdoaria por isso. Era melhor Victoria começar a fazer as malas naquela noite mesmo.

Mas o pior de tudo foi desejá-lo outra vez. Com uma intensidade assustadora.

Victoria balançou a cabeça, tentando mudar o rumo de seus pensamentos. Voltou para os planos de aula, determinada a trabalhar pelo menos um pouco naquela noite. Neville gostara do exercício sobre as cores na tarde anterior. Talvez continuasse aquele jogo no dia seguinte, desta vez com o azul. Poderiam tomar chá no salão azul. Poderiam falar sobre o azul-celeste, o cobalto e o azul-escuro. Talvez levasse um espelho para que comparassem a cor dos seus olhos. Os de Victoria eram azul-escuros, enquanto os de Neville eram claros, como os de Robert.

Ela suspirou, perguntando-se se algum dia aquele homem estaria longe de seus pensamentos.

Em seguida, pegou o caderno de novo, preparando-se para ler as anotações dos dias anteriores. Passou dez minutos olhando para as palavras sem de fato ler, quando de repente ouviu uma batida na porta.

Robert. Tinha de ser.

Estava quase decidida a ignorá-lo, mas sabia que ele não iria embora. Então, abrindo a porta, disse:

– Estou ansiosa para ouvi-lo se desculpar por seu comportamento, milorde.

Lorde Eversleigh estava parado junto à porta, o olhar debochado e a boca de quem acha graça.

– Vejo que estava esperando outra pessoa. Lorde Macclesfield, talvez?

Victoria ficou vermelha de vergonha.

– Não, não estou esperando por ele. Mas eu...

Ele passou por ela, deixando-a na entrada do quarto.

– Feche – ordenou ele em voz baixa.

– Perdão, milorde?

– A porta.

Ela não fez mais que piscar, lentamente percebendo que estava em uma situação bastante delicada. Deu um passo hesitante em direção ao corredor, sem saber para onde correr para fugir dele, mas disposta a tentar.

Mas ele foi ligeiro como um gato e, antes que Victoria percebesse, fechou o quarto, recostando-se de forma insolente contra a porta.

– A senhorita é uma mulher muito bonita.

– Acho que o senhor entendeu errado, milorde – disparou ela.

Ele se aproximou, acuando-a.

– Orgulho-me de sempre entender as coisas da forma correta.

– Não, o que quero dizer é... Lorde Macclesfield... Ele e eu... Nós...

Ele tocou o rosto dela.

– Macclesfield acha esses protestos de inocência atraentes? Garanto-lhe que não há necessidade de fingir comigo. Fico muito satisfeito com a senhorita do jeito que é. Mercadorias estragadas podem ser muito saborosas.

Victoria estremeceu de repulsa.

– Milorde – disse ela, tentando argumentar. – Eu lhe imploro...

Ele riu.

– Gosto de ouvir uma mulher implorar. Acho que vou gostar da senhorita. – Então ele a puxou com força para junto de si. – Só uma provinha do que você já deu tão livremente. Prometo que não vai se arrepender. Sou um homem muito generoso.

– Não quero o seu dinheiro – grunhiu ela, virando a cabeça para o lado. – Só quero que saia.

– Podemos fazer isso de duas maneiras – disse ele, os olhos ficando ameaçadoramente sombrios. – A senhorita pode parar de fingimento e se divertir um pouco ou pode lutar contra mim. Eu não tenho nenhuma preferência. De uma forma ou de outra, tenho certeza de que vou me divertir.

Victoria deu um tapa no rosto dele.

– Isso foi um erro – disparou ele. Então a jogou na cama e a prendeu com o peso de seu corpo.

Victoria começou a lutar. E em seguida a gritar.

Robert primeiro tentou o quarto de Eversleigh, mas não ficou tão surpreso ao não encontrá-lo. Em seguida, procurou na ala dos hóspedes, onde talvez Eversleigh estivesse se divertindo com uma das convidadas. Não teve sorte, só descobriu que a esposa de lorde Winwood estava tendo um caso com o marido da amante do próprio lorde Winwood.

Robert nem sequer pestanejou. Aquele comportamento era bastante comum em seu meio, por mais que estivesse começando a enojá-lo.

Em seguida tentou o salão de jogos, sabendo que Eversleigh gostava de apostar.

– Eversleigh? – indagou um dos jogadores. – Estava aqui mais cedo.

– Estava? – perguntou Robert, tentando ignorar os olhares especulativos dos convidados. Era do conhecimento de todos que os dois não se davam bem. – Sabem para onde ele foi?

– Eu o vi subindo a escada – disse alguém.

Robert conteve um gemido. Teria de revirar toda a ala dos hóspedes outra vez.

– O mais estranho é que ele usou a escada dos criados – acrescentou outra pessoa.

A sensação de mal-estar no estômago que o incomodara a noite toda se intensificou com o mais absoluto pavor. Ele saiu correndo da sala, subindo a escada dos criados de três em três degraus.

Então ouviu os gritos.

Victoria. Se falhasse com ela agora...

Robert nem sequer podia pensar nisso.

~

Victoria recusava-se a se resignar ao destino. Lutava de maneira enlouquecida, o arranhando desesperadamente como um gato. Sabia que suas ações deixavam Eversleigh ainda mais irritado, mas não podia se permitir ser violada sem protestar.

Ele era forte. Muito mais forte do que ela, e para ele não era difícil segurá-la enquanto rasgava suas roupas. Ele tirou a mão de sua boca para dar um puxão no decote do vestido e ela aproveitou a oportunidade para gritar. Alto.

– Cale-se, sua cadela – sibilou ele, empurrando a cabeça dela de lado e enfiando seu rosto no travesseiro.

Victoria mordeu a mão dele.

– Sua vadia maldita! – gritou ele.

Então pegou outro travesseiro e cobriu o rosto dela.

De repente, Victoria não conseguia respirar. Santo Deus, ele pretendia matá-la? Ela estava apavorada a ponto de enlouquecer. Chutava e arranhava, mas não conseguia enxergar nada e ficava cada vez mais fraca.

Porém, quando o mundo começava a escurecer, ouviu um estrondo, seguido por um grito de raiva diferente de tudo o que conhecia.

Eversleigh foi abruptamente tirado de cima dela e Victoria na mesma hora empurrou o travesseiro para o lado e se esforçou para sair da cama. Correu para um canto do quarto, os pulmões queimando a cada respiração e movimento, mas teve de sair daquela cama. Precisou sair.

O quarto se encheu de ruídos. Alguma coisa se chocando, alguém gritando. Então ouviu um som repugnante que só podia ser carne contra osso. Mas Victoria não olhou. Não conseguia nem abrir os olhos. Tudo o que queria era bloquear o terror.

Por fim, no entanto, forçou-se a enfrentar seus demônios, e, quando o fez, viu Robert. Ele derrubara Eversleigh no chão, subira sobre ele e o socava sem piedade no rosto.

– Robert – disse ela, a voz em um sussurro. – Graças a Deus.

Mas ele não a ouviu. E não parava de golpear Eversleigh.

– Robert – repetiu Victoria, mais alto desta vez.

Ela ainda estava atordoada, não conseguia parar de tremer e precisava dele.

Mas Robert estava fora de alcance. Ele não dizia nada, só grunhia e gritava e, quando finalmente olhou para Victoria, havia algo selvagem e primitivo em seus olhos. Ainda sobre Eversleigh, agora inconsciente, ele parou por um instante para recuperar o fôlego e disse:

– Ele a machucou?

Victoria abriu a boca para falar, mas não conseguiu dizer nada.

– Ele *machucou* você?

Os olhos de Robert ardiam de raiva e naquele instante Victoria percebeu que, se dissesse que sim, ele mataria Eversleigh.

Ela balançou a cabeça de forma frenética. Não era mentira. Não exatamente. Eversleigh não a machucara. Não do jeito que Robert estava pensando.

Robert largou Eversleigh e correu até ela. Então se agachou e tocou seu rosto. A mão dele tremia.

– Você está bem?

Ela balançou a cabeça.

– Victoria, eu…

Ele foi interrompido por um gemido vindo do meio do quarto. Robert praguejou entre os dentes e depois murmurou um rápido "desculpe-me".

Robert voltou a Eversleigh, pegou-o pelo colarinho e pelas calças e atirou-o no corredor, onde caiu estirado. Depois fechou a porta com suavidade e seguiu até Victoria.

Ela tremia violentamente. Lágrimas rolavam pelo seu rosto, mas ela não emitia ruído algum. Robert sentiu o pânico aumentar dentro dele. O que aquele cretino fizera?

– Shhh – consolou-a, sem saber o que dizer para ela se sentir melhor. – Shhh.

– Robert – disse ela, ofegante. – Robert.

– Estou aqui, meu amor.

Ele se abaixou e a pegou no colo. Ela segurou-se no pescoço dele com surpreendente rapidez. Agarrava-se a ele com aflição, como se soltá-lo pudesse significar a diferença entre a vida e a morte.

Ele seguiu para a cama, com a intenção de se sentar e abraçá-la até que parasse de tremer, mas de repente ela se agitou em seus braços.

– Para a cama, não! – disse ela, desesperada. – Ali, não.

Robert olhou para os lençóis emaranhados e foi tomado pela revolta. Quando irrompera no quarto, Eversleigh segurava um travesseiro sobre o rosto de Victoria. Ela poderia ter morrido.

Aquele pensamento foi como um soco no estômago.

Robert olhou ao redor. Não havia muitos móveis, então se sentou no chão, recostando-se na lateral da cama. Ficou ali em silêncio, abraçado a Victoria, por vários minutos.

Por fim, ela ergueu os olhos suplicantes.

– Tentei lutar com ele – desabafou ela. – Eu tentei.

– Sei que tentou, Torie.

– Ele era muito forte. – Victoria parecia tentar convencê-lo de algo que era muito importante para ela. – Era mais forte do que eu.

– Você foi maravilhosa – disse ele, tentando ignorar as lágrimas que ardiam em seus olhos.

– Mas ele me sufocou com um travesseiro. Eu não conseguia respirar. E não conseguia mais lutar. – Ela começou a tremer de novo. – Eu não queria deixar... Eu não queria. Juro que não.

Robert agarrou-a pelos ombros e virou-a de frente para ele.

– Não foi culpa sua, Torie – falou ele com raiva. – Não se *culpe*.

– Se você não tivesse chegado...

– Mas eu cheguei.

Robert aninhou-a em seus braços, segurando-a com firmeza. Levaria muito tempo para ela conseguir parar de tremer, muito tempo até o rosto de Eversleigh não estar mais impresso em seu cérebro.

Também levaria muito tempo para ele se recuperar, percebeu. Sabia bem que aquele incidente era pelo menos em parte culpa sua. Se ele não estivesse tão irritado com ela naquela tarde e tão ansioso para que ficassem sozinhos, não a teria levado para o quarto mais próximo. O quarto que pertencia a Eversleigh. E naquela noite, não teria insistido em acompanhar Victoria ao jantar. A maioria dos convidados acreditara em sua história de que eram amigos de infância, mas Eversleigh sabia que havia algo mais.

É claro que o cretino pensaria que Victoria era uma mulher perdida. Eversleigh sempre foi do tipo que acredita que qualquer mulher sem a proteção de uma poderosa família era passível de seus ataques. Robert deveria ter percebido logo isso e tomado medidas para protegê-la.

Ele não sabia quanto tempo ficou ali sentado no chão, protegendo Victoria em seus braços. Poderia ter sido uma hora; poderiam ter sido apenas dez minutos. Mas, depois de algum tempo, a respiração dela se acalmou e ele percebeu que ela havia adormecido. Não queria pensar que tipo de sonhos ela poderia ter naquela noite; rezava para que nem sonhasse.

Então a colocou com delicadeza na cama. Sabia que ela sentia aversão àquele lugar desde que Eversleigh tentara violá-la, mas não fazia ideia onde mais poderia deixá-la. Não poderia levá-la para o seu quarto. Isso a arruinaria, e Robert percebeu que, não importava o que Victoria tivesse feito sete anos antes, não conseguiria destruir a vida dela daquele jeito. A ironia disso quase o desarmou. Ele sonhara todos aqueles anos com ela, fantasiara com a vingança que colocaria em prática se a visse de novo.

Mas agora que a vingança estava a seu alcance, não conseguia levá-la adiante. Algo dentro dela ainda falava ao seu coração e ele sabia que não viveria em paz consigo mesmo se propositalmente lhe causasse alguma dor.

Robert curvou-se e beijou-a na testa.

– Até amanhã, Torie – sussurrou. – Amanhã conversaremos. Não vou deixá-la me abandonar outra vez.

Quando saiu do quarto, viu que Eversleigh tinha desaparecido. Com uma determinação sombria, foi procurá-lo. Tinha de se certificar de que o cretino entenderia que, se dissesse uma sílaba do nome de Victoria, dessa vez ele o espancaria até a morte.

~

Na manhã seguinte, Victoria tentou seguir sua rotina como se nada tivesse acontecido. Lavou o rosto, colocou o vestido e tomou café da manhã com Neville.

Mas de vez em quando notava pequenos tremores nas mãos. Tentava não piscar, pois, toda vez que fechava os olhos, via o rosto de Eversleigh por cima dela.

Após a lição da manhã, ela acompanhou Neville até os estábulos para a aula de equitação. Normalmente, naqueles breves períodos de intervalo, aproveitava para descansar, mas naquele dia não queria deixar a companhia do menino.

A última coisa que desejava era ficar sozinha com seus pensamentos.

Robert a viu do outro lado do gramado e correu para falar com ela antes que voltasse para a casa.

– Victoria! – gritou ele, a voz um pouco ofegante da corrida.

Ela olhou para ele. Por um instante, seus olhos brilharam de pavor, mas depois se encheram de alívio.

– Desculpe-me – disparou ele. – Não quis assustá-la.

– Não assustou. Bem, na verdade assustou, mas fico feliz que seja você.

Robert procurou conter a nova onda de fúria que crescia dentro dele. Detestava vê-la tão apavorada.

– Não se preocupe com Eversleigh. Ele partiu para Londres hoje cedo. Cuidei disso.

Seu corpo todo relaxou, como se a tensão que estava carregando de repente a tivesse deixado.

– Graças a Deus – sussurrou ela. – Obrigada.

– Victoria, precisamos conversar.

Ela engoliu em seco.

– Sim, claro. Devo agradecer-lhe adequadamente. Se você não tivesse...

– *Pare* de me agradecer! – explodiu ele.

Ela piscou, confusa.

– Também tive minha parcela de culpa no que aconteceu ontem à noite – disse ele, áspero.

– Não! – exclamou ela. – Não, não diga isso. Você me salvou.

Em parte, Robert queria deixar que ela continuasse pensando que era um herói. Ela sempre o fizera se sentir grande, forte e nobre, e ele sentia falta disso depois do afastamento dos dois. Mas sua consciência não permitiria que aceitasse a gratidão indevida.

Ele soltou um suspiro trêmulo.

– Vamos discutir isso mais tarde. Agora, temos assuntos mais urgentes a tratar.

Victoria assentiu e deixou-o levá-la para longe da casa. Então o encarou de modo indagador quando percebeu que estavam indo para o labirinto de sebes.

– Precisamos de privacidade – explicou ele.

Ela se permitiu um pequeno sorriso, o primeiro do dia.

– Contanto que eu possa achar a saída.

Ele riu e os dois seguiram pelo labirinto até chegarem a um banco de pedra.

– Vire duas vezes à esquerda, uma à direita e mais duas à esquerda – sussurrou ele.

Ela sorriu mais uma vez enquanto ajeitava as saias e se sentava.

– Está gravado na minha memória.

Robert sentou-se ao lado dela, a expressão de repente um pouco hesitante.

– Victoria... Torie.

O coração de Victoria palpitou quando ele voltou a usar seu apelido.

O rosto de Robert se movia expressivamente, como se procurasse as palavras certas. Por fim, disse:

– Você não pode continuar aqui.

Ela piscou.

– Mas você não que disse que Eversleigh voltou para Londres?

– Voltou. Mas isso não importa.

– Para mim importa muito – disse ela.

– Torie, não posso deixá-la aqui.

– O que você está dizendo?

Ele passou a mão pelo cabelo.

– Não posso ir embora sabendo que você está desprotegida. O que aconteceu na noite passada pode acontecer de novo.

Victoria o encarou.

– Robert, a noite passada não foi a primeira vez que fui alvo das atenções indesejadas de um cavalheiro.

O corpo todo dele se retesou.

– Isso deveria me acalmar?

– Nunca antes fui atacada daquele jeito terrível – continuou ela. – Só estou tentando dizer que em geral consigo deter muito bem os avanços.

Ele agarrou-a pelos ombros.

– Se eu não tivesse aparecido ontem à noite, ele a teria violado. Talvez até mesmo matado você.

Ela estremeceu e desviou o olhar.

– Não consigo imaginar que algo… *Assim* vá acontecer novamente. E sei me defender contra ataques mais contidos e palavras obscenas.

– Isso é inaceitável! – explodiu ele. – Como você pode se deixar rebaixar desse jeito?

– Ninguém pode fazer isso comigo, a não ser eu mesma – disse ela em voz muito baixa. – Não se esqueça disso.

Ele tirou as mãos dos ombros de Victoria e se levantou.

– Sei disso, Torie. Mas você não deveria ter que se submeter a estas condições intoleráveis.

– Ah, é mesmo? – Ela deixou escapar uma risada falsa. – E como eu deveria sair dessa condição, como você colocou tão bem? Preciso ganhar dinheiro, milorde.

– Torie, não seja sarcástica.

– Não estou sendo sarcástica! Nunca falei tão sério em toda a minha vida. Se eu não trabalhar como preceptora, morrerei de fome. Não tenho escolha.

– Tem sim – sussurrou ele com urgência, caindo de joelhos diante dela. – Você pode vir comigo.

Ela olhou para ele, em choque.

– Com você?

Ele assentiu.

– Para Londres. Podemos partir hoje.

Victoria engoliu em seco, nervosa, tentando conter o desejo de se jogar em seus braços. Algo ganhou vida dentro dela e de repente se lembrou com exatidão de como se sentira há tantos anos, quando ele lhe pedira em casamento. Mas a desilusão a tornara cautelosa e ela mediu cuidadosamente as palavras antes de perguntar:

– O que está propondo, milorde?

– Vou comprar uma casa para você. E contratar empregados.

Victoria sentiu todas as suas esperanças com relação ao futuro se esvaírem. Robert não estava lhe pedindo em casamento. Nunca pediria. Não se ela aceitasse ser sua amante primeiro. Homens não se casam com suas amantes.

– Você terá tudo o que quiser – acrescentou ele.

Exceto amor, pensou Victoria, com tristeza. E respeitabilidade.

– E o que eu teria de fazer em troca? – perguntou ela, não porque tivesse alguma intenção de aceitar sua oferta ultrajante.

Só queria ouvi-lo dizer com as próprias palavras.

Mas ele pareceu atordoado com a pergunta.

– Você... Ah...

– *O quê*, Robert? – perguntou ela, ríspida.

– Só quero estar com você – disse ele, segurando as mãos dela.

Ele desviou o olhar, como se percebesse como suas palavras eram tolas.

– Mas você não se casará comigo – disse ela, a voz embotada.

Que tolice a dela ter pensado, mesmo que por um instante, que poderiam ser felizes outra vez.

Ele se levantou.

– Certamente você não pensou...

– É claro que não. Como eu poderia pensar que você, o conde de Macclesfield, iria se casar com a filha de um vigário? – A voz dela soou estridente. – Santo Deus, é provável que eu venha planejando ficar com sua fortuna há sete anos.

Robert estremeceu diante de seu ataque inesperado. As palavras dela atingiram um ponto sensível em seu coração – algo que parecia culpa. A imagem de Victoria como uma interesseira gananciosa nunca lhe parecera verdadeira, mas o que mais poderia pensar? Ele mesmo a vira, deitada na cama, dormindo profundamente na noite em que deveriam fugir. Então sentiu a armadura protetora ao redor de seu coração fechar-se de novo e disse:

– O sarcasmo não lhe cai bem, Victoria.

– Está certo. – Ela acenou com o braço. – Então nossa discussão termina aqui.

Ele a segurou pelo pulso.

– Ainda não.

– Solte-me – disse ela em voz baixa.

Robert respirou fundo, aproveitando para controlar o forte impulso que sentia de sacudi-la. Não podia acreditar que aquela tola preferia ficar ali em um emprego que detestava ir com ele para Londres.

– Vou dizer mais uma vez – continuou ele, encarando-a com seriedade. – Não vou deixá-la aqui para ser atacada por qualquer homem inescrupuloso que apareça.

Ela riu, o que realmente o enfureceu.

– Está me dizendo que o único homem inescrupuloso com quem posso estar é você? – perguntou ela.

– Sim. Não! Pelo amor de Deus, mulher, você não pode ficar aqui.

Ela ergueu o queixo com orgulho.

– Não vejo outra opção.

Robert cerrou os dentes.

– Acabei de lhe dizer...

– Eu disse – afirmou ela, decidida – que não vejo nenhuma outra opção. Não serei amante de ninguém.

Então ela se desvencilhou dele e saiu do labirinto.

E de sua vida, percebeu ele, atordoado.

CAPÍTULO 10

Robert voltou a Londres e tentou retomar sua rotina. Mas estava infeliz, tão infeliz que nem sequer se preocupava em tentar se convencer de que não se importava com a rejeição de Victoria.

Não conseguia comer, não conseguia dormir. Sentia-se o personagem de um péssimo poema melodramático. Ele via Victoria em toda parte – nas nuvens, na multidão, até mesmo em sua maldita *sopa*.

Se não se sentisse tão infeliz, ponderou Robert mais tarde, provavelmente não teria atendido a convocação do pai.

Sempre que se passavam alguns meses, o marquês enviava a Robert uma carta solicitando sua presença no Solar Castleford. No início, eram ordens sucintas, mas nos últimos tempos as cartas haviam adquirido um tom mais conciliador, quase suplicante. O marquês queria que Robert se interessasse mais pelas terras; queria que o filho se orgulhasse do marquesado que um dia seria dele. E, acima de tudo, queria que ele se casasse e tivesse um herdeiro para dar continuidade ao nome da família Kemble.

Tudo era explicado com bastante clareza – e benevolência crescente – nas cartas para o filho, mas Robert dava uma passada de olhos nos escritos do pai e depois os jogava na lareira. Ele não ia ao Solar Castleford havia mais de sete anos, desde aquele terrível dia em que todos os seus sonhos haviam sido despedaçados e o pai, em vez de lhe dar um tapinha nas costas e oferecer-lhe conforto, gritou de alegria e dançou uma giga em sua inestimável mesa de mogno.

A lembrança ainda fazia Robert cerrar a mandíbula de fúria. Quando tivesse filhos, daria a eles apoio e compreensão. Com certeza não riria de suas derrotas.

Filhos. Aí estava um conceito divertido. Não era muito provável que fosse deixar sua marca no mundo sob a forma de pequenos herdeiros. Não conseguiria se casar com Victoria e começava a perceber que não se imaginava casado com mais ninguém.

Maldição.

Assim, quando a carta mais recente do pai chegou, dizendo que estava no leito de morte, Robert decidiu atender o pedido do velho. Aquela era a terceira carta que recebia no último ano com esta informação; nenhuma delas provara dizer nem mesmo remotamente a verdade. Mesmo assim, Robert fez as malas e partiu para Kent. Qualquer coisa para deixar de pensar nela.

Quando chegou à sua casa de infância, não ficou surpreso em ver que o pai não estava doente, embora parecesse mais velho do que se lembrava.

– É bom ter você em casa, filho – disse o marquês, parecendo surpreso que Robert tivesse de fato atendido seu chamado e vindo de Londres.

– O senhor parece bem – falou Robert, enfatizando a última palavra.

O marquês tossiu.

– Um resfriado, talvez? – perguntou Robert, erguendo uma sobrancelha de forma insolente.

O pai lançou-lhe um olhar irritado.

– Eu estava só limpando a garganta e você sabe muito bem disso.

– Ah, sim, nós, Kembles, somos fortes como um touro. E teimosos como uma mula.

O marquês apoiou o copo quase vazio de uísque na mesa.

– O que aconteceu com você, Robert?

– Perdão? – disse Robert enquanto se esparramava no sofá e colocava os pés na mesa.

– Você é um traste de filho. E tire os pés da mesa!

O tom do pai foi o mesmo de quando Robert era criança e cometia alguma terrível transgressão. Sem pensar, Robert obedeceu e colocou os pés no chão.

– Olhe para você – disse Castleford, com desgosto. – Desperdiçando seus dias em Londres com bebida, vadias, apostas.

Robert sorriu sem achar graça.

– Sou um excelente jogador. Dupliquei o dinheiro que tinha.

O pai se virou lentamente.

– Você não se importa com nada, não é?

– Já me importei um dia – sussurrou Robert, de repente sentindo-se vazio.

O marquês serviu-se de outro copo de uísque e tomou-o de um gole só. Então, como se estivesse fazendo um último esforço, declarou:

– Sua mãe se envergonharia de você.

Robert o encarou, a boca seca. Era difícil o seu pai falar dela. Passaram-se vários minutos antes que conseguisse dizer:

– O senhor não sabe como ela se sentiria. Nunca a conheceu de verdade. Não sabe o que é o amor.

– Eu a amava! – rugiu o marquês. – Amei sua mãe como você jamais saberá. E, por Deus, eu sabia quais eram seus sonhos. Ela queria que o filho fosse forte, honesto e nobre.

– Não esqueça minhas responsabilidades com o título – falou Robert com acidez.

O pai se afastou.

– Ela não se preocupava com isso – disse ele. – Só queria que você fosse feliz.

Robert fechou os olhos em agonia, perguntando-se como sua vida teria sido diferente se a mãe estivesse viva quando estava cortejando Victoria.

– Vejo que transformou em prioridade que os sonhos dela se tornassem realidade. – Ele riu amargamente. – Com certeza sou um homem feliz.

– Nunca foi minha intenção que você ficasse desse jeito – admitiu Castleford, o rosto aparentando cada um dos seus 65 anos e uns bons dez a mais. Então balançou a cabeça e deixou-se afundar na cadeira. – Nunca quis isso. Meu Deus, o que foi que eu fiz?

Uma sensação muito estranha começou a tomar conta do estômago de Robert.

– Como assim? – perguntou ele.

– Ela veio aqui, sabe.

– *Quem* veio aqui?

– Ela. A filha do vigário.

Robert apertou o braço do sofá até os nós dos dedos ficarem brancos.

– Victoria?

O marquês assentiu com um ligeiro aceno de cabeça.

Milhares de perguntas se passaram pela cabeça de Robert. Será que os Hollingwoods a mandaram embora? Estaria doente? Devia estar, concluiu ele. Tinha de haver algo muito errado para ela ter procurado o pai dele.

– Quando ela esteve aqui?

– Logo depois que você partiu para Londres.

– Logo depois que eu... Mas de que diabo o senhor está falando?

– Há sete anos.

Robert levantou-se.

– Victoria esteve aqui sete anos atrás e o senhor nunca me contou? – Ele começou a avançar para cima do pai. – Nunca disse uma palavra?

– Não queria vê-lo atirar sua vida fora. – Castleford deixou escapar uma risada amarga. – Mas você fez isso de qualquer maneira.

Robert cerrou os punhos ao lado do corpo, sabendo que, se não fizesse isso, pularia no pescoço do pai.

– O que ela disse?

O pai não respondeu rápido o suficiente.

– O que ela *disse*? – berrou Robert.

– Não me lembro com exatidão, mas... – Castleford respirou fundo. – Mas ela ficou bastante desconcertada quando soube que você tinha ido para Londres. Acho que planejava se encontrar com você.

Um músculo se contraiu violentamente na garganta de Robert e ele duvidava que pudesse ser capaz de pronunciar alguma palavra.

– Não creio que ela estivesse atrás da sua fortuna – disse o marquês em voz baixa. – Ainda não acho que uma mulher da classe dela possa se tornar uma condessa apropriada, mas devo admitir... – Ele limpou a garganta. Não era um homem que gostava de mostrar fraqueza. – Devo admitir que eu podia estar enganado. Talvez ela o amasse de verdade.

Robert ficou paralisado por um instante e então, de repente, se virou e bateu o punho contra a parede. O marquês recuou, nervoso, sabendo muito bem que o filho queria ter dado aquele soco em seu rosto.

– Maldição! – explodiu Robert. – Como pôde fazer isso comigo?

– Na época, pensei que era o melhor. Agora vejo que estava enganado.

Robert fechou os olhos, o rosto angustiado.

– O que disse a ela?

O marquês virou de costas, incapaz de encarar o filho.

– O que disse a ela?

– Disse que você nunca havia pretendido se casar com ela. – Castleford engoliu em seco. – Que só estava se divertindo.

– E ela pensou… Ah, Deus, ela pensou…

Robert se agachou.

Quando descobriu que ele tinha ido para Londres, Victoria deve ter pensado que ele estava o tempo todo mentindo, que nunca a amara.

E recentemente ele a insultara, pedindo-lhe que se tornasse sua amante. A vergonha tomou conta de Robert e ele se perguntou se algum dia seria capaz de olhar nos olhos dela outra vez. Se algum dia ela permitiria que ele se desculpasse.

– Robert – disse o pai. – Eu sinto muito.

Robert levantou-se devagar, quase sem notar seus movimentos.

– Nunca vou perdoá-lo por isso – disse, a voz sem emoção.

– Robert! – gritou o marquês.

Mas seu filho já havia deixado a sala.

~

Robert não percebeu aonde estava indo até a cabana do vigário surgir diante dele. *Por que* Victoria estava deitada naquela noite? Por que não se encontrou com ele como combinado?

Ficou em frente à casa por cinco longos minutos, sem fazer nada além de olhar para a aldrava de bronze na porta. Seus pensamentos corriam em todas as direções, e os olhos estavam tão desfocados que não notou o movimento das cortinas na janela da sala de estar.

A porta de repente se abriu e Eleanor Lyndon apareceu.

– Milorde? – disse ela, surpresa ao vê-lo.

Robert piscou até conseguir focá-la. Ela parecia a mesma, exceto pelo fato de seu cabelo ruivo, que sempre ficara solto em volta do rosto, agora estar preso em um coque elegante.

– Ellie – disse ele, com a voz rouca.

– O que está fazendo aqui?

– Eu… Eu não sei.

– O senhor não me parece bem. Gostaria… – Ela engoliu em seco. – Gostaria de entrar?

Robert assentiu de forma titubeante, e entrou atrás dela.

– Meu pai não está aqui – disse ela. – Está na igreja.

Robert a encarava.

– Tem certeza de que não está doente? O senhor está estranho.

Ele bufou de um jeito engraçado, algo que teria sido uma risada se não estivesse tão atordoado. Ellie sempre fora direta de um jeito agradável.

– Milorde? Robert?

Ele permaneceu em silêncio por mais alguns instantes e então perguntou de repente:

– O que aconteceu?

Ela piscou.

– Perdão?

– O que aconteceu naquela noite? – repetiu ele, a voz assumindo um caráter de urgência.

Ellie, então, compreendeu e desviou o olhar.

– O senhor não sabe?

– Pensei que soubesse, mas agora… Já não sei mais nada.

– Ele a amarrou.

Foi como se tivesse levado um murro no estômago.

– O quê?

– Meu pai – disse Ellie, engolindo em seco, nervosa. – Ele acordou e encontrou Victoria fazendo as malas. Então ele a amarrou. Disse que o senhor a arruinaria.

– Ah, meu Deus.

Robert não conseguia respirar.

– Foi horrível. Papai ficou furioso. Nunca o tinha visto daquele jeito. Eu queria ajudá-la. Realmente queria. Eu a cobri com os cobertores para não se resfriar.

Robert lembrou-se de Victoria deitada na cama. Ficara tão furioso, e o todo tempo ela estava com as mãos e os pés amarrados. De repente, sentiu-se muito mal.

Ellie continuou a história:

– Ele me amarrou também. Acho que sabia que eu a teria libertado para que fosse encontrar o senhor. E foi o que ela fez, saiu escondida de casa e correu até o Solar Castleford assim que ficou livre. Quando voltou, estava toda arranhada de correr pela floresta.

Robert desviou o olhar, a boca em movimento, mas incapaz de formar palavras.

– Ela nunca perdoou nosso pai, sabe? – disse Ellie, erguendo os ombros com tristeza. – Eu fiz as pazes com meu pai. Não acho certo o que ele fez, mas chegamos a um tipo de entendimento. Mas Victoria...

– Diga-me, Ellie – insistiu Robert.

– Ela nunca voltou para casa. Não a vemos há sete anos.

Ele se virou para ela, os olhos azuis intensos.

– Não sabia, Ellie. Juro.

– Ficamos muito surpresos quando soubemos que o senhor havia deixado o distrito – disse ela sem rodeios. – Achei que Victoria fosse morrer de coração partido.

– Eu não sabia – repetiu ele.

– Ela achou que o senhor planejava desonrá-la e, como não conseguiu o que queria, entediou-se e foi embora. – Ellie baixou os olhos. – Não sabíamos mais o que pensar. Foi como o meu pai previra desde o início.

– Não – sussurrou Robert. – Não. Eu a amava.

– Então por que foi embora?

– Meu pai ameaçou me deserdar. Quando ela não foi ao meu encontro naquela noite, imaginei que concluíra que eu não valia mais a pena.

Sentia-se envergonhado só de pronunciar essas palavras. Como se Victoria fosse se importar com isso. De repente, ele se levantou, sentindo-se tão zonzo que teve de se segurar em uma mesa em busca de apoio.

– Gostaria de um pouco de chá? – perguntou Ellie, levantando-se. – Não parece nada bem mesmo.

– Ellie – disse ele, a voz resoluta pela primeira vez durante aquela conversa: – Não estou nada bem há sete anos. Se me der licença.

E saiu sem mais uma palavra e com muita pressa.

Ellie não tinha dúvidas de onde estava indo.

– *Como assim mandou-a embora?*

– Sem nenhuma referência – disse lady Hollingwood com orgulho.

Robert respirou fundo, sabendo que, pela primeira vez na vida, estava bastante tentado a socar o rosto de uma mulher.

– Você deixou... – Ele parou e limpou a garganta, precisando de tempo para controlar a raiva. – Você demitiu uma mulher bem-criada sem referências? Aonde espera que ela vá parar?

– Posso lhe garantir que não é problema meu. Com certeza não queria aquela meretriz perto do meu filho e teria sido irresponsável de minha parte dar-lhe referências para que pudesse corromper outras crianças com sua influência indesejável.

– Seria aconselhável que não chamasse minha futura condessa de meretriz, lady Hollingwood – disse Robert, furioso.

– Sua futura condessa? – As palavras saíram apressadas de lady Hollingwood, em pânico. – A Srta. Lyndon?

– Isso mesmo.

Robert há muito aperfeiçoara a arte do olhar glacial, e dirigiu um de seus melhores à lady Hollingwood.

– Mas... Mas o senhor não pode se casar com ela!

– É mesmo?

– Eversleigh me disse que ela praticamente se atirou para cima dele.

– Eversleigh é um cretino.

Lady Hollingwood ficou tensa com o linguajar inapropriado de Robert.

– Lorde Macclesfield, devo pedir-lhe...

Ele a interrompeu.

– Onde ela está?

– Não sei.

Robert avançou em sua direção, o olhar frio e severo.

– A senhora não sabe? Não faz a mínima ideia?

– Ela, ah, pode ter procurado a agência de empregos que usou quando a contratei.

– Ah, agora estamos chegando a algum lugar. Sabia que a senhora não era tão inútil assim.

Lady Hollingwood engoliu em seco, sentindo-se desconfortável.

– Tenho os dados aqui. Deixe-me copiá-los.

Robert assentiu brevemente e cruzou os braços. Aprendera a usar seu tamanho para intimidar e naquele momento tudo o que mais queria era intimidar lady Hollingwood. Ela atravessou a sala e pegou uma folha de papel na mesa. Com as mãos trêmulas, copiou o endereço para ele.

– Aqui está – disse ela, estendendo o papel. – Espero que esse pequeno mal-entendido não afete nossa futura amizade.

– Minha querida senhora, não consigo pensar em um único motivo que faça com que algum dia eu queira lhe dirigir o olhar outra vez.

Lady Hollingwood ficou pálida, vendo todas as suas aspirações sociais se desvanecerem.

Robert olhou para o endereço no papel em sua mão, depois deixou a sala sem sequer um aceno em direção à anfitriã.

Victoria apareceu procurando por trabalho, disse-lhe a mulher da agência de empregos, mas ela a dispensara. Era impossível arrumar uma posição como preceptora sem referências.

As mãos de Robert começaram a tremer. Nunca se sentira tão terrivelmente impotente. Onde diabo ela estava?

Várias semanas mais tarde, Victoria carregava suas costuras e cantarolava com alegria. Não conseguia se lembrar da última vez que se sentira tão feliz. Ah, havia o sofrimento persistente com relação a Robert, mas já aceitara que isso sempre faria parte dela.

Estava contente. Passou por um momento de pânico terrível quando a senhora da agência declarou que não havia como lhe arrumar emprego, mas Victoria se deu conta de que costurava quando mais jovem. Se havia uma coisa que sabia fazer era uma costura perfeita, e logo arrumou trabalho como modista.

Pagavam por peça, e ela achava o trabalho bem satisfatório. Se estava bem-feito, estava bem-feito, e ninguém podia dizer o contrário. Não havia lady Hollingwoods curvadas sobre seu ombro, queixando-se de que os filhos não sabiam recitar o alfabeto rápido o bastante e culpando Victoria quando engasgavam no M, N e O. Victoria gostava do aspecto não subjetivo de sua nova função. Se fazia uma costura reta, ninguém podia dizer que estava torta.

Tão diferente de ser preceptora. Victoria não poderia estar mais satisfeita e contente.

Quando lady Hollingwood a demitiu, o golpe foi terrível. Num ímpeto rancoroso, aquele rato do Eversleigh espalhara boatos sobre ela, e é claro que lady H. nunca confiaria mais na palavra de uma preceptora do que na de um nobre.

E Robert não estava mais lá para defendê-la. Não que quisesse ou esperasse isso dele. Não esperava nada dele depois que a insultara de forma rude pedindo-lhe que fosse sua amante.

Victoria balançou a cabeça. Tentava não pensar sobre aquele horrível encontro. Enchera-se tanto de esperanças, para depois vê-las serem arrancadas dela. Nunca, jamais o perdoaria por isso.

Ah, claro! Como se algum dia aquele patife fosse pedir perdão.

Victoria descobriu que se sentia muito melhor pensando nele como Robert, o patife. Queria ter pensado nisso sete anos atrás.

Victoria equilibrava as costuras no quadril quando abriu a porta dos fundos da loja da Madame Lambert.

– Bom dia, Katie! – disse ela, saudando a outra costureira.

A garota loura ergueu os olhos, aliviada.

– Victoria, estou tão feliz que tenha chegado.

Victoria apoiou suas coisas.

– Algum problema?

– Madame... – Katie fez uma pausa, olhou para trás e continuou sussurrando: – Madame está enlouquecida. Temos quatro clientes lá na frente e ela...

– Victoria chegou? – Madame Lambert irrompeu na sala dos fundos, sem se preocupar em adotar o sotaque francês que usava com os clientes. Então viu Victoria, que examinava as costuras que levara para casa na noite anterior. – Graças aos céus. Preciso de você lá na frente.

Victoria deixou de lado a manga que segurava e apressou-se. Madame Lambert gostava de ter Victoria na frente da loja porque a jovem falava com refinamento e polidez.

Madame levou Victoria até uma garota de cerca de 16 anos que fazia o máximo para ignorar a mulher robusta – provavelmente mãe dela – ao lado.

– Viiictorria – disse Madame, de repente com sotaque francês –, echta é a Senhorrita Harriet Brrightbill. A mãe dela – indicou a outra senhora – gostarria de uma ajuda com o vestido da jovem.

– Sei muito bem o que eu quero – disse a Sra. Brightbill.

– E eu sei muito bem o que *eu* quero – acrescentou Harriet, as mãos plantadas firmemente nos quadris.

Victoria conteve um sorriso.

– Talvez possamos encontrar algo que as duas apreciem.

A Sra. Brightbill bufou alto, o que fez Harriet virar para ela com ar aflito e dizer:

– Mãe!

Durante a hora seguinte, Victoria mostrou-lhes peça após peça de tecido. Sedas, cetins e musselinas – todos apresentados para que apreciassem. Logo ficou claro que Harriet tinha muito mais bom gosto do que a mãe, e Victoria viu-se gastando um tempo enorme convencendo a Sra. Brightbill de que babados não eram requisito para o sucesso social.

Por fim, a Sra. Brightbill, que de fato amava a filha e obviamente só estava tentando fazer o que achava melhor, pediu licença e foi até o toalete. Harriet se afundou em uma cadeira próxima e suspirou.

– Ela é cansativa, não é? – perguntou à Victoria, que apenas sorriu. – Graças a Deus, meu primo se ofereceu para nos levar para comer um bolo. Não conseguiria suportar outra sessão de compras depois dessa. Ainda temos de ir ao chapeleiro e ao fabricante de luvas.

– Tenho certeza de que tudo isso será maravilhoso – disse Victoria, diplomática.

– O único momento maravilhoso é quando todos os pacotes chegam em nossa casa e posso abri-los... Ah, veja! Lá está meu primo passando pela janela. Robert! Robert!

Victoria reagiu por instinto. O nome Robert provocava-lhe reações estranhas e, na mesma hora, se escondeu atrás de um vaso de planta. O sino da porta tocou e ela espiou por entre as folhas.

Robert. *Seu* Robert.

Quase gemeu. Não lhe faltava mais nada. Bem quando começara a se sentir um pouco feliz, ele tinha de aparecer e virar tudo de cabeça para baixo. Já não sabia bem o que sentia por ele, mas de uma coisa tinha certeza: não queria um confronto com ele bem ali.

Devagar, Victoria começou a seguir para a porta da sala dos fundos.

– Primo Robert – ouviu Harriet dizer enquanto se agachava atrás de uma cadeira –, graças a Deus, está aqui. Declaro que mamãe ainda vai me deixar louca.

Ele riu – um som caloroso e vibrante que fez o coração de Victoria doer.

– Se ela ainda não a enlouqueceu, eu diria que você é imune, querida Harriet.

Harriet deixou escapar um suspiro cansado, do tipo que só uma garota de 16 anos que não viu o mundo é capaz de dar.

– Se não fosse pela gentil vendedora aqui...

Fez-se uma temerosa pausa, e Victoria engatinhou correndo para trás do sofá.

Harriet colocou as mãos nos quadris.

– Não entendo, o que aconteceu com Victoria?

– Victoria?

Victoria engasgou. Não gostou do tom da voz dele. Faltava bem pouco para alcançar a porta. Podia chegar lá. Levantou-se e seguiu por trás de um manequim com vestido de cetim verde-floresta e, propositalmente de costas para a sala, esquivou-se os últimos metros até a sala dos fundos.

Ela ia conseguir. Tinha certeza disso.

Esticou a mão para a maçaneta. Girou-a. Entrou. Estava sendo fácil demais.

Conseguiu! Soltou, então, um grande suspiro de alívio e recostou-se à parede. Graças a Deus. Encarar Robert teria sido terrível.

– Victoria? – disse Katie, encarando-a de modo questionador. – Pensei que estivesse ajudando...

A porta se abriu com estrondo. Katie gritou. Victoria gemeu.

– Victoria! – exclamou Robert. – Graças a Deus, Victoria!

Ele saltou sobre uma pilha de peças de tecido e derrubou um dos manequins da loja. Só parou a poucos centímetros de distância dela. Victoria olhou para ele, perplexa. Robert estava ofegante, o rosto cansado e parecia não ter a menor noção de que havia uma renda espanhola pendurada em seu ombro direito.

E então, sem se importar com a plateia, ou simplesmente sem perceber que Katie, Madame Lambert, Harriet, a Sra. Brightbill e outras três clientes olhavam para eles, estendeu o braço como um homem faminto e a puxou contra seu corpo.

E começou a beijá-la. Por toda parte.

CAPÍTULO 11

Robert tocou os braços, ombros e costas dela para se assegurar de que Victoria estava realmente ali. Parou por um instante para encarar seus olhos, e então tomou seu rosto nas mãos e a beijou.

Beijou-a com toda a paixão que manteve contida durante aqueles sete anos.

Beijou-a com toda a agonia que sentira naquelas últimas semanas, sem saber se ela estava viva ou não.

Beijou-a com tudo o que ele era e tudo o que queria ser. E teria continuado a beijá-la se alguém não tivesse segurado sua orelha esquerda, puxando-o.

– Robert Kemble! – gritou sua tia. – Você deveria se envergonhar.

Robert olhou suplicante para Victoria, que parecia bastante atordoada e constrangida.

– Preciso conversar com você – disse ele com firmeza, apontando o dedo para ela.

– Mas o que significa isso? – exigiu saber Madame Lambert, sem um pingo de sotaque francês.

– Esta mulher – disse Robert – é minha futura esposa.

– O quê? – guinchou Victoria.

– Santo Deus! – exclamou a Sra. Brightbill.

– Ah, Victoria! – disse Katie, entusiasmada.

– Robert, por que não nos contou? – indagou Harriet.

– Mas quem diabo é você? – perguntou Madame Lambert, e ninguém sabia ao certo se a pergunta era dirigida a Robert ou a Victoria.

Todos tinham falado ao mesmo tempo, causando tamanha confusão que Victoria por fim gritou:

– Parem! Todos vocês!

Todos viraram em direção a Victoria. Ela piscou, sem saber direito o que fazer agora que tinha a atenção deles. Por fim, limpou a garganta e ergueu o queixo.

– Queiram me desculpar – disse ela com o que sabia ser uma patética demonstração de orgulho –, não estou me sentindo nada bem. Creio que seja melhor ir para casa um pouco mais cedo hoje.

O caos se instalou outra vez. Todos tinham uma firme opinião a manifestar sobre a situação incomum. Em meio à confusão, Victoria tentou escapar pela porta dos fundos, mas Robert foi mais rápido. Segurou-a pelo pulso, e ela acabou sendo levada de volta para o centro da sala.

– Você não vai a lugar nenhum – disse ele, a voz severa e gentil ao mesmo tempo. – Não até eu falar com você.

Harriet escapou da mãe, que agitava freneticamente os braços, e foi para o lado de Victoria.

– Vai mesmo se casar com meu primo? – perguntou, no rosto a imagem do amor romântico.

– Não – disse Victoria, balançando a cabeça de leve.

– Vai – bradou Robert. – Vai sim!

– Mas o senhor não quer se casar comigo.

– Mas é claro que quero, ou não teria declarado isso na frente da maior fofoqueira de Londres.

– Ele quer dizer minha mãe – esclareceu Harriet de forma prestativa.

Victoria sentou-se em uma peça de cetim verde e apoiou o rosto nas mãos.

Madame Lambert se colocou ao lado dela.

– Não sei quem você é – disse ela, o dedo no ombro de Robert –, mas não posso permitir que provoque uma das minhas funcionárias assim.

– Eu sou o conde de Macclesfield.

– O conde de… – Os olhos dela se arregalaram. – Um conde?

Victoria gemeu, querendo estar em qualquer lugar menos ali.

Madame agachou-se ao lado dela.

– Minha menina, ele é um conde? E disse que queria se casar com você?

Victoria só balançou a cabeça, o rosto ainda nas mãos.

– Pelo amor de Deus! – exigiu uma voz imperiosa. – Nenhum de vocês consegue perceber que a pobrezinha está nervosa?

Uma senhora mais velha, vestida de roxo, foi até Victoria e colocou maternalmente o braço nos seus ombros.

Victoria ergueu os olhos e piscou.

– Quem é a senhora? – perguntou.

– Sou a duquesa viúva de Beechwood.

Victoria olhou para Robert.

– Outra parente sua?

A viúva respondeu no lugar dele.

– Posso assegurar-lhe que esse canalha não tem nenhum parentesco comigo. Eu estava cuidando da minha vida, comprando um vestido novo para o primeiro baile da minha neta e...

– Ah, meu Deus – gemeu Victoria, baixando de novo a cabeça nas mãos.

Aquilo trazia um novo significado para a palavra "mortificação". Quando uma completa estranha se compadecia dela...

A viúva encarou Madame Lambert com seriedade.

– Não vê que a pobrezinha precisa de uma xícara de chá?

Madame Lambert hesitou, sem dúvida não ia querer perder um minuto dos acontecimentos, então cutucou Katie. A atendente saiu depressa para preparar o chá.

– Victoria – disse Robert, tentando soar calmo e paciente... Um esforço difícil considerando a plateia. – Preciso falar com você.

Ela levantou a cabeça e secou os olhos úmidos, sentindo-se um pouco encorajada por toda a solidariedade e indignação feminina à sua volta.

– Não quero nada com você – rebateu ela, fungando. – Nada.

A tia de Robert foi para perto de Victoria, ocupando o lado oposto ao da duquesa viúva de Beechwood, e também envolveu-a maternalmente com o braço.

– Tia Brightbill – disse Robert, com uma voz exasperada.

– *O que* você fez para a pobrezinha? – exigiu saber a tia.

Robert ficou de boca aberta, incrédulo. Agora estava óbvio que todas as mulheres da Grã-Bretanha – com a possível exceção da detestável lady Hollingwood – estavam contra ele.

– Estou tentando pedi-la em casamento – disparou ele. – Com certeza isso conta.

A Sra. Brightbill virou-se para Victoria com uma expressão que oscilava entre preocupação e praticidade.

– Ele está pedindo sua mão, minha querida. – Então baixou o tom de voz. – Haveria alguma razão para que seja imperativo que aceite?

Harriet ficou boquiaberta. Até ela sabia o que isso significava.

– Claro que não! – disse Victoria em voz alta. E então, só porque sabia que isso o deixaria em grandes dificuldades com a plateia feminina ali reunida e, claro, porque ainda estava furiosa, acrescentou: – Ele tentou fazer com que houvesse, mas não permiti.

A Sra. Brightbill pôs-se de pé com uma velocidade surpreendente considerando-se seu tamanho e bateu no sobrinho com a bolsa.

– Como se atreve! – gritou ela. – A pobrezinha claramente teve uma boa educação, mesmo que as circunstâncias a tenham desfavorecido. – Então se interrompeu, percebendo que o sobrinho, um *conde*, pelo amor de Deus, estava propondo casamento a uma atendente e voltou-se para Victoria. – Quero dizer, você teve uma boa educação, não teve? Pelo menos, parece que sim.

– Victoria é a pessoa mais gentil e educada que conheço – declarou Robert.

A mulher de quem ele falou apenas fungou e ignorou o elogio.

– O pai dela é o vigário de Bellfield – acrescentou ele, e então contou um resumo da história dos dois.

– Ah, que romântico! – suspirou Harriet.

– Não foi nada romântico – rebateu Victoria. E continuou com um pouco mais de gentileza: – Melhor não colocar na cabeça nenhuma ideia tola de fuga.

A mãe de Harriet bateu de leve no ombro de Victoria com ar de aprovação.

– Robert – anunciou ela a todas presentes –, você será de fato um cavalheiro de sorte se conseguir convencer esta adorável e sensata jovem a aceitar seu pedido.

Ele abriu a boca para dizer algo, mas foi interrompido pelo chiado da chaleira. As mulheres começaram a se servir de chá e Robert foi solenemente ignorado. Victoria tomou um gole de sua xícara enquanto recebia mais tapinhas de aprovação nas costas e vários "pobrezinha", em tom preocupado.

Robert não soube direito quando aconteceu, mas era claro que o equilíbrio de poder havia se deslocado para o lado contrário. Era apenas um homem contra – seus olhos percorreram a sala – oito mulheres.

Oito? Maldição. A sala de repente parecia sufocante. Ele afrouxou a gravata.

Por fim, quando uma mulher de vestido rosa – que Robert não fazia ideia de quem era e só podia deduzir que talvez fosse outra espectadora alheia – se moveu, permitindo-lhe ver o rosto de Victoria, ele disse pelo que parecia a centésima vez:

– Victoria, preciso conversar com você.

Ela tomou outro gole de chá, recebeu outro tapinha maternal da duquesa de Beechwood e disse:

– Não.

Ele deu um passo à frente e seu tom soou vagamente ameaçador.

– Victoria...

Robert teria dado outro passo, mas oito mulheres o fuzilaram ao mesmo tempo com olhares desdenhosos. Nem mesmo ele era homem o suficiente para aguentar aquilo. Ergueu os braços e murmurou:

– Bando de maritacas.

Victoria permaneceu sentada em meio ao seu novo grupo de admiradoras, parecendo desagradavelmente serena.

Robert respirou fundo e brandiu o dedo no ar.

– Isso não acabou, Victoria. Ainda *vou* falar com você.

Então, com outro comentário incompreensível sobre maritacas, ele saiu da loja.

~

– Ele ainda está lá?

A pedido de Victoria, Katie deu mais uma espiada pela vitrine da loja.

– A carruagem dele não saiu do lugar.

– Maldição – murmurou Victoria, o que fez a Sra. Brightbill comentar:

– Achei que tivesse dito que seu pai era um vigário.

Victoria olhou para o relógio. A carruagem de Robert estava parada em frente à loja havia duas horas, e ele não demonstrava a menor intenção de ir embora. Nem as senhoras que testemunharam o curioso encontro. Madame Lambert tivera de preparar mais quatro bules de chá.

– Ele não pode ficar ali o dia todo – disse Harriet. – Pode?

– Ele é um conde – replicou a mãe com naturalidade. – Pode fazer o que quiser.

– E esse é justamente o problema – declarou Victoria.

Como ele se atrevia a voltar assim para sua vida, presumindo que ela se atiraria aos pés dele, só porque colocara mais uma vez na cabeça que queria se casar com ela.

Ele queria se *casar* com ela. Victoria balançou a cabeça, incrédula. Aquele já fora seu maior sonho; agora parecia mais uma piada cruel do destino.

Ele queria se casar com ela? Ah! Maldição! Era um pouco tarde para isso.

– Você praguejou de novo? – sussurrou Harriet, lançando um olhar furtivo para a mãe.

Victoria ergueu os olhos, surpresa. Não percebera que tinha dado voz aos pensamentos.

– *Ele* faz isso comigo – resmungou ela.

– Primo Robert?

Victoria assentiu.

– Ele acha que pode controlar a minha vida.

Harriet encolheu os ombros.

– Ele tenta controlar a vida de todos. E muitas vezes faz um excelente trabalho, na verdade. Nunca estivemos tão bem financeiramente desde que ele começou a administrar nosso dinheiro.

Victoria olhou para ela, confusa.

– Não é considerado deselegante falar sobre dinheiro?

– Sim, mas você é da família – respondeu, acenando em um gesto expansivo.

– Não sou da família – grunhiu Victoria.

– Mas será – replicou Harriet – se depender do primo Robert. E ele geralmente consegue o que quer.

Victoria colocou as mãos nos quadris e olhou pela janela em direção à carruagem.

– Não dessa vez.

– Hum, Victoria – disse Harriet, parecendo um pouco ansiosa –, não a conheço bem, então não teria como distinguir as complexidades de suas expressões faciais, mas devo dizer que não gosto desse seu olhar.

Victoria virou-se devagar, desconcertada.

– De que diabo a senhorita está falando?

– O que quer que esteja pensando em fazer, devo desaconselhá-la.

– Vou conversar com ele – disse Victoria de forma resoluta, e então, antes que alguém pudesse detê-la, saiu da loja.

Robert saltou da carruagem em um instante. Abriu a boca como se fosse dizer alguma coisa, mas Victoria o interrompeu.

– Você queria falar comigo? – indagou ela, com voz firme.

– Sim, eu...

– Que bom. Também quero falar com você.

– Torie, eu...

– Não pense, nem mesmo por um segundo, que pode controlar minha vida. Não sei o que provocou sua extraordinária mudança de opinião, mas não sou uma marionete que pode ser manipulada de acordo com sua vontade.

– Claro que não, mas...

– Você não pode me insultar daquele jeito e depois esperar que eu esqueça.

– Sei disso, mas...

– Além do mais, estou bem contente sem você. Você é dominador, arrogante, insuportável...

– ...e você me ama – interrompeu Robert, parecendo bastante satisfeito por conseguir dizer alguma coisa.

– De jeito nenhum!

– Victoria – disse ele em um tom irritantemente conciliador –, você sempre vai me amar.

Ela não podia acreditar.

– Você enlouqueceu.

Ele curvou-se em um cumprimento cortês e levou a mão dela aos lábios.

– Nunca estive mais são do que neste momento.

A respiração de Victoria ficou presa na garganta. Fragmentos de lembrança passaram por sua mente e de repente tinha 17 anos de novo. Dezessete, completamente apaixonada e louca por ser beijada.

– Não – disse ela, engasgada com as palavras. – Não. Você não vai fazer isso comigo outra vez.

Ele encarou os olhos dela com intensidade.

– Victoria, eu amo você.

Ela puxou a mão da dele.

– Não posso ouvir isso.

Então voltou correndo para a loja.

Robert a viu se afastar e suspirou, perguntando-se por que estava tão surpreso por ela não ter se jogado em seus braços e fervorosamente declarado seu amor eterno por ele. É claro que ela estava com raiva. Furiosa. Ele ficara tão louco de preocupação e tão atormentado pela culpa que não parara para pensar como ela reagiria ao seu repentino ressurgimento em sua vida.

Mas não teve tempo de refletir mais sobre isso porque sua tia irrompeu da loja.

– O que você disse àquela pobre garota? – guinchou ela. – Não acha que já a perturbou o suficiente por um dia?

Robert fulminou a tia com o olhar. Aquela interferência toda já estava lhe dando nos nervos.

– Disse que a amo.

Isso pareceu diminuir um pouco o ímpeto da tia.

– Sério?

Robert nem sequer se preocupou em assentir.

– Bem, o que quer que tenha dito, não diga de novo.

– Quer que eu diga a ela que *não* a amo?

A tia firmou as mãos nos largos quadris.

– Ela está muito chateada.

Robert já estava cheio de toda aquela intromissão feminina.

– Maldição, eu também.

A Sra. Brightbill recuou e colocou a mão no peito, afrontada.

– Robert Kemble, você acabou de praguejar na minha presença?

– Passei os últimos sete anos profundamente infeliz por causa de um mal-entendido idiota provocado por dois malditos pais intrometidos. Sendo assim, tia Brightbill, seus sentimentos não estão no topo da minha lista de prioridades no momento.

– Robert Kemble, nunca fui tão insultada...

– ...em toda a sua vida.

Ele suspirou, revirando os olhos.

– ...em toda a minha vida. E não me importo que você *seja* um conde. Vou aconselhar aquela pobre e gentil garota a não se casar com você.

Então, bufando alto, a Sra. Brightbill virou de costas e voltou para a loja a passos firmes.

– Maritacas! – gritou Robert para a porta. – Todas vocês! Não passam de um bando de maritacas!

– Perdoe-me, milorde – disse o cavalariço, recostado à carruagem –, mas não acho que seja uma boa ocasião para se comportar assim.

Robert encarou o homem, furioso.

– MacDougal, se você não fosse tão bom com os cavalos…

– Sei, sei, o senhor já teria me mandado embora anos atrás.

– É sempre hora para isso – grunhiu Robert.

MacDougal sorriu com a confiança de alguém que já era mais amigo do que criado.

– Por acaso notou como ela foi rápida em dizer que não o ama?

– Notei – resmungou Robert.

– Só queria que soubesse. Caso não tivesse notado.

Robert virou a cabeça.

– Você percebe o quanto é impertinente para um servo?

– É por isso que me mantém trabalhando para o senhor, milorde.

Robert sabia que era verdade, mas não sentia muita vontade de admitir aquilo naquele momento, então voltou a atenção para a vitrine da loja.

– Vocês podem se esconder aí o quanto quiserem – gritou ele, brandindo o punho no ar. – Eu não vou embora!

– O que ele disse? – perguntou a Sra. Brightbill, cuidando dos sentimentos feridos com a sétima xícara de chá.

– Ele disse que não vai embora – replicou Harriet.

– Eu poderia ter lhes dito isso – murmurou Victoria.

– Mais chá, por favor! – pediu a Sra. Brightbill, acenando no ar com a xícara agora vazia.

Katie veio apressada com mais um pouco da bebida fumegante. A senhora esvaziou rapidamente a xícara e depois ficou de pé, alisando as saias com as mãos.

– Com licença – anunciou para todos na sala.

Então se retirou vacilante para o toalete.

– Madame vai ter que comprar outro penico – murmurou Katie.

Victoria lançou-lhe um olhar de reprovação. Vinha tentando ensinar boas maneiras à garota havia semanas. Mesmo assim, em razão dos nervos abalados, replicou:

– Nada mais de chá. Nem mais uma gota.

Harriet ergueu os olhos arregalados e pousou a xícara com firmeza.

– Isso é loucura! – bradou Victoria. – Ele nos deixou presas aqui.

– Na verdade – disse Harriet –, ele só deixou a senhorita presa. Eu posso sair a qualquer instante que ele nem notaria.

– Ah, notaria – murmurou Victoria. – Ele nota tudo. Nunca conheci alguém mais teimoso e insuportavelmente organizado...

– Estou certa de que já basta, querida – interrompeu Madame Lambert, sabendo que sua atendente poderia estar insultando a clientela. – Afinal, Sua Senhoria é primo da Srta. Brightbill.

– Ah, não pare por minha causa – disse Harriet com entusiasmo. – Estou me divertindo muito.

– Harriet! – exclamou Victoria de repente.

– Sim?

– Harriet.

– Creio que a senhorita já disse isso.

Victoria olhou para a garota e teve uma ideia.

– Harriet, a senhorita pode ser a resposta para minhas orações.

– Duvido muito que eu seja a resposta para as orações de alguém – replicou Harriet. – Estou sempre me metendo em confusão e falando sem pensar.

Victoria sorriu e deu um tapinha na mão dela.

– Acho isso adorável.

– Sério? Que maravilha. Adorarei ter a senhorita como prima.

Victoria teve de ser esforçar para não cerrar os dentes.

– Não serei sua prima, Harriet.

– Queria muito que fosse. O primo Robert não é tão ruim assim quando passamos a conhecê-lo.

Victoria preferiu não falar que já conhecia o homem em questão.

– Harriet, poderia me fazer um favor?

– Adoraria.

– Preciso que o distraia.

– Ah, isso será fácil. Mamãe sempre me diz que sou a distração em pessoa.

– A senhorita se importaria de sair pela frente da loja e distrair Sua Senhoria para que eu possa escapar pelos fundos?

Harriet franziu a testa.

– Se eu fizer isso, ele não terá chance de cortejá-la.

Victoria considerou-se uma santa por não gritar "Exatamente!". Em vez disso, continuou em tom gentil:

– Harriet, não vou me casar com seu primo em hipótese alguma. Mas, se eu não sair logo desta loja, podemos acabar presas aqui a noite toda. Robert não parece dar sinal de que vai embora.

Harriet parecia indecisa.

Victoria achou melhor usar um trunfo e sussurrou:

– Sua mãe pode começar a se irritar.

Harriet ficou pálida.

– Está bem.

– Só me dê um minuto para eu me preparar.

Victoria começou a recolher suas coisas depressa.

– O que devo dizer a ele?

– O que quiser.

Harriet franziu os lábios.

– Não tenho certeza de que seja um plano sensato.

Victoria parou de repente.

– Harriet, eu imploro.

Então, suspirando alto e dando de ombros de forma dramática, a garota mais jovem abriu a porta da loja e saiu.

– Maravilha, maravilha, maravilha – sussurrou Victoria, atravessando ligeira a sala contígua.

Em seguida, prendeu bem a capa ao redor dos ombros e escapou pela porta dos fundos.

Liberdade! Victoria sentia-se quase zonza.

Sabia que talvez estivesse um pouco feliz demais; havia algo de incrivelmente satisfatório em conseguir enganar Robert. Uma hora teria de enfrentar suas emoções e lidar com o fato de que o homem que havia partido seu coração duas vezes estava de volta, mas, por ora, derrotá-lo com seu próprio jogo já era o suficiente.

– Ha! – disse ela, sorrindo como uma idiota ao ver a parede de tijolos do prédio vizinho.

Bastava seguir pelo beco até o fim, virar à esquerda e estaria longe das garras dele. Pelo menos naquele dia.

Victoria desceu depressa os degraus dos fundos da loja. Mas, quando o pé tocou as pedras do beco, sentiu a presença de alguém.

Robert! Só podia ser.

Mas, ao se virar, não viu Robert, e sim um homem enorme de cabelos negros com uma cicatriz assustadora no rosto.

Então ele a segurou.

Victoria deixou a bolsa cair e começou a gritar.

– Silêncio, moça – disse o patife. – Não vou machucá-la.

Victoria não viu motivos para acreditar nele, então logo chutou sua canela e saiu correndo para alcançar o fim do beco, rezando para desaparecer em meio à multidão de Londres.

Mas ele era rápido, ou talvez ela não soubesse como chutar forte o suficiente, porque ele a pegou pela cintura e a levantou, de modo que os pés dela já não tocavam o chão. Victoria se debateu, gritou, grunhiu; não ia deixar aquele brutamontes levá-la sem causar-lhe complicações.

Ela conseguiu golpear a cabeça dele com força e ele a deixou cair, berrando um impropério. Victoria ficou de pé, mas só conseguiu avançar alguns metros antes de sentir a mão do patife agarrar o tecido de sua capa.

Então ouviu as palavras que mais temia:

– Sua Senhoria! – berrou o brutamontes.

Senhoria? Victoria sentiu um aperto no coração. Já devia saber.

O homem enorme gritou de novo.

– Se o senhor não aparecer logo, vou me demitir antes que possa me mandar embora de novo!

Victoria desmoronou, fechando os olhos para não precisar ver o sorriso satisfeito de Robert quando ele aparecesse na esquina.

CAPÍTULO 12

Quando Victoria abriu os olhos, Robert estava de pé diante dela.

– Estão vindo atrás de você? – perguntou ele, veemente.

– Quem?

– Elas. As mulheres – disse ele, parecendo se referir a uma nova espécie de insetos.

Victoria tentou puxar o braço da mão dele.

– Elas ainda estão tomando chá.

– Graças a Deus.

– A propósito, sua tia me convidou para morar com ela.

Robert resmungou algo em voz baixa.

O silêncio reinou por um instante e, em seguida, Victoria disse:

– Preciso mesmo ir para casa, então, se soltar meu braço...

Ela sorriu de maneira forçada, determinada a ser educada mesmo sem vontade.

Ele cruzou os braços, afastou os pés até estarem da mesma distância dos ombros e disse:

– Não vou a lugar nenhum sem você.

– Bem, e eu não vou a lugar nenhum *com* você, então não vejo...

– Victoria, não me faça perder a cabeça.

Ela arregalou os olhos.

– O que você acabou de dizer?

– Eu disse...

– Ouvi o que você disse! – Então bateu no ombro dele com a base da mão. – Como se atreve a me dizer para não fazê-lo perder a cabeça. Você mandou um brutamontes atrás de mim! Um bandido. Eu poderia ter me machucado.

O homem corpulento que a agarrou se irritou.

– Milorde – disse ele –, preciso interromper.

Os lábios de Robert se contraíram.

– Victoria, MacDougal não gosta de ser chamado de bandido. Creio que feriu os sentimentos dele.

Victoria só o encarou, incapaz de acreditar no rumo que a conversa havia tomado.

– Fui muito gentil com ela – disse MacDougal.

– Victoria – disse Robert. – Talvez seja o caso de pedir desculpas.

– Desculpas! – guinchou ela, tendo sido levada além do limite. – Desculpas! Creio que não.

Robert virou-se para o criado, resignado.

– Acho que ela não vai se desculpar.

MacDougal suspirou de forma magnânima.

– A moça teve um dia estressante.

Victoria não sabia qual dos dois queria socar primeiro.

Robert disse algo a MacDougal e o escocês saiu de cena, provavelmente para preparar a carruagem que estava à espera logo depois da esquina.

– Robert – disse Victoria com firmeza. – Vou para casa.

– Boa ideia. Vou acompanhá-la.

– *Sozinha.*

– É muito perigoso uma dama andar por aí sozinha – disse ele depressa, tentando controlar o temperamento sob uma fachada de eficiência.

– Consegui cuidar de mim sozinha muito bem nas últimas semanas, obrigada.

– Ah, sim, as últimas semanas – disse ele, um músculo começando a se contrair no rosto. – Devo dizer-lhe como passei as últimas semanas?

– Tenho certeza de que não posso impedir você de fazer isso.

– Passei as últimas semanas em estado de puro terror. Não tinha a menor pista do seu paradeiro...

– Posso lhe garantir que não tinha ideia de que estava me procurando – disse ela de forma mordaz.

– Por que não contou a ninguém sobre os seus planos? – disparou ele.

– E para quem eu deveria contar? Lady Hollingwood? Ah, sim, éramos *grandes* amigas. Você? Você, que demonstrou tanta consideração pelo meu bem-estar?

– E a sua irmã?

– Contei para a minha irmã. Escrevi para ela semana passada.

Robert pensou no último mês. Ele estivera com Eleanor havia duas semanas. Na ocasião, ela ainda não tinha como ter recebido notícias de Victoria. Ele sabia que boa parte do seu temperamento se devia ao fato de ter passado as últimas semanas apavorado, e tentou suavizar o tom quando voltou a falar.

– Victoria, você faria a gentileza de me acompanhar? Gostaria de levá-la até minha casa, onde podemos conversar em particular.

Ela pisou no pé dele.

– Essa é outra das suas horríveis e insultantes ofertas? Ah, desculpe, você prefere chamá-las de propostas? Repugnantes, degradantes...

– Victoria – disse ele com calma –, logo você ficará sem adjetivos.

– Ah! – explodiu ela, incapaz de pensar em qualquer coisa melhor, então ergueu os braços, exasperada. – Vou embora.

Ele segurou-a pelo colarinho da capa e puxou-a de volta.

– Acho que lhe falei que você não vai a lugar nenhum sem mim.

Então começou a arrastá-la até a carruagem.

– Robert – sibilou ela. – Você está fazendo uma cena.

Ele ergueu uma sobrancelha.

– Pareço me importar?

Ela tentou uma tática diferente.

– Robert, o que você quer de mim?

– Ora, casar-me com você. Pensei ter deixado isso claro.

– O que você deixou *claro* é que quer que eu seja sua amante – disse ela, furiosa.

– Isso foi um erro – disse ele com firmeza. – Agora estou lhe pedindo que seja minha esposa.

– Muito bem. Eu recuso.

– A recusa não é uma opção.

Ela se sentiu capaz de pular no pescoço dele a qualquer momento.

– Que eu saiba, a Igreja Anglicana não realiza casamentos sem o consentimento de ambas as partes.

– Torie – disse ele, ríspido –, tem alguma ideia de como eu estava preocupado com você?

– Nenhuma – respondeu ela com falso entusiasmo. – Mas estou cansada e queria muito ir para casa.

– Você desapareceu da face da Terra. Meu Deus, quando lady Hollingwood me disse que a demitira…

– Sim, bem, todos nós sabemos de quem foi a culpa – disparou ela. – Mas, por acaso, agora estou bastante feliz com minha nova vida, então suponho que deveria lhe agradecer.

Ele a ignorou.

– Victoria, eu descobri… – Ele parou e limpou a garganta. – Falei com sua irmã.

Ela ficou branca.

– Eu não sabia que seu pai a tinha amarrado. Juro que não.

Victoria engoliu em seco e desviou o olhar, consciente das lágrimas que ardiam em seus olhos.

– Não me faça pensar nisso – disse ela, odiando o som embargado de sua voz. – Não quero pensar nisso. Estou feliz agora. Por favor, deixe-me ter um pouco de estabilidade.

– Victoria. – A voz dele soou dolorosamente suave. – Eu amo você. Sempre amei.

Ela balançou a cabeça de forma frenética, ainda sem confiar que conseguiria olhar para ele.

– Eu amo você – repetiu ele. – Quero passar minha vida inteira ao seu lado.

– É tarde demais – sussurrou ela.

Ele a virou de frente.

– Não diga isso! Não seremos nada inteligentes se não conseguirmos aprender com nossos erros e seguirmos em frente.

Ela ergueu o queixo.

– Não é isso. Não quero mais me casar com você.

E não queria, ela percebeu. Parte dela sempre o amaria, mas descobriu uma independência maravilhosa desde que se mudou para Londres. Agora era senhora de si e estava descobrindo que ter controle sobre sua vida, na verdade, era um sentimento inebriante.

Ele empalideceu e sussurrou:

– Você está dizendo isso por dizer.

– Estou falando sério, Robert. Não quero me casar com você.

– Você está com raiva – ponderou ele. – Está com raiva e quer me ferir, e tem todo o direito de se sentir assim.

– Não estou com raiva. – Ela fez uma pausa. – Bem, sim, estou, mas não é por isso que estou recusando seu pedido.

Ele cruzou os braços.

– Por que então? Por que não quer nem me ouvir?

– Porque estou feliz agora! É tão difícil para você entender? Gosto da minha posição e adoro minha independência. Pela primeira vez em sete anos, estou contente e não quero arriscar isso.

– Você está feliz *aqui*? – Ele acenou com a mão para a butique. – Aqui, como atendente de loja?

– Sim – disse ela friamente –, estou. Percebo que deva ser um pouco difícil para você, com seus gostos refinados, entender...

– Não seja sarcástica, Torie.

– Então suponho que não possa dizer nada.

E fechou a boca.

Com gentileza, Robert começou a puxá-la em direção à carruagem.

– Tenho certeza de que se sentirá mais confortável se pudermos conversar sobre isso em particular.

– Não, na verdade, *você* ficará mais confortável.

– Nós dois vamos – disparou ele, a paciência se esgotando.

Ela começou a lutar com ele, vagamente consciente de que estava fazendo uma cena, mas sem se importar com isso.

– Se acha que vou entrar em uma carruagem com você...

– Victoria, dou minha palavra de que nada de ruim irá lhe acontecer.

– Isso depende da sua definição de "ruim", não acha?

Então Robert a soltou de repente e levantou as mãos para o ar.

– Juro que não encostarei um dedo em você.

Ela estreitou os olhos.

– E por que deveria acreditar nisso?

– Porque nunca quebrei uma promessa que lhe fiz – rosnou ele, perdendo a paciência.

Ela bufou, de um jeito nada feminino.

– Ah, por favor.

Ele sentiu um músculo se contrair na garganta. A honra sempre fora algo de suma importância para Robert, e Victoria sabia que o cutucara bem onde doía.

Quando finalmente falou, a voz dele soou grave e intensa.

– Nunca quebrei uma promessa direta a você ou a ninguém. Talvez não tenha sempre a tratado com o – ele engoliu em seco – devido respeito, mas nunca quebrei uma promessa.

Victoria soltou o ar, sabendo que ele falava a verdade.

– Você me deixa em casa?

Ele assentiu de imediato.

– Onde você mora?

A jovem lhe disse o endereço, que ele repetiu para MacDougal.

Ele estendeu a mão para Victoria, mas ela afastou o braço e, em vez disso, contornou-o e subiu sozinha na carruagem.

Robert soltou o ar, ofegante, resistindo ao impulso de levar as mãos ao traseiro dela e empurrá-la para dentro da carruagem. Maldição, ela sabia como testar sua paciência. Ele respirou fundo mais uma vez – pelo visto ainda precisaria fazer isso várias vezes antes de terminar o dia – e subiu na carruagem ao lado dela.

Fez um grande esforço para evitar tocá-la, mas o perfume dela estava por toda parte. Ela sempre cheirava a primavera, e Robert foi tomado por uma avassaladora sensação de nostalgia e desejo. Respirou fundo mais uma vez, tentando organizar os pensamentos. De alguma forma, havia recebido outra chance de amar e desta vez estava determinado a não estragar tudo.

– O que você queria dizer? – perguntou ela de forma cerimoniosa.

Ele fechou os olhos por um instante. Ela certamente não tinha planos de facilitar as coisas para ele.

– Tudo o que eu queria dizer é que sinto muito.

Os olhos dela apressaram-se, surpresos, para o rosto dele.

– Você sente muito? – repetiu ela.

– Por pensar o pior de você. Deixei meu pai me convencer de coisas que eu sabia não serem verdade.

Ela ficou em silêncio, forçando-o a continuar o doloroso discurso.

– Eu a conhecia tão bem, Torie – sussurrou ele. – Conhecia você como me conhecia. Mas quando você não apareceu...

– Você pensou que eu fosse uma interesseira – disse ela, a voz sem emoção.

Ele olhou pela janela por um momento antes de fitar de novo o rosto pálido e cansado de Victoria.

– Não sabia mais o que pensar – falou ele, sem jeito.

– Você podia ter permanecido no distrito tempo suficiente para me perguntar o que tinha acontecido – disse ela. – Não havia necessidade de tirar conclusões tão terríveis de forma precipitada.

– Fui até a sua janela.

Ela ofegou.

– Foi? Eu... Eu não o vi.

Quando Robert falou, a voz estava trêmula.

– Você estava de costas para a janela. Deitada na cama. Parecia muito tranquila, como se não tivesse nada no mundo com que se preocupar.

– Eu estava chorando – disse ela, quase sem voz.

– Não tinha como saber.

Uma centena de emoções passaram pelo rosto dela e, por um instante, Robert teve certeza de que Victoria se inclinaria para a frente e colocaria sua mão na dele, mas por fim ela apenas cruzou os braços e disse:

– Você agiu mal.

Robert se esqueceu de todo o esforço para controlar o temperamento.

– E você não? – rebateu ele.

O corpo dela se retesou.

– Perdão?

– Nós dois agimos com desconfiança, Victoria. Você não pode colocar toda a culpa em mim.

– Do que está falando?

– Sua irmã me contou o que você pensou de mim. Que eu nunca tive a intenção de nada além de seduzi-la. Que a corte que lhe fiz nunca foi de verdade. – Ele se inclinou para a frente e por uma fração de segundo conseguiu se controlar e não segurar as mãos dela. – Olhe dentro do seu coração, Victoria. Você *sabe* que a amei. Sabe que ainda a amo.

Victoria respirou fundo e soltou o ar.

– Suponho que eu também lhe deva desculpas.

Robert deixou escapar um suspiro, tomado por uma maravilhosa sensação de alívio. Desta vez permitiu-se pegar as mãos dela.

– Então podemos começar de novo – disse ele com fervor.

Victoria tentou se convencer a puxar as mãos de volta, mas aquela sensação era dolorosamente terna. A pele dele era quente e ela estava tentada a se deixar envolver pelos seus braços. Não seria tão terrível assim se sentir amada mais uma vez... Sentir-se querida.

Ela olhou para Robert. Os olhos azuis dele encaravam os seus com uma intensidade que a assustava e emocionava. Sentiu algo tocar seu rosto e percebeu que era uma lágrima.

– Robert, eu...

Ela parou, percebendo que não sabia o que dizer.

Ele se inclinou para a frente, e Victoria viu que pretendia beijá-la. E, para seu horror, ela percebeu que queria os lábios dele nos seus.

– Não! – explodiu ela, tanto para o bem dela quanto para o dele.

Em seguida, afastou os olhos dele e depois puxou as mãos.

– Victoria...

– Pare. – Ela fungou e fixou o olhar na janela. – Você não me conhece mais.

– Então me diga o que preciso saber. Diga-me o que devo fazer para fazê-la feliz.

– Você não entende? Não pode me fazer feliz!

Robert se encolheu, incapaz de acreditar em como estava ferido com aquela única declaração.

– Você se importaria de explicar? – pediu ele, sério.

Ela deixou escapar uma risada amarga.

– Você me deu a lua, Robert. Não, fez mais do que isso. Você me pegou e me levou até ela. – Após uma longa pausa, continuou: – E então eu caí. E doeu demais quando aterrissei. Não quero isso de novo.

– Não vai acontecer outra vez. Estou mais velho e mais maduro. Nós dois estamos.

– Você não vê? Já aconteceu duas vezes.

– Duas vezes? – repetiu ele, concluindo que não queria ouvir o que Victoria tinha a dizer.

– Na casa dos Hollingwoods – disse ela, a voz sem emoção. – Quando me pediu para ser sua...

– Não diga isso.

A voz dele soou rude.

– Não diga o quê? "Amante"? De fato é uma boa hora para você resolver ter escrúpulos.

Ele empalideceu.

– Nunca soube que você poderia ser tão vingativa.

– Não estou sendo vingativa. Estou sendo sincera. Eu não caí da lua naquele momento. Você me empurrou.

Robert respirou fundo, ofegante. Não era de sua natureza implorar e parte dele queria muito se defender. Porém queria Victoria ainda mais, então disse:

– Deixe-me consertar as coisas, Torie. Deixe-me casar com você e lhe dar filhos. Deixe-me passar todos os dias da minha vida adorando o chão por onde passa.

– Robert, não.

A voz de Victoria soou trêmula, e ele sabia que vira algo cintilar em seus olhos quando falara em filhos.

– Não o quê? Não adorar o chão por onde passa? É tarde demais. Já faço isso – brincou.

– Não torne tudo tão difícil – pediu ela, a voz pouco mais que um sussurro.

Os lábios dele se entreabriram de espanto.

– E por que diabo eu não deveria fazer isso? Está me dizendo que eu deveria facilitar as coisas para você sair da minha vida novamente?

– Nunca saí da sua vida – rebateu ela. – *Você* saiu. Você.

– Nenhum de nós é inocente. Você também logo pensou o pior de mim.

Victoria não disse nada.

Ele se inclinou para a frente, o olhar intenso.

– Não vou desistir de você, Victoria. Vou assombrá-la noite e dia. Vou fazê-la admitir que me ama.

– Não amo – sussurrou ela.

A carruagem parou e Robert disse:

– Parece que chegamos à sua casa.

Victoria logo juntou seus pertences e levou a mão à porta. Mas, antes que alcançasse a madeira polida, Robert tocou a mão dela.

– Só um minuto – pediu ele, a voz rouca.

– O que você quer, Robert?

– Um beijo.

– Não.

– Só um beijo. Para me ajudar a passar esta noite.

Victoria olhou naqueles olhos que ardiam como brasa e penetravam diretamente sua alma. Passou a língua pelos lábios; não pôde evitar.

A mão de Robert moveu-se até a nuca dela. O toque dele era delicado. Se ele tivesse feito um pouco mais de pressão ou tentado forçá-la, sabia que teria resistido. Mas a gentileza dele a desarmou e ela não conseguiu se afastar.

Os lábios dele tocaram os dela, roçando-os devagar, até que a sentiu ceder ao seu toque. Sua língua umedeceu um dos cantos da boca de Victoria, depois o outro, então contornou os lábios grossos dela.

Victoria achou que fosse desmanchar.

Mas então ele se afastou. As mãos de Robert tremiam. Victoria olhou para baixo e percebeu que as dela também.

– Conheço meus limites – disse ele em voz baixa.

Victoria piscou, percebendo, desesperada, que não conhecia os seus. Mais um segundo daquela tortura sensual e estaria no chão da carruagem, implorando-lhe que a amasse. A vergonha coloriu seu rosto e ela saiu da carruagem, deixando MacDougal segurar sua mão trêmula para ajudá-la a descer. Robert saiu logo atrás dela e então praguejou ao perceber onde estava.

Victoria não chegava a morar na pior parte da cidade, mas estava bem perto disso. Robert precisou de uns bons dez segundos para ficar calmo o suficiente e dizer:

– Por favor, diga-me que não mora aqui.

Ela lançou-lhe um olhar desconfiado e apontou para uma janela no quarto andar.

– Bem ali.

Robert sentiu a garganta se contrair com força.

– Você... não vai... ficar aqui – disse ele, mal conseguindo articular as palavras.

Victoria o ignorou e começou a caminhar em direção ao prédio. Robert passou o braço pela cintura dela em questão de segundos.

– Não quero ouvir mais nem uma palavra – vociferou ele. – Você vem para minha casa agora.

– Solte-me!

Victoria lutava para se desvencilhar, mas Robert a segurava com firmeza.

– Não permitirei que fique em uma vizinhança tão perigosa.

– Não consigo imaginar que estaria mais segura com você – retrucou ela.

Robert diminuiu a força, mas recusava-se a soltar o braço dela. Então sentiu algo no pé e olhou para baixo.

– Mas que diabo!

Ele sacudiu o pé com força, atirando um rato de bom tamanho na rua.

Victoria aproveitou-se da situação para se soltar e correu para a relativa segurança de seu prédio.

– Victoria! – berrou Robert, seguindo-a.

Mas, quando abriu a porta, tudo o que viu foi uma velha gorducha de dentes escurecidos.

– E o senhor seria? – exigiu saber.

– Sou o conde de Macclesfield – rugiu ele –, saia do meu caminho.

A mulher deteve-o, colocando a mão em seu peito.

– Não tão rápido, Vossa Senhoria.

– Tire a mão de cima de mim, por favor.

– Tire o traseiro da minha casa, *por* favor – matraqueou ela. – Não permitimos homens aqui. Esta é uma casa respeitável.

– A Srta. Lyndon é minha futura noiva – declarou Robert.

– Não me pareceu. Na verdade, pelo que vi, ela não quer nada com o senhor.

Robert ergueu os olhos e viu Victoria espiando-o por uma janela. A raiva tomou conta dele.

– Não vou tolerar isso, Victoria! – berrou ele.

Ela fechou a janela.

Pela primeira vez na vida, Robert realmente entendeu o verdadeiro significado da palavra raiva. Há sete anos, quando achou que Victoria o tinha traído, o coração estava partido demais para aquele tipo de fúria. Mas agora… *Maldição*, ele havia passado mais de duas semanas desesperado, sem saber que diabo tinha acontecido com ela. E agora que a encontrou, ela não só recusara seu pedido de casamento, como insistia em morar em um bairro repleto de bêbados, ladrões e prostitutas.

E ratos.

Robert viu um menino de rua pegar a carteira de um homem distraído do outro lado da calçada. Bufou de raiva. Tinha de tirar Victoria daquele bairro, se não pelo bem-estar dela, por sua própria sanidade.

Era um milagre ela ainda não ter sido estuprada ou assassinada.

Em seguida, virou para a senhoria bem a tempo de ver a porta bater em seu rosto e ouvir a chave na fechadura. Cruzou, então, a curta distância até o local logo abaixo da janela de Victoria e começou a olhar para o prédio, procurando possíveis pontos de apoio para subir até o quarto dela.

– Milorde.

A voz de MacDougal era gentil, mas insistente.

– Se conseguir apoiar meu pé naquele peitoril, posso subir até lá – grunhiu Robert.

– Milorde, ela já está segura o suficiente esta noite.

Robert virou-se.

– Você tem alguma ideia de que tipo de bairro é esse?

MacDougal endureceu o tom.

– Perdão, milorde, mas cresci em um bairro como esse.

O rosto de Robert imediatamente se suavizou.

– Droga. Desculpe-me, MacDougal, não quis…

– Sei disso. – MacDougal pegou Robert pelo braço e começou a tirá-lo dali com gentileza. – Sua dama precisa pensar um pouco, milorde. Deixe-a sozinha por ora. Poderá conversar com ela pela manhã.

Robert franziu o cenho mais uma vez em direção ao prédio.

– Acha mesmo que ela passará bem a noite aqui?

– Milorde ouviu a porta ser trancada. Ela está tão segura quanto se estivesse em Mayfair com o senhor. Talvez até mais segura.

Robert, então, franziu o cenho para MacDougal.

– Volto amanhã.

– É claro que sim, milorde.

Robert pôs a mão na carruagem e suspirou.

– Estou louco, MacDougal? Estou completa e irremediavelmente louco?

– Bem, milorde, não cabe a mim dizer.

– Que irônico que justo agora tenha decidido exercer um pouco a discrição verbal.

MacDougal apenas riu.

~

Victoria sentou-se em sua cama estreita e envolveu o corpo com os braços, como se encolher-se o máximo possível pudesse fazer toda aquela confusão desaparecer.

Finalmente começara a construir uma vida que poderia lhe deixar contente. Finalmente! Era muito querer um pouco de estabilidade? De equilíbrio? Enfrentara sete anos de patrões rudes ameaçando-a toda hora com demissões. E agora encontrara segurança na loja da Madame Lambert. E amizade. Madame era como uma mãe superprotetora, estava sempre preocupada com o bem-estar de suas funcionárias. E Victoria adorava o clima de camaradagem entre as garotas.

Victoria engoliu em seco quando percebeu que estava chorando. Há anos não tinha um amigo. Eram incontáveis as vezes em que adormecera segurando as cartas de Ellie junto ao peito. Mas as cartas não podiam dar um tapinha gentil em seu braço e nunca sorriam.

Victoria vinha se sentindo muito sozinha.

Sete anos atrás, Robert tinha sido mais do que o amor de sua vida. Ele fora seu melhor amigo. Agora estava de volta e dissera que a amava. Victoria reprimiu um soluço. Por que tinha de fazer isso agora? Por que não podia deixá-la em paz?

E por que ela ainda se importava tanto? Não queria nada com ele, muito menos se casar. No entanto, seu coração disparava a cada toque dele. Podia sentir sua presença do outro lado de uma sala, e um olhar semicerrado tinha o poder de deixar sua boca seca.

E quando ele a beijava...

No fundo de seu coração, Victoria sabia que Robert tinha o poder de fazê-la feliz além de seus maiores sonhos. Mas também tinha o poder de destruir seu coração. E ele já havia feito isso uma vez... Não, duas vezes.

E ela não aguentava mais sentir dor.

CAPÍTULO 13

Robert esperava à porta quando ela saiu para o trabalho na manhã seguinte. Victoria não ficou surpresa; ele era teimoso mais do que tudo. Com certeza passara a noite planejando seu retorno.

Ela deixou escapar um suspiro.

– Bom dia, Robert.

Parecia infantil fingir ignorá-lo.

– Vim acompanhá-la até a loja da Madame Lambert – disse ele.

– Isso é muito gentil de sua parte, mas desnecessário.

Robert se colocou em seu caminho, forçando-a a olhar para ele.

– Permita-me discordar. Não é seguro para uma jovem andar por Londres desacompanhada, e é especialmente perigoso nesta região.

– Consegui chegar à loja todos os dias no último mês – retrucou ela.

A boca dele se contraiu em uma linha sombria.

– Posso assegurar-lhe de que isso não me deixa mais tranquilo.

– Deixá-lo mais tranquilo nunca esteve no topo da minha lista de prioridades.

Ele emitiu um som de desaprovação e continuou:

– Ora, ora, estamos com a língua afiada hoje.

Seu tom condescendente irritou-a.

– Já falei o quanto detesto o uso que a nobreza faz do "nós"? Isso me faz lembrar todos os odiosos patrões que tive ao longo dos anos. Nada como um bom "nós" para colocar a preceptora em seu lugar.

– Victoria, não estamos discutindo seu trabalho como preceptora, nem pronomes, singulares ou plurais.

Ela tentou passar por Robert, mas ele permanecia firme em seu caminho.

– Só vou repetir isso mais uma vez – disse ele. – Não vou permitir que fique aqui neste fim de mundo nem mais um dia.

Ela contou até três antes de dizer:

– Robert, você não é responsável pelo meu bem-estar.

– Alguém tem de ser. Você, obviamente, não sabe como cuidar de si mesma.

Ela contou até cinco.

– Vou ignorar esse comentário.

– Não posso acreditar que tenha se hospedado aqui. Aqui!

Robert balançou a cabeça com desgosto.

Ela contou até dez.

– Isso é tudo o que posso pagar, Robert, e estou muito feliz assim.

Ele se inclinou para a frente de maneira intimidante.

– Bem, eu não estou. Deixe-me dizer-lhe como fiquei a noite passada, Victoria.

– Por favor, diga – murmurou ela. – Como se eu pudesse impedi-lo.

– Passei a noite toda me perguntando quantos homens tentaram atacá-la no último mês.

– Nenhum desde Eversleigh.

Ele não a ouviu ou não quis ouvi-la.

– Então me perguntei com que frequência você tinha de atravessar a rua para evitar as prostitutas vadiando nas esquinas.

Ela sorriu com ironia.

– A maioria das prostitutas é muito simpática. Tomei chá com uma delas outro dia.

Isso era mentira, mas ela sabia que o irritaria.

Ele estremeceu.

– Então me perguntei quantos malditos ratos dividem o quarto com você.

Victoria tentou se forçar a contar até vinte antes de responder, mas sua paciência não permitiria. Ela podia aturar seus insultos e sua atitude autoritária, mas um ataque às suas habilidades de manter a casa limpa… Bem, isso já era demais.

– Dá para comer no chão do meu quarto – sibilou ela.

– Tenho certeza de que os ratos comem – replicou ele contraindo os lábios. – Sério, Victoria, você não pode ficar neste lugar infestado de animais nocivos. Não é seguro, nem saudável.

Ela ficou completamente rígida, mantendo as mãos firmes nas laterais do corpo para evitar bater nele.

– Robert, você notou que estou começando a me irritar?

Ele a ignorou.

– Dei-lhe uma noite, Victoria. Isso é tudo. Você vai para minha casa hoje mesmo.

– Não vou.

– Então vai morar com a minha tia.

– Valorizo minha independência acima de tudo – disse ela.

– Bem, valorizo sua vida e virtude – explodiu ele. – E vai perder as duas se insistir em morar aqui.

– Robert, estou segura. Não faço nada para chamar atenção, e as pessoas me deixam em paz.

– Victoria, você é uma mulher linda e respeitável. Não tem como não chamar atenção toda vez que põe os pés fora de casa.

Ela bufou.

– E logo quem vem falar isso! Olha só!

Ele cruzou os braços e esperou uma explicação.

– Eu estava fazendo um ótimo trabalho em me manter discreta antes de você aparecer. – Ela apontou para a carruagem dele. – Este bairro não vê um veículo tão grande assim há anos, se é que algum dia já apareceu algum parecido aqui. E tenho certeza de que pelo menos uma dúzia de pessoas já está planejando roubar sua carteira.

– Então você admite que esta é uma área perigosa.

– Claro que sim. Acha que sou cega? No mínimo, isso deveria provar o quanto não quero sua companhia.

– Mas que diabo quer dizer com isso?

– Pelo amor de Deus, Robert, prefiro ficar aqui neste fim de mundo a estar com você. Aqui! Isso deveria significar alguma coisa.

Ele estremeceu, e ela soube que o machucara. O que não esperava era perceber o quanto lhe doera ver os olhos dele cheios dor. Mesmo sem querer, colocou a mão em seu braço.

– Robert – disse com gentileza –, deixe-me explicar uma coisa: estou contente. Talvez eu não tenha muito em termos de conforto material, mas pela primeira vez em anos tenho minha independência. Tenho meu orgulho de volta.

– O que está dizendo?

– Você sabe que nunca gostei de ser preceptora. Era constantemente insultada por meus patrões, tanto homens quanto mulheres.

Robert contraiu os lábios.

– Os clientes da loja nem sempre são educados, mas Madame Lambert me trata com respeito. E, quando faço um bom trabalho, ela não tenta levar o crédito. Sabe há quanto tempo ninguém me fazia um elogio?

– Ah, Victoria.

Havia um mundo de angústia nessas duas palavras.

– Também fiz ótimas amizades. Gosto muito de ficar na loja. E ninguém toma decisões por mim. – Ela deu de ombros. – São prazeres simples, mas muito importantes para mim, e não quero estragar isso.

– Eu não fazia ideia – sussurrou ele. – Nenhuma ideia.

– Como poderia fazer? – As palavras dela não foram uma resposta mordaz, mas uma pergunta sincera e verdadeira. – Você sempre teve controle total sobre sua vida. Sempre pôde fazer o que quis. – Os lábios dela se curvaram em um sorriso melancólico. – Você e seus planos. Sempre amei isso em você.

Os olhos de Robert se voltaram para o rosto de Victoria. Ele duvidava que ela tivesse percebido que usara a palavra "amor".

– A maneira como você enfrentava um problema – continuou ela, o olhar ficando nostálgico. – Era sempre tão divertido observar. Você examinava a situação de todos os ângulos possíveis, e depois de cima e de baixo e de dentro para fora. Encontrava o caminho mais curto para a solução e então seguia em frente. Sempre descobria como conseguir tudo o que queria.

– Menos você.

As palavras dele pairaram no ar durante um bom tempo. Victoria desviou o olhar e, por fim, disse:

– Preciso ir trabalhar.

– Deixe-me levá-la.

– Não. – A voz dela soou estranha, como se fosse chorar. – Não acho que seja uma boa ideia.

– Victoria, por favor, não me deixe preocupado com você. Nunca me senti tão desamparado em toda a minha vida.

Ela virou para ele com um olhar sensato.

– Eu me senti desamparada por sete anos. Agora estou no controle. Por favor, não tire isso de mim.

Endireitando os ombros, ela começou a caminhar na direção da loja de roupas.

Robert esperou que ela estivesse a uns 3 metros de distância e começou a segui-la. MacDougal esperou que Robert estivesse a cerca de 6 metros de distância e começou a segui-lo de carruagem.

Em suma, parecia uma estranha e solene procissão em direção à loja de Madame Lambert.

Victoria estava ajoelhada diante de um manequim da loja com três alfinetes entre os dentes quando a sineta sobre a porta tocou ao meio-dia. Ela ergueu os olhos.

Robert. Ela se perguntou por que ainda ficava surpresa. Ele trazia uma caixa nas mãos e tinha um olhar familiar no rosto. Victoria conhecia aquele olhar. Estava tramando algo. Provavelmente passara a manhã toda planejando.

Ele cruzou a sala até chegar perto dela.

– Bom dia, Victoria – disse ele com um sorriso cordial. – Devo dizer que está bastante assustadora com esses alfinetes pendurados na boca como se fossem presas.

Victoria teve vontade de pegar uma daquelas "presas" e cravar nele.

– Não assustadora o suficiente – murmurou ela.

– Como?

– Robert, por que está aqui? Pensei que tivéssemos chegado a um entendimento esta manhã.

– E chegamos.

– Então por que está aqui? – grunhiu ela.

Ele se agachou ao seu lado.

– Acho que chegamos a entendimentos diferentes.

De que diabo ele estava falando?

– Robert, estou muito ocupada – disse ela.

– Trouxe-lhe um presente – falou ele, oferecendo a caixa.

– Não posso aceitar um presente seu.

Ele deu um sorriso torto.

– É de comer.

O estômago traiçoeiro de Victoria começou a roncar. Então, praguejando baixinho, ela virou de costas para ele e voltou para a bainha do vestido em que estava trabalhando.

– Humm – fez Robert, provocando-a. Em seguida, abriu a caixa e mostrou o conteúdo para ela. – Folhados.

Victoria ficou com água na boca. Folhados. Sua maior fraqueza. Imaginava que seria muito esperar que ele tivesse esquecido.

– E pedi os sem nozes – declarou ele.

Sem nozes? O homem nunca esquecia um detalhe, maldição. Victoria ergueu os olhos e viu Katie esticando o pescoço para examinar os folhados sobre o ombro de Robert. Katie examinava os doces com o que se podia chamar de olhos compridos. Victoria sabia que ela não tinha muitas oportunidades de experimentar iguarias das confeitarias mais exclusivas de Londres.

Victoria sorriu para Robert e aceitou a caixa.

– Obrigada – disse, educada. – Katie? Você gostaria de provar um?

Em menos de um segundo, Katie estava ao lado dela. Victoria entregou-lhe toda a caixa e voltou a trabalhar na bainha, tentando ignorar o cheiro de chocolate que invadira a sala.

Robert puxou uma cadeira e sentou-se ao lado dela.

– Esse vestido ficaria lindo em você – disse ele.

– Quem me dera – respondeu Victoria, enfiando com força um alfinete no tecido –, mas está reservado para uma condessa.

– Eu diria que posso lhe comprar um igual, mas acho que isso não me valeria um ponto sequer.

– Que inteligente de sua parte, milorde.

– Você está irritada comigo – afirmou ele.

A cabeça de Victoria girou lentamente até encará-lo.

– Você percebeu.

– É porque achou que se livraria de mim esta manhã?

– Era uma esperança.

– Você está ansiosa para sua vida voltar ao normal.

Victoria deixou escapar um som engraçado, uma mistura de risada, suspiro e resmungo.

– Você parece ser excelente em declarar o óbvio.

– Humm. – Robert coçou a cabeça, parecendo concentrado. – Sua lógica é falha.

Victoria nem se incomodou em replicar.

– Viu, você *acha* que isso é normal.

Victoria espetou mais alguns alfinetes na bainha, percebeu que sua irritação estava fazendo com que trabalhasse de maneira descuidada e teve de tirá-los e reposicioná-los.

– Mas esta não é uma vida normal. Como poderia? Você só está vivendo assim há um mês.

– Só fui cortejada por você por dois meses – foi obrigada a ressaltar.

– Sim, mas passou os sete anos seguintes pensando em mim.

Victoria não viu razão para negar isso, mas disse:

– Você não ouviu nada do que eu disse esta manhã?

Ele se inclinou para a frente, os olhos azul-claros extraordinariamente intensos.

– Ouvi tudo o que disse. Depois passei o resto da manhã pensando. Acho que entendo seus sentimentos.

– Então por que está aqui? – indagou ela.

– Porque acho que está enganada.

Victoria deixou os alfinetes caírem.

– A vida não se trata de arrastar-se para baixo de uma pedra e ver o mundo passar, esperando que nada nos afete. – Ele se ajoelhou e começou a ajudá-la a recolher os alfinetes. – A vida é sobre se arriscar, sobre tentar alcançar a lua.

– Eu me arrisquei – disse ela sem rodeios. – E perdi.

– E vai deixar que isso governe sua vida para sempre? Victoria, você só tem 24 anos. Tem a vida inteira pela frente. Está dizendo que vai tomar o caminho mais seguro pelo resto da vida?

– Com relação a você, sim.

Ele se levantou.

– Percebo que terei de lhe dar mais algum tempo para refletir sobre isso.

Ela o encarou, irritada, esperando que ele não percebesse como suas mãos tremiam.

– Voltarei no final do dia para acompanhá-la até em casa – disse Robert, e ela se perguntou se ele se referia à sua casa ou à dele.

– Não estarei aqui – informou ela.

Ele apenas deu de ombros.

– Vou encontrá-la. Sempre a encontrarei.

O sino da porta salvou Victoria de ter que pensar sobre aquela declaração ameaçadora.

– Tenho que trabalhar – murmurou ela.

Robert curvou-se em um cumprimento elegante e fez um gesto com a mão na direção da porta. Mas vacilou quando viu as clientes que chegavam à loja.

A Sra. Brightbill entrou, agitada, puxando Harriet.

– Ah, aí está, Srta. Lyndon – disse, entusiasmada. – E Robert também.

– Tive a sensação de que poderíamos encontrá-lo aqui, primo – falou Harriet.

Victoria cumprimentou-as.

– Sra. Brightbill. Srta. Brightbill.

Harriet fez um gesto com a mão, mostrando que não era preciso.

– Por favor, gostaria que me chamasse de Harriet. Afinal, seremos parentes.

Robert sorriu para a prima.

Victoria franziu o cenho olhando para o chão. Por mais que quisesse repreender Harriet, a política da loja não permitia que tratasse assim os clientes. E passara a manhã toda tentando convencer Robert de que queria manter seu emprego na loja de roupas, certo?

– Viemos convidá-la para o chá – anunciou Harriet.

– Receio que deva recusar – disse Victoria de forma reservada. – Não seria apropriado.

– Bobagem – declarou a Sra. Brightbill.

– Minha mãe é considerada uma autoridade com relação ao que é ou não apropriado – disse Harriet. – Então, se ela diz que é apropriado, pode ter certeza de que é.

Victoria piscou, precisando de um segundo extra para desvendar o labirinto de palavras de Harriet.

– Receio que eu deva concordar com Harriet, por mais que me doa – admitiu Robert. – Eu mesmo já recebi várias lições sobre boas maneiras da tia Brightbill.

– Não acho isso muito difícil de acreditar – declarou Victoria.

– Ah, Robert pode ser um libertino às vezes – disse Harriet.

Isso lhe valeu um olhar reprovador do primo.

Victoria virou-se para a jovem com interesse.

– É mesmo?

– Ah, sim. Temo que o coração partido o tenha forçado a recorrer a outras mulheres.

Victoria foi tomada por uma desagradável sensação no estômago.

– De quantas outras mulheres estamos falando exatamente?

– Várias – disse Harriet com sinceridade. – Legiões.

Robert começou a rir.

– Não ria – sibilou Harriet. – Estou tentando deixá-la com ciúmes por você.

Victoria tossiu, escondendo um sorriso atrás da mão. Harriet era mesmo um amor.

A Sra. Brightbill, que conversava com Madame Lambert, voltou à conversa.

– Está pronta, Srta. Lyndon?

Seu tom implicava claramente que não esperava outra recusa.

– É muito gentil de sua parte, Sra. Brightbill, mas estou bastante ocupada aqui na loja e…

– Acabei de falar com Madame Lambert, e ela me garantiu que poderia deixá-la sair por uma hora.

– É melhor ceder logo – disse Robert com um sorriso. – Minha tia sempre consegue o que quer.

– Deve ser de família – murmurou Victoria.

– Espero que sim – replicou ele.

– Muito bem – disse Victoria. – Uma xícara de chá seria ótimo, na verdade.

– Excelente – falou a Sra. Brightbill, esfregando as mãos. – Temos muito que conversar.

Victoria piscou algumas vezes e adotou uma expressão inocente.

– Sua Senhoria não vai se juntar a nós, não é?

– Não se a senhorita não desejar, querida.

Victoria virou para o homem em questão, abrindo um sorriso provocador.

– Então, bom dia, Robert.

Robert se recostou à parede e sorriu quando deixou a loja, disposto a deixá-la acreditar que o vencera. Victoria tinha dito que ansiava por sua vida normal, não era? Ele riu. Não havia ninguém mais assustadoramente normal do que a tia Brightbill.

O chá foi de fato bastante agradável. A Sra. Brightbill e Harriet brindaram Victoria com várias histórias sobre Robert, em algumas das quais Victoria estava inclinada a acreditar. Pela maneira como exaltavam sua honra, bravura e bondade, parecia que ele se candidatava à santidade.

Victoria não entendia bem por que estavam tão empenhadas em acolhê-la na família. O pai de Robert certamente não se entusiasmara em ver o filho se casar com a filha de um vigário. E agora ela era apenas uma atendente de loja! Nunca se ouviu falar num conde que tenha se casado com alguém como ela. Ainda assim, Victoria só podia deduzir pelas frequentes declarações da Sra. Brightbill, dizendo coisas como "Minha nossa, já tínhamos praticamente desistido de ver Robert se casar" e "Você é a primeira moça respeitável por quem ele se interessa há anos", que ela estava bastante ansiosa pela união.

Victoria não falava muito. Sentia que não tinha o que acrescentar à conversa e, mesmo que tivesse, a Sra. Brightbill e Harriet não lhe davam muitas oportunidades.

Uma hora depois, mãe e filha a deixaram na loja. Victoria enfiou a cabeça pela porta, desconfiada, convencida de que Robert iria saltar de trás de um manequim.

Mas ele não estava ali. Madame Lambert disse que ele tinha tido negócios a resolver em outra parte da cidade.

Victoria ficou horrorizada ao perceber que sentia algo parecido a uma pontada de decepção. Não porque sentia falta dele, ponderou, só sentia falta da batalha verbal entre os dois.

– Mas ele deixou isso para você – disse a Madame, estendendo-lhe uma nova caixa de folhados. – E falou que esperava que você se dignasse a comer pelo menos um.

Diante do olhar severo de Victoria, ela acrescentou:

– Palavras dele, não minhas.

Victoria virou-se para esconder o sorriso que se insinuava em seus lábios. Então se forçou a fechar a cara de novo. Ele não a venceria pelo cansaço. Ela lhe dissera que valorizava sua independência e estava falando sério. Não ganharia seu coração com gestos românticos.

Embora, pensou de forma pragmática, comer um folhado não faria mal a ninguém.

O sorriso de Robert se abriu por completo ao ver Victoria devorar o terceiro folhado. Claro que ela não sabia que ele a observava pela janela ou não teria nem cheirado uma das pequenas iguarias.

Victoria pegou o lenço que ele havia deixado com a caixa e examinou o monograma. Então, depois de se certificar de que nenhuma de suas colegas de trabalho estava olhando, levou o pano ao rosto e sentiu seu cheiro.

Robert sentiu lágrimas arderem nos olhos. O coração dela estava amolecendo. Ela morreria antes de admitir, mas isso estava claro.

Ele a viu enfiar o lenço no corpete. Aquele gesto simples lhe deu esperança. Ele a conquistaria de novo; tinha certeza.

Então sorriu pelo resto do dia. Não conseguia evitar.

Quatro dias depois, Victoria estava pronta para acertar a cabeça dele. E gostava bastante da ideia de fazer isso com uma caixa de doces caros. Qualquer uma das quarenta caixas que ele enviara serviria.

Ele também enviara para ela três romances, um telescópio em miniatura e um pequeno buquê de madressilva, com um bilhete que dizia: *Espero que a faça se lembrar de casa.* Victoria quase começou a berrar ali mesmo na loja quando leu. O maldito não se esquecia de nada do que ela gostava e não gostava, e estava usando isso para tentar dobrá-la à sua vontade.

Ele se tornara sua sombra. Dava-lhe tempo suficiente para fazer seu trabalho na loja da Madame Lambert, mas parecia se materializar a seu lado sempre que colocava o pé na rua. Não gostava que andasse sozinha, dizia a ela, principalmente no bairro em que morava.

Victoria ressaltara que ele a seguia em todos os lugares, não só até onde morava. Robert contraíra a boca em uma linha amarga e murmurara algo sobre segurança pessoal e os perigos de Londres. Victoria também tinha certeza de ter ouvido as palavras "maldição" e "tola" na frase.

Ela sempre lhe dizia que valorizava sua independência, que queria ser deixada em paz, mas ele não lhe dava ouvidos. Ao final da semana, ele também ficou mudo. Limitou-se a olhar irritado para ela.

Os presentes de Robert continuavam a chegar à loja com uma regularidade alarmante, mas já não desperdiçava palavras tentando convencê-la a se casar com ele. Victoria perguntou-lhe sobre seu silêncio, e tudo o que ele disse foi: "Estou tão furioso com você que tenho tentado não falar nada com medo de dizer algo terrível."

Victoria ponderou o tom de voz dele, percebeu que passavam por uma área particularmente perigosa da cidade e decidiu não falar mais nada. Quando chegaram à sua pensão, ela entrou sem nem se despedir. Em seu quarto, espiou pela janela.

Ele ficou olhando para as cortinas dela por mais de uma hora. Era desconcertante.

Robert ficou diante do prédio de Victoria e avaliou-o com o olhar de um homem que não deixa nada ao acaso. Chegara ao limite. Não, já o ultrapassara muito, muito mesmo. Tentou ao máximo ser paciente, cortejou Victoria não com presentes caros, mas com lembranças atenciosas que acreditava serem mais significativas. Tentou colocar um pouco de juízo em sua cabeça até esgotar seus argumentos.

Mas aquela noite foi a gota d'água. Victoria não percebia, mas toda vez que Robert a seguia até em casa, MacDougal também os seguia, cerca de dez passos atrás. Normalmente, MacDougal esperava que Robert o procurasse, mas naquela noite foi ao encontro do patrão no momento em que Victoria entrou na pensão.

Um homem tinha sido esfaqueado, disse MacDougal. Acontecera na noite anterior, bem em frente à pensão de Victoria. Robert sabia que o prédio dela tinha uma boa tranca, mas isso não ajudou muito a tranquilizar sua mente quando viu as manchas de sangue nas pedras da rua. Victoria ia e voltava do trabalho a pé, todos os dias; mais cedo ou mais tarde, alguém tentaria tirar proveito dela.

Victoria nem sequer gostava de pisar em formigas. Como diabo se defenderia de um ataque?

Robert levou a mão ao rosto, os dedos pressionando o músculo que saltava espasmodicamente em sua têmpora. Respirar fundo não acalmava muito a fúria ou a sensação de impotência que crescia dentro dele. Estava ficando óbvio que não seria capaz de proteger Torie da maneira correta enquanto ela insistisse em permanecer naquele buraco.

Estava claro que não podia permitir que as coisas continuassem daquele jeito.

Robert agiu de forma muito estranha no dia seguinte. Estava mais silencioso e taciturno do que o habitual, mas parecia ter muito o que conversar com MacDougal.

Victoria ficou desconfiada.

Como de costume, ele estava à sua espera no final do dia. Victoria já desistira há muito tempo de discutir quando ele insistia em acompanhá-la. Aquilo exigia muita energia, e ela esperava que, com o tempo, ele desistisse e a deixasse em paz.

Sempre que ponderava essa possibilidade, no entanto, sentia uma pontada estranha de solidão no coração. Quer gostasse ou não, já se acostumara a ter Robert por perto. Seria muito ruim quando ele fosse embora.

Victoria fechou bem o xale em torno dos ombros, preparando-se para a caminhada de vinte minutos até em casa. Era o final do verão, mas o ar estava frio. No entanto, ao sair da loja, viu a carruagem de Robert.

– Pensei que pudéssemos ir de carruagem hoje – explicou Robert.

Victoria ergueu a sobrancelha com ar questionador.

Ele deu de ombros.

– Parece que vai chover.

Ela olhou para cima. O céu não estava nublado, mas, por outro lado, também não estava claro. Victoria decidiu não discutir com ele. Estava mesmo um pouco cansada; passara a tarde toda atendendo uma condessa bastante exigente.

Victoria deixou Robert ajudá-la a entrar na carruagem e se acomodou no estofamento de veludo. Então deixou escapar um suspiro audível quando seus músculos cansados relaxaram.

– Dia cheio na loja? – perguntou Robert.

– Humm, sim. A condessa de Wolcott apareceu hoje. Ela é muito exigente.

Robert ergueu as sobrancelhas.

– Sarah-Jane? Santo Deus, você merece uma medalha por conseguir não esbofeteá-la.

– Sabe que acho que mereço mesmo? – disse Victoria, permitindo-se um pequeno sorriso. – É a mulher mais presunçosa que já conheci. Tão grosseira. Ela me chamou de tonta.

– E o que você disse?

– Não pude dizer nada, é claro. – O sorriso de Victoria era de malícia. – Em voz alta.

Robert deu uma risada.

– E o que você disse em sua mente?

– Ah, várias coisas. Falei sobre o comprimento do nariz dela e o tamanho de seu intelecto.

– Pequeno?

– Minúsculo – respondeu Victoria. – Seu intelecto, quero dizer. Não o nariz.

– Grande?

– Enorme. – Ela riu. – Fiquei tentada a diminuí-lo.

– Adoraria ter visto isso.

– Eu adoraria ter *feito* isso – replicou Victoria.

Então ela riu, descontraída como já fazia um bom tempo que não se sentia.

– Deus do céu – disse Robert com ironia. – Quem nos visse poderia até pensar que você estava se divertindo. Aqui. Comigo. Imagine só.

Victoria fechou a boca.

– *Eu* estou me divertindo – disse ele. – É bom ouvir você rindo. Já faz tanto tempo.

Victoria ficou em silêncio, sem saber como responder. Negar que se divertira claramente seria uma mentira. E, no entanto, era tão difícil admitir – até para si mesma – que a companhia dele lhe trazia alegria. Assim ela fez a única coisa em que conseguiu pensar, e bocejou.

– Você se importa se eu cochilar por um minuto ou dois? – perguntou ela, concluindo que o sono era uma boa maneira de ignorar a situação.

– Nem um pouco – respondeu ele. – Vou fechar as cortinas para você.

Victoria soltou um suspiro sonolento e pegou no sono, sem notar o sorriso largo que se abrira no rosto de Robert.

Foi o silêncio que a despertou. Victoria sempre esteve convencida de que Londres era o lugar mais barulhento da Terra, mas não ouvia nenhum som além do ruído dos cascos dos cavalos.

Forçou-se a abrir as pálpebras.

– Bom dia, Victoria.

Ela piscou.

– Dia?

Robert sorriu.

– Apenas uma expressão. Você adormeceu profundamente.

– Por quanto tempo?

– Ah, cerca de meia hora mais ou menos. Devia estar muito cansada.

– Sim – disse ela, distraída. – Estava. – Então piscou de novo. – Você falou meia hora? Já não deveríamos estar na minha casa?

Ele não disse nada.

Com uma sensação de angústia no coração, Victoria se moveu até a janela e puxou a cortina. O crepúsculo pairava no ar, mas podia ver claramente árvores, arbustos e até uma vaca.

Uma vaca?

Virou de novo para Robert, estreitando os olhos.

– Onde estamos?

Ele fingiu puxar um fio de linha da manga.

– Bem, a caminho da costa, imagino.

– Da costa?

Sua voz elevou-se a um guincho agudo.

– Sim.

– Isso é tudo o que vai me dizer sobre o assunto? – indagou ela.

Ele sorriu.

– Suponho que poderia dizer que a sequestrei, mas imagino que já tenha descoberto isso por conta própria.

Victoria partiu para o pescoço dele.

CAPÍTULO 14

Victoria nunca se considerou uma pessoa violenta - na verdade, não tinha um temperamento muito forte -, mas a declaração casual de Robert a fez perder a cabeça.

Seu corpo reagiu sem qualquer comando do cérebro, e ela se lançou para cima dele, as mãos agarrando-o perigosamente perto do pescoço.

– Seu cretino! – gritou ela. – Seu cretino, maldito, desgraçado!

Se Robert teve vontade de comentar alguma coisa sobre aquele linguajar nada apropriado a uma dama, guardou para si mesmo. Ou talvez sua reticência tivesse algo a ver com a forma como os dedos dela pressionavam sua traqueia.

– Como se atreve? – berrou ela. – Como ousa? Todo esse tempo você estava só fingindo me ouvir falar sobre minha independência.

– Victoria – disse ele, arfando, enquanto tentava tirar os dedos dela de seu pescoço.

– Você planejava isso o tempo todo? – Como ele não respondeu, ela começou a sacudi-lo. – Planejava?

Quando Robert finalmente conseguiu se soltar, precisou fazer tanta força que Victoria caiu esparramada na carruagem.

– Pelo amor de Deus, mulher! – exclamou ele, ainda em busca de ar –, estava tentando me matar?

Do chão da carruagem, Victoria olhou furiosa para ele.

– Parece-me um bom plano.

– Você ainda vai me agradecer por isso algum dia – disse ele, sabendo muito bem que a afirmação condescendente iria enfurecê-la.

Ele estava certo. Viu seu rosto ficar cada vez mais vermelho.

– Nunca estive tão furiosa em toda a minha vida – sibilou ela.

Robert esfregou o pescoço dolorido e disse, resoluto:

– Acredito em você.

– Você não tinha o direito de fazer isso. Não posso acreditar que me respeite tão pouco... Que você... Você... – De repente parou de falar e virou a cabeça quando um terrível pensamento lhe ocorreu. – Meu Deus! Você me envenenou?

– De que diabo está falando?

– Eu estava tão cansada. Adormeci tão rápido.

– Tudo não passou de uma feliz coincidência – disse ele, acenando ligeiramente com a mão. – Pela qual sou muito grato. Não teria dado certo você vir gritando pelas ruas de Londres.

– Não acredito em você.

– Victoria, não sou o vilão que você pensa. Além disso, por acaso estive perto de sua comida hoje? Nem mesmo lhe enviei uma caixa de folhados.

Isso era verdade. No dia anterior, Victoria tinha lhe passado um terrível sermão sobre o desperdício que era uma única pessoa receber tanta comida e fizera Robert prometer que doaria quaisquer doces que já tivesse comprado para um orfanato em necessidade. E, por mais furiosa que estivesse, tinha de admitir que ele não era do tipo de usar veneno.

– Se faz alguma diferença – acrescentou ele –, eu não planejava sequestrá-la até ontem. Tinha a esperança de que caísse em si antes que medidas drásticas fossem necessárias.

– É tão difícil acreditar que eu considere levar uma vida sem você?

– Quando essa vida inclui viver no pior tipo de lugar, sim.

– Não é o "pior" tipo de lugar – disse ela, irritada.

– Victoria, um homem foi esfaqueado até a morte em frente ao seu prédio duas noites atrás! – gritou ele.

Ela piscou.

– Sério?

– Sim – sibilou ele. – E se acha que vou ficar parado sem fazer nada até que o inevitável aconteça e você seja vítima...

– Perdão, mas me parece que *sou* uma vítima. De sequestro, no mínimo.

Ele olhou para ela com irritação.

– E no máximo?

– Violação – rebateu ela.

Ele recostou-se presunçosamente.

– Não seria uma violação.

– Eu nunca quereria você de novo depois do que fez comigo.

– Você sempre vai me querer. Pode não me querer agora, mas vai mudar de opinião em algum momento.

O silêncio reinou por um instante. Por fim, Victoria disse, os olhos como fendas:

– Você não é melhor do que Eversleigh.

A mão de Robert se fechou em torno do ombro dela com uma força admirável.

– *Nunca* me compare com ele.

– Por que não? Acho a comparação bastante adequada. Os dois abusaram de mim, os dois se valeram da força...

– Não fiz isso – disse ele entre os dentes.

– Não vi você abrir a porta desta carruagem e me dar a opção de sair.

Ela cruzou os braços tentando parecer resoluta, mas era difícil manter a dignidade estando no chão.

– Victoria – disse Robert com um tom de voz extremamente paciente –, estamos no meio da Estrada Canterbury. Está escuro e não tem ninguém por perto. Posso lhe garantir que não vai querer sair da carruagem agora.

– Maldição! Você tem ideia do quanto detesto que me diga o que quero?

Robert agarrou o banco da carruagem com tanta força que seus dedos tremiam.

– Quer que eu pare a carruagem?

– Você não faria isso, nem se eu pedisse.

Com um movimento que deixava clara sua fúria contida a muito custo, Robert bateu três vezes o punho contra a frente da carruagem. Em segundos, eles pararam.

– Pronto! – disse ele. – Saia.

A boca de Victoria se abriu e se fechou como a de um peixe moribundo.

– Quer ajuda para descer? – Robert abriu a porta com um chute e saltou do veículo. Em seguida, estendeu a mão para ela. – Vivo para servi-la.

– Robert, não penso...

– Você não vem pensando a semana toda – disparou ele.

Se ela pudesse alcançá-lo, teria lhe dado um tapa.

O rosto de MacDougal apareceu ao lado do de Robert.

– Algum problema, milorde? Senhorita?

– A Srta. Lyndon manifestou interesse em deixar nossa companhia – disse Robert.

– Aqui?

– Não aqui, seu idiota – sibilou Victoria. E então, porque MacDougal parecia ofendido, foi obrigada a dizer: – Eu me referi a Robert, não ao senhor.

– Você vai descer ou não? – perguntou Robert.

– Você sabe que não. O que quero é que me leve de volta para minha casa em Londres e não que me abandone aqui em... – Victoria virou para MacDougal. – Onde diabo estamos, afinal?

– Perto de Faversham, eu acho.

– Ótimo – falou Robert. – Vamos passar a noite lá. Viemos bem até aqui, mas não há razão para nos exaurirmos indo direto a Ramsgate.

– Certo. – MacDougal fez uma pausa, então disse a Victoria: – Não ficaria mais confortável no banco, Srta. Lyndon?

Victoria abriu um sorriso mordaz.

– Ah, não, estou *muito* confortável aqui no chão, Sr. MacDougal. Prefiro sentir intimamente cada buraco e saliência da estrada.

– O que ela prefere é ser uma mártir – sussurrou Robert.

– Eu ouvi isso!

Robert fingiu não ouvi-la e deu algumas instruções para MacDougal, que desapareceu de vista. Então, voltou para a carruagem, fechou a porta e ignorou Victoria, que ainda estava no chão, furiosa. Por fim, ela disse:

– O que há em Ramsgate?

– Tenho uma casa na costa. Achei que poderíamos desfrutar de um pouco de privacidade lá.

Ela bufou.

– Privacidade? Está aí um pensamento assustador.

– Victoria, você está começando a testar minha paciência.

– Não foi *você* que foi sequestrado, milorde.

Ele ergueu uma sobrancelha.

– Sabe, Victoria, estou começando a achar que você está se divertindo.

– Você sofre de excesso de imaginação – rebateu ela.

– Não estou brincando – disse ele, acariciando o queixo pensativamente. – Acho que deve haver algo de bom em poder expressar os sentimentos feridos.

– Tenho todo o direito de estar indignada – rosnou ela.

– Tenho certeza de que acha que tem.

Ela inclinou-se para a frente de um jeito que esperava ser ameaçador.

– Realmente acredito que, se eu tivesse uma arma agora, atiraria em você.

– Achei que preferisse forcados.

– Prefiro qualquer coisa que possa machucá-lo.

– Não duvido – disse Robert, rindo.

– Não se importa de eu odiá-lo?

Ele deixou escapar um suspiro profundo.

– Permita-me esclarecer uma coisa. Sua segurança e bem-estar são minhas maiores prioridades. Se tirá-la daquele buraco que você insistia em chamar de casa significa que devo conviver com seu ódio por alguns dias, então que seja.

– Não serão apenas alguns dias.

Robert não disse nada.

Victoria permaneceu ali sentada, no chão da carruagem, tentando organizar os pensamentos. Lágrimas de frustração ardiam em seus olhos, e ela começou a respirar de forma mais curta e rápida – qualquer coisa para evitar que lágrimas constrangedoras corressem pelo seu rosto.

– Você fez a única coisa... – disse ela, as palavras misturadas à risada nervosa de quem sabia ter sido derrotada. – A única coisa...

Ele virou a cabeça para encará-la.

– Quer se levantar?

Ela balançou a cabeça.

– Tudo o que eu queria era ter um pouco de controle sobre minha vida. Era pedir muito?

– Victoria...

– E então você fez a única coisa que poderia tirar isso de mim – interrompeu ela, aumentando a voz. – A única coisa!

– Fiz isso pensando no que era melhor par...

– Tem alguma ideia do que é alguém tirar de você o poder de decisão?

– Sei o que é ser manipulado – disse ele em uma voz muito baixa.

– Não é o mesmo – disse ela, virando a cabeça para que ele não a visse chorar.

Houve um instante de silêncio enquanto Robert tentava encontrar as palavras.

– Sete anos atrás, eu tinha minha vida planejada até o último detalhe. Era jovem e estava apaixonado. Completa e perdidamente apaixonado. Tudo o que eu queria era me casar com você e passar o resto da vida fazendo-a feliz. Teríamos filhos – disse ele de modo melancólico. – Sempre imaginei que se pareceriam com você.

– Por que está me dizendo essas coisas?

Robert olhava fixamente para Victoria, ainda que ela se recusasse a retribuir o olhar.

– Porque sei o que é ter seus sonhos arrancados de você. Éramos jovens e estúpidos e, se tivéssemos tido um pingo de bom senso, teríamos percebido o que nossos pais fizeram para nos separar. Mas não foi culpa nossa.

– Você não entende? Não me importo mais com o que aconteceu há sete anos. Não me interessa.

– Eu acho que importa.

Ela cruzou os braços e recostou-se.

– Não quero mais falar sobre isso.

– Tudo bem.

Robert pegou um jornal e começou a ler.

Victoria ficou sentada no chão, tentando não chorar.

Vinte minutos depois, a carruagem parou em frente a uma pequena pousada junto à Estrada Canterbury, em Faversham. Victoria esperou na carruagem enquanto Robert entrou para providenciar os quartos.

Poucos minutos depois, ele voltou.

– Já acertei tudo – disse ele.

– Espero que eu tenha meu próprio quarto – disse ela com seriedade.

– Claro.

Victoria declinou de forma veemente sua oferta de ajuda e saltou da carruagem sozinha. Bastante ciente da mão dele na sua cintura, foi conduzida até o prédio. Quando passaram pelo hall de entrada, o dono da pousada disse:

– Espero que você e sua esposa apreciem a estadia, milorde.

Victoria só esperou até dobrarem o corredor a caminho da escada.

– Pensei que tivesse dito que tínhamos quartos separados – sibilou ela.

– E temos. Não tive outra opção senão dizer-lhe que é minha esposa. Está claro que não é minha irmã. – Ele tocou uma mecha dos cabelos negros dela com grande ternura. – E não queria que ninguém pensasse que é minha amante.

– Mas...

– Imagino que o dono da pousada pense que somos um casal que não aprecia a companhia um do outro.

– Pelo menos parte dessa afirmação é verdade – murmurou ela.

Ele virou para ela com um sorriso surpreendentemente radiante.

– Sempre aprecio sua companhia.

Victoria parou e ficou olhando para ele, pasma com seu aparente bom humor. Por fim, ela disse:

– Não sei dizer se você é insano, teimoso ou somente estúpido.

– Prefiro teimoso, se puder votar.

Ela deixou escapar um suspiro exasperado e seguiu, irritada, à frente dele.

– Vou para o meu quarto.

– Você não gostaria de saber qual é?

Victoria podia sentir o sorriso dele às suas costas.

– Poderia me dizer o número do meu quarto? – perguntou ela entre os dentes.

– Três.

– Obrigada – disse ela, e então desejou que os bons modos não tivessem sido tão metodicamente martelados em sua cabeça desde cedo.

Como se ele merecesse sua gratidão.

– O meu é o quatro – informou ele, prestativo. – Só para o caso de você querer saber onde me encontrar.

– Tenho certeza de que não será necessário.

Victoria alcançou o topo da escada, dobrou o corredor e começou a procurar seu quarto. Podia ouvir Robert a poucos passos atrás dela.

– Nunca se sabe. – Como ela não comentou nada, ele acrescentou: – Posso pensar em uma série de razões para você precisar me procurar. – Como ela continuava a ignorá-lo, ele continuou: – Um ladrão pode tentar invadir seu quarto. Você pode ter um pesadelo.

Os únicos sonhos ruins que poderia ter, pensou Victoria, seriam com ele.

– A pousada pode ser assombrada – provocou ele. – Pense em todos os fantasmas assustadores que podem estar por aí.

Victoria não conseguiu ignorar essa última e virou-se devagar.

– Essa é a ideia mais implausível que já ouvi.

Ele deu de ombros.

– Poderia acontecer.

Ela o encarou, aparentando refletir sobre como interná-lo em um hospício.

– Ou – acrescentou ele – você pode sentir minha falta.

– Retiro minha declaração anterior – disparou ela. – *Essa* é a ideia mais implausível que já ouvi.

Ele levou a mão ao coração de forma teatral.

– Você me feriu, milady.

– Não sou sua lady.

– Mas será.

– Ah, veja só – disse ela com evidente falso entusiasmo. – Aqui está o meu quarto. Boa noite.

Sem esperar que Robert respondesse, Victoria entrou no aposento e fechou a porta na cara dele.

Então ouviu a chave girar na fechadura.

Victoria arfou. O patife a trancara!

Victoria bateu o pé no chão, irritada, depois se atirou na cama com um gemido. Não podia acreditar que ele tivesse tido a ousadia de trancá-la no quarto.

Bem, na verdade, *podia* acreditar. Afinal, ele a sequestrara. E Robert nunca dava chance ao azar.

Victoria permaneceu furiosa em sua cama por vários minutos. Se quisesse tentar fugir de Robert, teria de fazer isso naquela noite. Uma vez que chegassem à sua casa junto ao mar, duvidava que ele a deixaria sair de vista. E, sabendo da inclinação que Robert tinha para a privacidade, podia presumir que sua casa ficava bem isolada.

Não, tinha de ser naquele instante. Felizmente Faversham não ficava tão longe de Bellfield, onde sua família ainda morava. Não que quisesse visitar o pai; nunca o perdoaria por tê-la amarrado daquele jeito. Mas o reverendo parecia um mal menor do que Robert.

Victoria foi até a janela do quarto e olhou para fora. Era uma distância assustadora até o chão. Não havia como fugir por ali sem se machucar. Então seus olhos pousaram em uma porta, que *não* era a que dava para o corredor.

Uma porta de ligação. Fazia uma boa ideia a que quarto devia se ligar. Como era irônico que a única maneira de escapar fosse através do quarto dele.

Ela se abaixou e examinou a maçaneta da porta. Depois o batente. A porta poderia agarrar. Abri-la faria barulho, e Robert talvez despertasse. Se ele acordasse antes mesmo de ela chegar ao hall, nunca escaparia. Tinha de encontrar uma maneira de deixar a porta de ligação ligeiramente aberta sem levantar suspeitas.

Então teve uma ideia.

Victoria respirou fundo e abriu a porta.

– Eu deveria imaginar que você teria tão pouco respeito pela minha privacidade! – berrou ela.

Sabia que estava invadindo a privacidade *dele* ao entrar seu quarto, mas parecia a única maneira de abrir a maldita porta sem…

Ela ofegou, esquecendo-se de tudo em que estivera pensando.

Robert estava de pé no meio do quarto, o peito nu. As mãos no fecho das calças.

– Quer que eu continue? – indagou ele com serenidade.

– Não, não, isso não será necessário – gaguejou ela, o rosto assumindo sete tons de vermelho, do carmesim ao vinho.

Ele deu um sorriso lânguido.

– Tem certeza? Ficaria feliz em fazer-lhe esse favor.

Victoria se perguntou por que não conseguia tirar os olhos de Robert. Ele era muito bonito, pensou num estranho surto de objetividade. Estava claro que os últimos anos em Londres não tinham sido sedentários.

Ele aproveitou seu silêncio atordoado para entregar-lhe um pequeno pacote.

– O que é isso? – perguntou, desconfiada.

– Ocorreu-me quando eu estava fazendo meus planos que você precisaria de algo para dormir. Então tomei a liberdade de lhe arrumar uma camisola.

A ideia de ele lhe comprar uma lingerie era tão surpreendentemente íntima que Victoria quase deixou cair o pacote.

– Onde você conseguiu isso? – perguntou ela.

– Não era de outra mulher, se é o que quer saber. – Então ele deu um passo à frente e tocou o rosto dela. – Embora deva dizer que estou emocionado em vê-la com ciúmes.

– Não estou com ciúmes – grunhiu ela. – É só que… Se comprou isso na loja da Madame Lambert, eu deveria…

– Não comprei na loja da Madame Lambert.

– Que bom. Eu ficaria muito irritada se descobrisse que uma das minhas amigas o ajudou nesse empreendimento nefasto.

– Pergunto-me por quanto tempo continuará tão irritada comigo – disse ele com voz suave.

Victoria ergueu a cabeça diante daquela súbita mudança de assunto.

– Vou me deitar. – Ela deu dois passos em direção à porta de ligação, depois se virou. – Não vou lhe mostrar como ficou a camisola.

Ele abriu um sorriso sedutor.

– Nunca nem sonhei que mostraria. No entanto, fico muito contente em saber que pelo menos pensou a respeito.

Victoria resmungou baixinho e voltou para seu quarto. Estava tão furiosa com ele que quase bateu a porta. Mas, lembrando-se de seu objetivo inicial, segurou a maçaneta e fechou a porta de modo a só encostá-la. Se Robert percebesse que não estava fechada direito, não concluiria que a deixara aberta como um convite. Deixara sua raiva bem clara para ele chegar a essa conclusão. Não, ele provavelmente imaginaria que, em sua distração, ela não percebera.

E, se tivesse sorte, ele nem notaria nada.

Victoria atirou o pacote ofensivo na cama e pelo resto da noite refletiu sobre seu plano. Teria de esperar algumas horas antes de tentar escapar. Não tinha ideia de quanto tempo Robert levaria para dormir, e, como só tinha uma chance de escapar, parecia prudente dar-lhe bastante tempo para pegar no sono.

Manteve-se acordada recitando mentalmente as passagens de que menos gostava da Bíblia. O pai sempre insistira para que ela e Ellie soubessem de cor vários trechos do Evangelho. Passou-se uma hora, depois outra e mais outra. Então mais uma hora se passou e Victoria parou no meio de um salmo quando percebeu que já eram quatro da manhã. Com certeza Robert já dormia pesado àquela altura.

Deu dois passos na ponta dos pés em direção à porta e depois parou. Suas botas tinham um solado rígido, que faziam barulho quando caminhava. Teria de tirá-las. Seus ossos estalaram alto quando se sentou no chão e desamarrou-as. Finalmente, com o calçado na mão, continuou sua caminhada silenciosa em direção à porta de ligação.

Com o coração disparado, levou a mão à maçaneta. Como não fechara a porta por completo, não teve de girá-la. Bastou um empurrãozinho e, com movimentos bem calculados, ela cedeu.

Primeiro, enfiou o rosto para dentro do quarto, então soltou um pequeno suspiro de alívio. Robert dormia profundamente. O desgraçado não parecia usar nada por baixo dos lençóis, mas Victoria decidiu não pensar sobre o assunto.

Andou na ponta dos pés até a segunda porta, agradecendo mentalmente a quem quer que tivesse decidido colocar um tapete naquele quarto. Isso tornou sua caminhada ainda mais silenciosa. Robert tinha deixado a chave na fechadura. Ah, esta seria a parte mais difícil. Tinha de conseguir abrir a porta e sair sem acordá-lo.

Ocorreu-lhe então que na verdade era ótimo que Robert dormisse nu. Se ela o acordasse, teria uma boa vantagem enquanto ele estivesse se vestindo. Poderia estar determinado a prendê-la em suas garras, mas duvidava que sua determinação incluísse correr pelas ruas de Faversham sem roupas.

Segurou a chave e virou a cabeça. A fechadura fez um clique alto. Ela prendeu a respiração e olhou para trás. Robert emitiu um ruído sonolento e rolou para o outro lado, mas, fora isso, não deu sinal de que estivesse acordando.

Prendendo a respiração, Victoria abriu a porta devagar, rezando para as dobradiças não rangerem. O que ouviu foi um pequeno barulho, que fez com que Robert se mexesse um pouco mais e estalasse os lábios de uma maneira curiosamente atraente. Por fim, ela abriu a porta até a metade e saiu de fininho.

Livre! Tinha sido fácil demais; mas Victoria não sentiu o triunfo que esperava. Atravessou depressa o corredor e desceu as escadas. Não havia ninguém de plantão, então conseguiu sair sem ser vista.

No entanto, ao chegar à rua, percebeu que não fazia ideia para onde ir. Estavam a cerca de 24 quilômetros de Bellfield; não muito longe quando se está realmente determinada, mas Victoria não gostava muito da ideia de andar pela Estrada Canterbury sozinha à noite. Talvez fosse melhor encontrar um lugar para se esconder perto da pousada e esperar Robert ir embora.

Victoria observou os arredores enquanto calçava as botas. Os estábulos talvez servissem, e por perto havia algumas lojas onde poderia se esconder. Talvez...

– Ora, ora, o que temos aqui?

O coração de Victoria parou de imediato e ela sentiu um embrulho no estômago. Dois homens grandes, sujos e aparentemente embriagados se aproximavam dela. Deu um passo para trás... De volta em direção à pousada.

– Ainda tenho alguns trocados – disse um deles. – Qual é seu preço, moça?

– Receio que tenham se equivocado – rebateu Victoria, as palavras saindo terrivelmente apressadas.

– Vamos, querida – falou o outro, estendendo a mão e agarrando seu braço. – Só queremos um pouco de diversão. Seja boazinha.

Victoria, assustada, deixou escapar um grito. A mão do homem a machucava.

– Não, não – protestou ela, em pânico. – Não sou esse tipo de...

Ela nem se incomodou em terminar a frase; eles não pareciam estar prestando atenção.

– Sou uma mulher casada – mentiu ela, usando um tom mais alto.

Um deles deixou de encarar os seios dela por um instante e ergueu os olhos. Ele piscou, então balançou a cabeça.

Victoria respirou fundo. Estava claro que não tinham escrúpulos com relação à santidade do casamento. E, por desespero, ela disparou:

– Meu marido é o conde de Macclesfield! Se tocarem em um fio do meu cabelo, ele vai matá-los. Juro que vai!

Isso os fez parar por um instante. Então um deles retrucou:

– O que a esposa de um maldito conde está fazendo na rua no meio da noite?

– É uma longa história, podem ter certeza – improvisou Victoria, ainda recuando em direção à pousada.

– Acho que ela está inventando – disse o que segurava seu braço.

Em seguida a puxou para mais perto com um movimento rápido para alguém tão embriagado.

Victoria tentou não vomitar ao sentir seu mau hálito. Então mudou de ideia e *tentou* vomitar. O vômito podia ser justamente do que precisava para conter seu entusiasmo.

– Vamos nos divertir um pouco esta noite – sussurrou ele. – Você e eu e...

– Eu não tentaria isso – disse uma voz que Victoria conhecia muito bem. – Não gosto quando tocam na minha esposa.

Ela ergueu os olhos. Robert estava ao lado do homem – de onde ele viera tão rapidamente? –, apontando uma arma para sua têmpora. Não estava de camisa nem de sapatos e tinha outra arma enfiada na cintura da calça. Ele olhou para o bêbado, sorriu sem o menor humor e disse:

– Ela me deixa um pouco irracional.

– Robert – disse Victoria com a voz trêmula, dessa vez incrivelmente feliz ao vê-lo.

Ele fez um gesto com a cabeça, indicando que ela entrasse na pousada. Ela obedeceu sem discussão.

– Vou começar a contar – disse Robert com uma voz ameaçadora. – Se os dois não estiverem longe da minha vista quando eu chegar ao dez, eu atiro. E não vou apontar para os seus pés.

Os patifes começaram a correr antes mesmo que Robert chegasse ao dois. Mas ele contou até dez de qualquer forma. Victoria o observou da entrada, tentada a voltar para o quarto e ficar enfiada ali enquanto ele contava. Mas não conseguia sair do lugar, incapaz de tirar os olhos de Robert.

Quando ele terminou, virou para ela.

– Sugiro que não me provoque ainda mais esta noite – disparou ele.

Ela assentiu.

– Não, só vou dormir. Podemos conversar sobre isso amanhã de manhã, se quiser.

Ele não disse nada, apenas resmungou baixinho enquanto subiam de volta para os quartos. Victoria não se sentiu muito encorajada com aquela reação.

Chegaram à porta do quarto dele, que claramente fora aberta com pressa. Robert a arrastou para dentro e fechou a porta. Ele a soltou para girar a chave na fechadura, e Victoria aproveitou a oportunidade para correr para a porta de ligação.

– Estou indo me deitar – disse ela, apressada.

– Não tão rápido. – Robert segurou-a pelo braço e puxou-a de volta. – Acha mesmo que vou permitir que passe o resto da noite ali?

Ela piscou.

– Bem, sim. Pensei que sim.

Ele sorriu, mas era um tipo perigoso de sorriso.

– Pensou errado.

Ela achou que seus joelhos fossem ceder.

– Errado?

Antes que Victoria entendesse o que Robert pretendia fazer, ele a pegou em seus braços e deitou-a na cama.

– Você, minha sorrateira amiga, vai passar a noite aqui. Na minha cama.

CAPÍTULO 15

– Você está louco – disse Victoria, pulando da cama com uma velocidade incrível.

Ele avançou na direção dela com passos lentos e ameaçadores.

– Se não estiver, estou bem perto disso agora.

Isso não a tranquilizou. Ela deu alguns passos para trás, percebendo, aflita, que estava quase colada à parede. Escapar não parecia possível.

– Falei o quanto gostei de ouvir você se referir a mim como seu marido? – perguntou ele com uma voz enganosamente lânguida.

Victoria conhecia aquele tom. Significava que ele estava furioso e guardando tudo no peito. Se ela estivesse em um estado de espírito mais calmo e razoável, talvez tivesse ficado de boca fechada, sem dizer nada para provocá-lo. Mas já estava bastante preocupada com seu bem-estar e sua virtude, então disparou:

– Foi a última vez que ouviu isso.

– Que pena.

– Robert – disse ela no que esperava ser um tom mais gentil –, você tem todo o direito de estar com raiva…

Ele começou a rir. Rir! Victoria não estava achando nenhuma graça.

– Raiva nem começa a descrever o que estou sentindo – disse ele. – Permita-me contar uma história.

– Não banque o engraçadinho.

Ele a ignorou.

– Eu estava dormindo na minha cama, tendo um sonho vívido… Você estava nele.

Victoria corou.

Ele deu um sorriso sem graça.

– Se não me engano, estava com a mão no seu cabelo e seus lábios estavam... Humm, como posso descrever?

– Robert, já *chega*! – Victoria começou a tremer.

Robert não era do tipo que constrangia uma dama falando com ela nesses termos. Ele devia estar muito, mas muito mais irritado do que ela pensara.

– Ora, onde eu estava? – perguntou ele. – Ah, sim. Meu sonho. Imagine minha angústia quando fui despertado por gritos desse sono tão delicioso. – Ele se inclinou para a frente, estreitando os olhos furiosamente. – *Seus* gritos.

Victoria não conseguiu pensar em nada para dizer. Bem, isso não era inteiramente verdade. Ela pensou em centenas de coisas para dizer, mas metade era inapropriada e a outra metade podia colocar seu bem-estar em risco.

– Nunca vesti tão rápido minha calça, sabia?

– Tenho certeza de que será um talento útil – improvisou ela.

– E estou com farpas nos pés – acrescentou ele. – Esse chão não foi feito para se andar descalço.

Ela tentou sorrir, mas descobriu que lhe faltava coragem.

– Ficaria feliz em cuidar dos seus ferimentos.

Suas mãos moveram-se para os ombros dela em um movimento incrivelmente rápido.

– Eu não estava andando, Victoria. Estava correndo. Correndo como se fosse para salvar minha própria vida. Só que não era. – Ele se inclinou para a frente, os olhos brilhando com intensidade. – Eu estava desesperado para salvar a sua vida.

Ela engolia em seco, nervosa. O que ele queria que ela dissesse? Por fim abriu a boca e deixou escapar:

– Obrigada?

Foi mais uma pergunta do que uma declaração.

Ele soltou-a de repente e se virou, insatisfeito com sua reação.

– Ah, pelo amor de Cristo – murmurou ele.

Victoria lutou contra uma sensação de sufocamento no fundo da garganta. Como sua vida chegara a isso? Beirava as lágrimas, mas recusava-se a chorar diante daquele homem. Ele partira seu coração duas vezes, depois a perturbara por uma semana e agora a sequestrara. Certamente podia se permitir um pouco de orgulho.

– Quero voltar para minha cama – disse ela, a voz baixa.

Ele não se preocupou em se virar quando replicou:

– Já lhe disse que não permitirei que volte para aquele buraco em Londres.

– Quis dizer no quarto ao lado.

Houve um longo silêncio.

– Quero você aqui – disse ele.

– Aqui? – guinchou ela.

– Acho que já disse isso duas vezes.

Ela decidiu tentar outra tática e acabou apelando para seu profundo senso de honra.

– Robert, sei que não é do tipo que toma uma mulher contra sua vontade.

– Não é isso – disse ele em um tom desdenhoso. – Não confio que não vá tentar fugir.

Victoria engoliu a resposta ácida que se formou em seus lábios.

– Prometo que não vou mais tentar fugir esta noite. Juro solenemente.

– Perdoe-me se não estou inclinado a acreditar em sua palavra.

Aquilo doeu, e Victoria lembrou-se da vez que bufou de desdém quando ele dissera que nunca havia quebrado uma promessa feita a ela. Era muito desagradável receber um pouco do próprio veneno. Ela fez uma careta.

– Não prometi antes que não tentaria fugir. Estou fazendo isso agora.

Ele se virou e encarou-a com um olhar incrédulo.

– A senhorita, milady, deveria ter sido política.

– O que quer dizer com isto?

– Quero dizer que possui a impressionante capacidade de usar palavras que margeiam a verdade.

Victoria riu. Não pôde evitar.

– E qual é exatamente a verdade?

Ele deu um passo à frente, decidido.

– Você precisa de mim.

– Ah, *por favor*.

– Precisa. Precisa de mim de todas as maneiras que uma mulher precisa de um homem.

– Não diga mais nada, Robert. Eu detestaria ter que recorrer à violência.

Ele riu de seu sarcasmo.

– Amor, companheirismo, carinho. Você precisa de tudo isso. Por que acha que foi tão infeliz como preceptora? Você estava sozinha.

– Eu poderia arrumar um cachorro. Um spaniel seria uma companhia mais inteligente do que você.

Ele riu novamente.

– Veja como foi rápida em me declarar seu marido esta noite. Poderia ter inventado um nome, mas não, você escolheu o meu.

– Eu estava usando você – disparou ela. – Usando você e seu nome para me proteger. Só isso!

– Ah, mas nem isso foi o suficiente, não é, minha querida?

Victoria não gostou nada da maneira como ele disse "minha querida".

– Você precisou de mim em carne e osso. Aqueles homens não acreditaram em você até eu aparecer.

– Agradeço muito mesmo – grunhiu ela, de maneira nem um pouco graciosa. – Você tem um faro para me resgatar de situações desagradáveis.

Ele sorriu.

– Ah, sim, sou sempre útil.

– Situações desagradáveis que *você* provoca – rebateu ela.

– Sério? – indagou ele, o sarcasmo transbordando na voz. – Eu que me levantei da cama... no meio do meu sono, nada menos que isso... Arrastei você do quarto, levei-a escada abaixo e depois a deixei na frente da pousada para ser abordada por dois bêbados com sífilis.

Ela franziu os lábios com ar formal.

– Robert, você está se comportando de maneira muito inconveniente.

– Ah, a preceptora está de volta.

– Você me sequestrou! – exclamou ela, quase aos gritos, perdendo completamente o controle. – Me raptou! Se tivesse me deixado em paz, como já pedi inúmeras vezes, estaria sã e salva na minha cama.

Ele deu um passo à frente e cutucou o ombro dela com o dedo.

– Sã e salva? – repetiu ele. – No seu bairro? Parece-me que há uma certa contradição nisso, eu acho.

– Ah, sim, e você assumiu a tarefa de me resgatar da minha própria insensatez.

– Alguém tinha de fazer isso.

Ela brandiu a mão para lhe dar um tapa, mas ele agarrou seu pulso com facilidade. Victoria puxou a mão de volta.

– Como se atreve – sibilou ela. – Como ousa usar esse ar de superioridade comigo? Diz que me ama, mas me trata como uma criança. Você...

Ele a interrompeu, tapando a boca de Victoria com a mão.

– Você vai dizer algo de que se arrependerá.

Ela pisou no pé dele. Com força. Mais uma vez Robert estava tentando lhe dizer o que ela queria, e ela o odiava por isso.

– Chega! – rugiu ele. – Estou sendo muito paciente com você! Mereço uma maldita canonização!

Antes que Victoria tivesse chance de reagir ao fato de ele ter usado as palavras "maldita" e "canonização" na mesma frase, Robert a pegou e a jogou sem esforço na cama.

Victoria ficou de boca aberta, assustada. Então começou a deslizar para fora do colchão. Mas Robert agarrou firme seu tornozelo.

– Solte-me – grunhiu ela, agarrando a cabeceira da cama e tentando se desvencilhar dele. Não conseguiu. – Robert, se não soltar meu tornozelo...

O descarado teve a desfaçatez de rir.

– O que você vai fazer, Victoria? Diga-me.

Então, espumando de frustração e raiva, Victoria parou de fazer força e, em vez disso, usou o outro pé para chutá-lo no peito. Robert deixou escapar um gemido de dor e soltou o tornozelo dela, mas, antes que Victoria conseguisse escapar da cama, ele já estava em cima dela, prendendo-a com seu peso contra o colchão.

E ele parecia furioso.

– Robert – começou ela, tentando usar um tom conciliador.

Ele a encarou, os olhos ardendo de algo que não era bem desejo, embora também houvesse uma boa dose dele.

– Tem alguma ideia de como me senti quando vi aqueles dois homens agarrando você? – perguntou ele, a voz rouca.

Ela balançou a cabeça sem dizer nada.

– Senti raiva – disse ele, a pressão em seus braços diminuindo e se transformando no que poderia ser chamado de carícia. – Era primitivo, violento e puro.

Os olhos de Victoria se arregalaram.

– Raiva por estarem tocando você. Raiva por terem assustado você.

A boca de Victoria ficou seca, e ela percebeu que estava tendo grandes dificuldades de tirar os olhos dos lábios dele.

– Sabe o que mais senti?

– Não – respondeu ela, a voz apenas um sussurro.

– Medo.

Ela voltou os olhos para ele.

– Mas você sabia que eu não tinha sido ferida.

Ele soltou uma risada forçada.

– Não é isso, Torie. Medo de você continuar fugindo, de nunca admitir o que sente por mim. Medo de que sempre vá me odiar tanto que se colocará em risco para me evitar.

– Eu não odeio você.

As palavras escaparam antes que percebesse que acabara de contradizer tudo o que dissera nas últimas doze horas.

Ele tocou o cabelo dela, então aninhou a cabeça dela em suas mãos fortes.

– Por que, Victoria? – sussurrou ele. – Por quê?

– Eu não sei. Queria saber. Só sei que não posso ficar com você agora.

Ele baixou a cabeça até ficarem nariz com nariz. Então seus lábios roçaram os dela, suaves como uma pena e de forma surpreendentemente erótica.

– Agora? Ou nunca?

Ela não respondeu. Não podia responder, pois a boca de Robert já tomara posse da dela de um jeito feroz. Sua língua deslizou para dentro da boca de Victoria, sentindo-a com uma voracidade palpável. Seus quadris pressionaram os dela com suavidade, lembrando-a do desejo que sentia. Sua mão percorreu o corpo dela e se acomodou na curva do seio, massageando e apertando, o calor de sua pele passando pelo tecido do vestido. Victoria sentiu o desejo aumentar sob o toque dele.

– Sabe o que sinto agora? – sussurrou ele com voz rouca.

Ela não respondeu.

– Desejo. – Os olhos dele brilhavam. – Quero você, Victoria. Quero torná-la minha.

Em pânico, Victoria percebeu que ele estava deixando a decisão para ela. Como seria fácil se deixar levar pelo calor do momento. Como seria conveniente dizer a si mesma no dia seguinte: *A paixão me levou a fazer isso; eu não estava pensando direito.*

Mas Robert a forçava a confrontar seus sentimentos e admitir o desejo avassalador que tomava conta de seu corpo.

– Você disse que queria tomar suas próprias decisões – sussurrou na orelha dela, passando a língua delicadamente pelo seu contorno. – Não vou tomar essa decisão por você.

Ela deixou escapar um gemido de frustração.

Robert deslizou as mãos pelo corpo dela, parando em seus quadris suavemente arredondados. Então os apertou, e Victoria pôde sentir cada um de seus dedos.

Os lábios dele se curvaram em um sorriso bem másculo.

– Talvez eu devesse ajudá-la a resolver essa questão – disse ele, beijando a pele delicada do pescoço dela. – Você me quer?

Ela não disse nada, mas seu corpo se arqueava contra o dele, os quadris em sua direção.

Ele deslizou as mãos sob a saia dela, subindo pelas pernas até alcançarem a pele quente no alto das meias. Um dedo entrou sob a extremidade, desenhando círculos preguiçosos na pele nua.

– Você me quer? – repetiu ele.

– Não – sussurrou ela.

– Não? – Ele moveu os lábios de volta para a orelha dela, a mordiscando. – Tem certeza?

– Não.

– Não, você não tem certeza ou não, você não me quer?

Ela soltou um gemido de frustração.

– Eu não sei.

Ele a contemplou por um bom tempo, como se quisesse puxá-la para junto de seu corpo. Victoria podia ver a ânsia no rosto dele, e os olhos que ardiam à luz das velas. Mas, por fim, tudo o que fez foi se afastar dela. Robert se levantou e cruzou o quarto, a evidência de seu desejo marcando a calça.

– Não vou tomar essa decisão por você – repetiu ele.

Victoria sentou-se, atordoada. Seu corpo tremia de desejo e, naquele momento, odiou-o por lhe dar a única coisa que vinha pedindo o tempo todo: controle.

Robert parou diante da janela e se curvou sobre o peitoril.

– Tome sua decisão – disse ele em voz baixa.

Mas ela só deixou escapar um grito abafado.

– *Decida!*

– Eu... Eu não sei – disse ela, as palavras soando lamentáveis e patéticas até mesmo aos seus próprios ouvidos.

Ele se virou.

– Então suma da minha vista.

Ela estremeceu.

Robert caminhou até a cama e puxou-a pelo braço.

– Diga sim ou diga não – disparou ele –, mas não exija que eu lhe dê uma escolha e depois não a faça.

Victoria estava assustada demais para reagir e, antes que se desse conta, tinha sido empurrada para seu quarto, a porta de ligação fechando-se com força entre eles. Ela arfava em busca de ar, incapaz de acreditar no quanto se sentia rejeitada e infeliz naquele momento. Deus, ela era tão hipócrita! As palavras de Robert tinham ido direto ao ponto. Ela lhe pedira várias vezes para não tentar controlar sua vida, mas, quando ele finalmente deixou a decisão em suas mãos, ela não conseguiu agir.

Ficou sentada na cama por vários minutos até seus olhos pousarem sobre o pacote que deixara de lado horas antes sem o mínimo cuidado. Parecia que uma vida inteira havia se passado desde então. Qual era a ideia que Robert fazia de uma camisola apropriada, perguntou-se com uma risada trêmula?

Ela desamarrou as fitas que prendiam a caixa e abriu a tampa. Até mesmo sob a fraca luz de sua única vela, pôde ver que a lingerie era feita da mais fina seda. Com dedos cuidadosos, Victoria tirou a roupa da caixa.

Era azul-escura – um tom entre o real e o marinho. Victoria não considerou um acaso a seda ser da cor exata de seus olhos.

Sentou-se na cama com um suspiro. Imaginou Robert examinando uma centena de camisolas até encontrar a que achava perfeita. Ele fizera tudo com tanta precisão e cuidado.

E ela se perguntou se ele fazia amor com a mesma intensidade.

– Chega! – disse ela em voz alta, como se isso pudesse controlar seus pensamentos rebeldes.

Levantou-se e atravessou o quarto até a janela. A lua estava alta e as estrelas cintilavam de uma maneira que só podia ser considerada amistosa. De repente, mais do que tudo, Victoria queria ter outra mulher com quem conversar. Queria suas amigas da loja, queria sua irmã, queria até mesmo a tia de Robert, a Sra. Brightbill, e a prima Harriet.

Mas, acima de tudo, queria sua mãe, que havia morrido tantos anos antes. Então olhou para o céu e sussurrou:

– Mamãe, você está me ouvindo?

Em seguida, repreendeu-se por esperar tolamente que uma estrela fosse correr pela noite por sua causa. Ainda assim, havia algo de reconfortante em conversar com o céu escuro.

– O que devo fazer? – perguntou em voz alta. – Acho que o amo. Acho que sempre o amei. Mas também o odeio.

Uma estrela cintilou em solidariedade.

– Às vezes acho que seria tão bom ter alguém para cuidar de mim. E me sentir protegida e amada. Passei tanto tempo sem saber o que é isso. Sem nem sequer ter um amigo. Mas também quero poder tomar minhas próprias decisões, e Robert está tirando isso de mim. Não acho que seja sua intenção. Ele não consegue evitar. E então me sinto tão fraca e impotente. Durante todo o tempo em que fui preceptora, estive à mercê dos outros. Deus, como eu odiava.

Ela parou para secar uma lágrima do rosto.

– E então me pergunto... Todas essas perguntas significam alguma coisa, ou estou só com medo? Talvez eu não passe de uma covarde, assustada demais para me arriscar.

O vento sussurrou em seu rosto e Victoria respirou fundo o ar limpo e fresco da noite.

– Se deixá-lo me amar, ele vai partir meu coração de novo?

O céu noturno não respondeu.

– Se me permitir amá-lo, ainda poderei ser eu mesma?

Desta vez, uma estrela brilhou, mas Victoria não soube bem como interpretar aquilo. Ficou de pé junto à janela por mais alguns minutos, contente em deixar a brisa acariciar sua pele. Por fim, o cansaço falou mais alto e deitou-se completamente vestida, sem perceber que ainda segurava a camisola azul que Robert tinha lhe dado.

A 3 metros de distância, Robert estava junto à própria janela, contemplando em silêncio o que havia escutado. O vento levara as palavras de Victoria até ele e, por mais que isso fosse contra sua natureza científica, não podia deixar de acreditar que algum espírito benevolente soprara aquela brisa.

A mãe dele. Ou talvez a de Victoria. Ou talvez as duas, trabalhando juntas do céu para dar aos filhos outra chance de serem felizes.

Ele estava tão perto de desistir de ter esperança, mas então recebeu o presente mais precioso do que ouro: um breve vislumbre do coração de Victoria.

Robert ergueu os olhos para o céu e agradeceu à lua.

CAPÍTULO 16

A manhã seguinte foi quase surreal.

Victoria não acordou se sentindo descansada. Ainda se sentia esgotada, emocional e fisicamente, e estava confusa como sempre com relação a seus sentimentos por Robert.

Depois de lavar o rosto e ajeitar a roupa, bateu suavemente na porta dele. Não houve resposta. Decidiu entrar de qualquer maneira, mas fez isso com certa apreensão. Lembrava-se bem de seu ataque de raiva na noite anterior. Então, mordendo o lábio inferior, abriu a porta.

E quase morreu de susto ao ver MacDougal dormindo com conforto na cama de Robert.

– Santo Deus! – exclamou depois de deixar escapar um grito de surpresa. – O que está fazendo aqui? E onde está o lorde Macclesfield?

MacDougal sorriu para ela de maneira amigável enquanto se levantava.

– Está cuidando dos cavalos.

– Não é o seu trabalho?

O escocês assentiu.

– Sua Senhoria é bastante detalhista quando se trata dos cavalos.

– Eu sei – disse Victoria, a mente viajando sete anos no passado, quando Robert, sem sucesso, tentara ensiná-la a cavalgar.

– Às vezes, prefere inspecionar os animais por conta própria. Em geral quando está pensando em algo.

Provavelmente em como me castigar melhor, pensou Victoria. Após um instante de silêncio, ela disse:

– Você veio para o quarto dele por alguma razão em particular?

– Ele queria que eu a acompanhasse ao café da manhã.

– Ah, sim – disse ela com um leve tom de amargura. – Manter a prisioneira vigiada a todo instante.

– Na verdade, ele mencionou algo sobre o fato de a senhorita ter sido atacada ontem à noite. Ele não queria que se sentisse desconfortável... Uma mulher sozinha, essas coisas.

Victoria abriu um sorriso tenso, tinha sido devidamente repreendida.

– Vamos lá, então? Estou faminta.

– Quer que eu desça alguma coisa para a senhorita, milady?

Victoria pensou em corrigi-lo e dizer-lhe que não era a lady de ninguém, mas não tinha energia para isso. Robert provavelmente já dissera ao criado que estavam casados.

– Não – replicou ela. – Sua Senhoria não me deu muito tempo para fazer as malas, se o senhor se recorda.

MacDougal assentiu.

– Muito bem, então.

Victoria deu alguns passos em direção à porta, e então se lembrou da camisola azul na cama do quarto ao lado. Melhor deixá-la para trás, pensou, rancorosa. Devia tê-la feita em pedaços na noite anterior. Mas aquela maravilhosa peça de seda lhe proporcionara um estranho consolo e não queria abandoná-la.

E, ponderou ela, se assim o fizesse, Robert talvez voltasse para pegá-la antes de partirem.

– Só um momento, MacDougal – disse ela, correndo para o quarto ao lado.

Então pegou a camisola e enfiou-a debaixo do braço.

Ela e MacDougal desceram as escadas. O escocês a conduziu a uma sala de jantar privada, onde disse que Robert a encontraria para o café da manhã. Victoria estava faminta, e colocou a mão na barriga na vã tentativa de impedir que seu estômago roncasse. As boas maneiras diziam que deveria esperar por Robert, mas duvidava que qualquer livro de etiqueta abordasse as particularidades de sua situação incomum.

Victoria esperou por cerca de um minuto, e então, quando seu estômago roncou pela terceira vez, decidiu não se importar com as boas maneiras e pegou o prato de torradas.

Pouco tempo depois, dois ovos e uma fatia saborosa de torta de rim, ouviu a porta se abrir e a voz de Robert.

– Apreciando a comida?

Ela ergueu os olhos. Ele exibia um ar amigável, educado e bastante alegre. Victoria desconfiou na mesma hora. Aquele não era o mesmo homem que a expulsara do quarto na noite anterior?

– Estou faminto – declarou Robert. – Como está a comida? Está do seu agrado?

Victoria tomou um gole de chá para engolir a torrada.

– Por que está sendo tão gentil comigo?

– Gosto de você.

– Ontem à noite não parecia – murmurou ela.

– Ontem à noite eu estava, digamos assim, mal-informado.

– Mal-informado? Suponho então que tenha se deparado com um bando de informações nas últimas dez horas?

Ele sorriu com malícia.

– Na verdade, sim.

Victoria colocou a xícara no pires com movimentos lentos e precisos.

– E gostaria de compartilhar comigo? Essa sua nova fonte de conhecimento?

Ele olhou intensamente para ela por uma fração de segundo e depois disse:

– Faria a gentileza de me passar uma fatia da torta de rim?

Os dedos de Victoria se curvaram na travessa de torta, puxando-a para fora do alcance dele.

– Ainda não.

Ele riu.

– Você joga sujo, milady.

– Não sou sua lady, e quero saber por que está tão alegre esta manhã. Esperava que estivesse espumando de raiva.

– Esperava? Então acha que minha raiva na noite passada foi justificada?

– Não!

A palavra saiu de forma um pouco mais vigorosa do que Victoria gostaria.

Ele deu de ombros.

– Não importa, já que não estou mais com raiva.

Victoria olhou para ele, perplexa.

Ele fez um gesto para a travessa de torta.

– Você se importaria?

Ela piscou algumas vezes e depois fechou a boca quando percebeu que estava aberta. Então soltou o ar, irritada, empurrou a travessa de torta na direção dele e passou os dez minutos seguintes observando-o tomar o café da manhã.

A viagem de Faversham para Ramsgate deveria levar cerca de quatro horas, mas mal haviam partido quando o rosto de Robert de repente se iluminou com ar de quem tivera uma ótima ideia e ele bateu na frente da carruagem para pedir que MacDougal a parasse.

A carruagem parou e Robert saltou com o que Victoria considerava uma energia e um bom humor irritantes. Ele trocou algumas palavras com MacDougal e depois voltou para a carruagem.

– O que houve? – perguntou Victoria.

– Tenho uma surpresa para você.

– Prefiro achar que já tive surpresas demais nesta última semana – murmurou ela.

– Ah, vamos, tem de admitir que tornei sua vida muito mais emocionante.

Ela bufou.

– Se alguém considera ser sequestrada emocionante, suponho que tenha razão, milorde.

– Prefiro quando me chama de Robert.

– É uma pena, então, pois não vim a este mundo para atender às suas preferências.

Ele apenas sorriu.

– Adoro nossas brigas.

Victoria cerrou os punhos. Só ele para se alegrar com seus insultos. Ela espiou pela janela e percebeu que MacDougal tinha saído da Estrada Canterbury. Então virou-se para Robert.

– Aonde estamos indo? Pensei que tivesse dito que íamos para Ramsgate.

– E nós *vamos* para Ramsgate. Vamos só fazer um pequeno desvio em Whitsable.

– Whitsable? Para quê?

Ele se inclinou para a frente e sorriu de forma exagerada.

– Ostras.

– Ostras?

– As melhores do mundo.

– Robert, não quero ostras. Por favor, leve-me direto para Ramsgate.

Ele ergueu as sobrancelhas.

– Não tinha percebido que você estava tão ansiosa para passar alguns dias sozinha comigo. Vou dizer a MacDougal que prossiga a toda velocidade para Ramsgate.

Victoria quase saltou do banco, frustrada.

– Não foi o que quis dizer e você sabe muito bem disso!

– Então podemos continuar em direção a Whitsable?

Victoria sentia-se como um gato que de repente se vê irremediavelmente emaranhado em um novelo de lã.

– Você não vai me ouvir, não importa o que eu diga.

O rosto de Robert ficou sério na mesma hora.

– Isso não é verdade. Sempre ouço você.

– Talvez, mas, se ouve, então atira minhas opiniões e pedidos por cima do ombro e mesmo assim faz o que quer.

– Victoria, a única vez que fiz isso foi em relação ao seu tolo desejo de morar no lugar mais perigoso de Londres.

– Não é o lugar mais perigoso – resmungou ela, mais por força do hábito do que por qualquer outra coisa.

– Recuso-me a continuar discutindo isso.

– Porque não vai ouvir o que tenho a dizer!

– Não – disse ele, inclinando-se para a frente. – Porque já discutimos esse assunto até a exaustão. Não permitirei que se exponha ao perigo constante.

– Não cabe a você "permitir" nada.

– Você geralmente não é tão sem juízo assim a ponto de se colocar em perigo só para me irritar. – Ele cruzou os braços, contraindo a boca em uma linha sombria. – Fiz o que considerei ser o melhor.

– E me sequestrou – disse ela, amarga.

– Não sei se lembra, mas lhe ofereci a opção de morar com meus parentes. Você recusou.

– Quero ser independente.

– Não é preciso ficar sozinha para ser independente.

Victoria não conseguiu pensar em um argumento adequado para rebater essa afirmação, então permaneceu em silêncio.

– Quando me casar com você – disse Robert suavemente –, quero que seja uma parceria em todos os sentidos da palavra. Quero consultá-la sobre a administração das terras e assuntos ligados aos inquilinos. Quero que decidamos juntos como criar nossos filhos. Não sei por que está tão certa de que me amar significa perder sua identidade.

Ela se virou, não queria que ele visse a emoção em seus olhos.

– Um dia você vai perceber o que significa ser amada. – Ele deixou escapar um suspiro cansado. – Só queria que fosse logo.

Victoria refletiu sobre aquela declaração durante o resto do caminho até Whitsable.

Eles pararam para comer em uma pousada alegre com um restaurante ao ar livre. Robert examinou o céu e disse:

– Parece que vai chover, mas acho que não na próxima hora. Gostaria de comer aqui fora?

Ela abriu um sorriso hesitante.

– O sol está bastante agradável.

Robert pegou-a pelo braço e acompanhou-a até uma pequena mesa com vista para a água. Estava se sentindo otimista. Percebeu que, de alguma forma, havia conseguido ultrapassar suas barreiras na conversa que tiveram na carruagem. Ela ainda não estava pronta para admitir que o amava, mas achava que ela poderia estar um pouco mais perto disso do que no dia anterior.

– A aldeia de Whitsable é famosa por suas ostras desde a época dos romanos – disse ele enquanto se sentavam.

Ela pegou o guardanapo com os dedos nervosos.

– É mesmo?

– Sim. Não sei por que nunca viemos aqui enquanto a cortejava.

Ela sorriu, melancólica.

– Meu pai não teria permitido. E teria sido uma longa viagem até a costa norte de Kent.

– Você já se perguntou como seria nossa vida se tivéssemos nos casado sete anos atrás?

Victoria baixou os olhos para o colo.

– O tempo todo – sussurrou ela.

– Com certeza já teríamos jantado aqui – disse ele. – Eu não teria deixado sete anos se passarem sem comermos ostras frescas.

Ela não disse nada.

– Imagino que já teríamos um filho. Talvez dois ou três.

Robert sabia que estava sendo um pouco cruel. Apesar de não gostar de trabalhar como preceptora, Victoria tinha uma grande veia materna. Estava mexendo com as emoções dela de forma proposital, mencionando os filhos que poderiam ter tido juntos.

– Sim – falou ela –, você provavelmente tem razão.

Ela parecia tão desamparada que Robert não teve coragem de continuar. Colocou um sorriso alegre no rosto e disse:

– Ostras, pelo que sei, têm certas propriedades afrodisíacas.

– Tenho certeza de que gostaria de acreditar nisso.

Victoria pareceu aliviada por ele ter mudado de assunto, mesmo que o novo tópico fosse bastante constrangedor.

– Não, não, é algo de conhecimento geral.

– Muito do que é considerado de conhecimento geral não tem nenhuma base – rebateu ela.

– Bem colocado. Dada a minha inclinação científica, não gosto de aceitar nada como verdadeiro a menos que tenha sido submetido a uma experimentação rigorosa.

Victoria riu.

– Na verdade – disse Robert, tocando a toalha de mesa com o garfo –, acho que um experimento é exatamente do que precisamos.

Ela olhou para ele, desconfiada.

– O que está propondo?

– Só que coma algumas ostras. Então vou monitorá-la mais atentamente – ele ergueu as sobrancelhas de uma maneira cômica – para ver se começa a gostar mais de mim.

Victoria riu. Não pôde evitar.

– Robert – disse ela, ciente de que estava começando a se divertir apesar de sua firme intenção em permanecer irritada –, essa é a ideia mais maluca que já ouvi.

– Talvez, mas mesmo que não funcione, vou apreciar bastante o monitoramento.

Ela riu de novo.

– Desde que você não coma das ostras também. Se "gostar" de mim um pouco mais, posso me ver sendo levada para a França.

– Mas que ideia interessante. – Ele fingiu pensar seriamente a respeito. – Afinal, Ramsgate é um porto continental. Pergunto-me se é possível se casar mais rápido na França.

– Nem pense nisso – advertiu ela.

– Meu pai provavelmente teria um ataque apoplético se eu me casasse em uma cerimônia católica – ponderou ele. – Nós, Kembles, sempre fomos protestantes militantes.

– Ah, Deus – disse Victoria, os olhos se enchendo de lágrimas em razão da risada. – Pode imaginar o que aconteceria com o *meu* pai? O bom vigário de Bellfield? Ele morreria na hora. Tenho certeza.

– Ele insistiria em nos casar outra vez – disse Robert. – E Eleanor cobraria ingressos.

O rosto de Victoria se suavizou.

– Ah, Ellie. Sinto falta dela.

– Você ainda não conseguiu visitá-la?

Robert recostou-se para permitir que o funcionário da pousada colocasse um prato de ostras na mesa.

Victoria balançou a cabeça.

– Não desde... Bem, você sabe. Mas nos correspondemos com regularidade. Ela continua a mesma. Contou-me que falou com você.

– Sim, foi uma conversa bem séria, mas pude ver que continua irreprimível.

– Ah, isso é verdade. Sabe o que ela fez com o dinheiro que arrancou de você enquanto me cortejava?

– Não, o quê?

– Primeiro, ela aplicou em uma conta remunerada. Então, quando concluiu que receberia uma melhor taxa de retorno pelo dinheiro, estudou o caderno financeiro do *Times* e começou a investir em ações.

Robert riu alto enquanto servia algumas ostras no prato de Victoria.

– Sua irmã nunca deixa de me surpreender. Achei que não permitissem que mulheres negociassem ações.

Victoria deu de ombros.

– Ela diz ao agente que está representando meu pai. Creio que falou que papai é muito recluso e não sai de casa.

Robert estava rindo tanto que teve de largar a ostra que estava prestes a comer.

– Seu pai pediria a cabeça dela se soubesse que anda inventando essas histórias.

– Ninguém é melhor para guardar um segredo do que Ellie.

Um sorriso nostálgico cruzou o rosto de Robert.

– Eu sei. Provavelmente deveria consultá-la sobre algumas questões financeiras.

Victoria ergueu os olhos de repente.

– Você faria isso?

– Fazer o quê?

– Pedir seu conselho.

– Por que não? Nunca conheci ninguém tão habilidoso para lidar com dinheiro quanto sua irmã. Se ela fosse homem, estaria dirigindo o Banco da Inglaterra. – Robert pegou a ostra que soltara. – Depois que nos casarmos... Não, não, nem se preocupe em me lembrar de que ainda não aceitou meu pedido, porque sei muito bem disso. Eu só ia dizer que você deveria convidá-la para ficar conosco.

– Você concordaria com isso?

– Não sou um ogro, Victoria. Não sei por que acha que mandarei em você com mão de ferro quando nos casarmos. Acredite em mim, ficarei mais do que feliz em compartilhar algumas das responsabilidades de um condado. Pode ser uma tarefa árdua.

Victoria olhou para ele, pensativa. Nunca percebera que o privilégio de Robert também poderia ser um fardo. Embora seu título fosse apenas honorário até a morte do pai, ele tinha muitas responsabilidades com sua propriedade e com os inquilinos.

Robert apontou para o prato dela.

– Você não gosta de ostras? – Ele sorriu, malicioso. – Ou talvez tenha medo de que meu experimento científico possa ser bem-sucedido?

Victoria piscou, saindo de seu devaneio.

– Nunca experimentei ostra. Não tenho a menor ideia de como comer.

– Eu não imaginava que você tivesse uma lacuna tão importante em sua educação culinária. Aqui, deixe-me preparar uma para você.

Robert pegou uma ostra do prato central, adicionou algumas gotas de suco de limão e um pouco de raiz-forte e entregou a ela.

Victoria observou o molusco com ar duvidoso.

– Agora o que eu faço?

– Leve aos lábios e engula.

– Engulo? Sem mastigar?

Ele sorriu.

– Não, você também mastiga um pouco. Mas primeiro devemos fazer um brinde.

Victoria olhou ao redor.

– Com uma ostra? – Ela estreitou os olhos, desconfiada. – Tenho certeza de que isso não pode ser um costume.

– Então vamos fazer disso o nosso costume. – Robert ergueu a ostra no ar. – Você também.

Victoria levantou sua ostra.

– Sinto-me ridícula.

– Não se sinta assim. Todos merecemos um pouco de diversão de vez em quando.

Ela sorriu ironicamente. Diversão. Que conceito novo.

– Muito bem. A que devemos brindar?

– A nós, é claro.

– Robert...

– Mas que desmancha-prazeres. Está bem, à felicidade!

Victoria bateu sua concha contra a dele.

– À felicidade.

Ela viu Robert comer sua ostra, e então, depois de murmurar "Só se vive uma vez, acho eu", fez o mesmo e sugou a dela.

Robert a observava com ar divertido.

– Gostou?

Victoria, então, balbuciou:

– Meu Deus, essa foi a experiência culinária mais estranha da minha vida.

– Está difícil discernir se foi um comentário positivo ou negativo – disse Robert.

– Também estou achando difícil – replicou ela, parecendo um pouco surpresa. – Não consigo decidir se foi a melhor ou a pior comida que já provei.

Ele riu alto.

– Talvez devesse experimentar outra?

– Por acaso, eles não servem cozido de carne?

Robert balançou a cabeça.

– Bem, então, imagino que eu vá precisar de outra ostra se não quiser morrer de fome mais tarde.

Ele temperou outra para ela.

– Seu desejo é uma ordem.

Ela lançou a ele um olhar incrédulo.

– Vou lhe conceder uma pequena gentileza e não fazer nenhuma réplica apropriada a esse comentário.

– Acredito que acaba de fazer.

Victoria comeu outra ostra, limpou os lábios e sorriu com malícia.

– Fiz, foi?

Robert ficou em silêncio por um instante, depois disse:

– Acho que está funcionando.

– Perdão?

– As ostras. Acho que você já gosta mais de mim.

– Não mesmo – disse ela, esforçando-se para não rir.

Ele levou a mão ao peito.

– Estou de coração partido. Completamente desolado.

– Pare de ser tão bobo.

– Ou talvez... – Ele coçou a cabeça numa tentativa de parecer sério e pensativo. – Talvez o motivo por você não estar gostando mais de mim seja porque já gostava muito desde o início.

– Robert!

– Eu sei, eu sei. Estou me divertindo às suas custas. Mas você também está se divertindo.

Ela não disse nada.

– Ainda está com raiva por termos saído do caminho para vir a Whitsable?

Após um longo silêncio, Victoria balançou a cabeça.

Robert não percebeu que estava prendendo a respiração até expirar, aliviado. Então estendeu o braço sobre a mesa e colocou a mão sobre a dela.

– Pode ser sempre desse jeito – sussurrou ele. – Você pode ser sempre feliz assim.

Ela abriu a boca, mas ele não a deixou falar.

– Vi isso em seus olhos – disse ele. – Você se divertiu mais esta tarde do que nos últimos sete anos.

A cabeça de Victoria obrigou seu coração relutante a afastar a mão.

– Você não esteve comigo nos últimos sete anos. Não tem como saber o que senti ou deixei de sentir.

– Eu sei. – Ele fez uma pausa. – E isso parte meu coração.

Eles ficaram em silêncio pelo resto da refeição.

A viagem até Ramsgate levou pouco mais de três horas. Robert ficou surpreso ao ver que Victoria adormecera na carruagem. Achou que estivesse tensa demais para pegar no sono, mas, por outro lado, talvez estivesse simplesmente exausta. Não se importou muito com sua negligência; gostava de vê-la dormir.

Isso também lhe deu a oportunidade de carregá-la para dentro de casa quando chegaram. A pele dela era quente, macia e tudo o que ele poderia querer. Ele colocou-a com delicadeza na cama do segundo quarto e cobriu-a. Ela devia estar desconfortável de roupa, mas concluiu que preferiria isso a ser despida por ele.

Ele, é claro, teria preferido... Robert estremeceu e balançou a cabeça. Não importava o que teria preferido. Sentiu calor só de pensar, e sua gravata de repente pareceu estranhamente apertada.

Robert saiu do quarto com um gemido, decidido a nadar no mar gelado o mais rápido possível.

CAPÍTULO 17

Victoria acordou com o cheiro de maresia. Ela bocejou e piscou, pouco confusa com os arredores. Aquela devia ser a casa de Robert, percebeu. E se perguntou quando a havia comprado. Ele ainda não a possuía quando a cortejara anos atrás.

Ela se sentou na cama e avaliou o quarto. Era bastante agradável, na verdade, todo em tons de azul e pêssego. Não era um quarto tão feminino, mas também não era masculino, e não tinha dúvidas de que não era o quarto de Robert. Soltou um suspiro de alívio. Não que ela *realmente* achasse que ele teria coragem de colocá-la em seu quarto, mas teve uma pontinha de medo.

Victoria levantou-se e decidiu explorar a casa. O lugar estava em silêncio, Robert devia estar dormindo ou tinha saído. De uma forma ou de outra, isso lhe dava a oportunidade perfeita de bisbilhotar. Saiu para o corredor sem se preocupar em calçar os sapatos. Era uma casa pequena e robusta, com grossas paredes de pedra e um telhado de madeira. Seu aconchegante segundo andar abrigava apenas dois quartos, mas cada um tinha uma lareira. Victoria deu uma olhada no outro quarto e teve certeza de que era de Robert. A cama com dossel era sólida e masculina e ficava de frente para uma grande janela com a vista gloriosa para o Estreito de Dover. Havia um telescópio junto à janela. Robert sempre gostara de olhar as estrelas.

Ela voltou para o corredor e desceu as escadas. A casa era muito aconchegante. Não havia sala de jantar formal e a sala de estar parecia bastante confortável. Victoria estava voltando para a sala de jantar, pretendendo inspecionar a cozinha, quando viu um bilhete na mesa. Ela o pegou e reconheceu imediatamente a caligrafia de Robert.

V
Saí para nadar.
R

Nadar? Ele era louco? Tudo bem que era verão, mas o dia não estava muito ensolarado e a água devia estar congelando. Victoria foi até uma janela para tentar avistar Robert, mas a água ficava muito abaixo para que conseguisse identificar alguma coisa.

Ela correu para o andar de cima e calçou os sapatos. Como não tinha um xale – na verdade, não tinha sequer uma muda de roupa, exceto a insinuante camisola de seda azul que *ele* havia escolhido para ela –, pegou um cobertor fino para envolver os ombros. O vento parecia soprar mais forte e o céu estava cada vez mais escuro. Duvidava que seu vestido fosse quente o bastante para suportar o clima.

Victoria desceu de novo as escadas e saiu pela porta da frente. À sua esquerda, viu uma trilha que descia pela colina íngreme até a praia rochosa. O caminho era muito estreito, então ela seguia com passos cuidadosos, usando uma das mãos para segurar o cobertor nos ombros e a outra para se equilibrar. Após vários minutos de atenciosa caminhada, alcançou a praia e examinou o horizonte à procura de Robert.

Onde ele estava?

Ela colocou as mãos ao redor da boca e gritou o nome dele, mas não ouviu resposta, a não ser o barulho das ondas. Não esperava que ele fosse gritar de volta, mas um aceno ou qualquer movimento para mostrar que ainda estava vivo teria sido bom.

Ela apertou mais o cobertor em volta do corpo, depois ajeitou-o para proteger sua roupa enquanto se sentava.

O vento estava mais forte e o ar salgado fazia seu rosto arder. Seu cabelo começava a ficar duro, os dedos dos pés estavam congelando e... Maldição, onde estaria Robert? Não poderia ser seguro nadar com aquele clima. Ela se levantou, examinou o horizonte e gritou o nome dele. Então, quando concluíra que sua situação não podia piorar, uma gota de chuva caiu em seu rosto.

~

Victoria olhou para baixo, viu que seus braços tremiam e então percebeu que não era de frio. Estava apavorada. Se Robert se afogasse...

Ela nem conseguiu concluir o pensamento. Ainda estava brava com Robert por seu comportamento dominador na última semana e não tinha certeza se queria ser sua esposa, mas a ideia de ele desaparecer para sempre daquele mundo era algo inimaginável.

A chuva ficou mais forte. Victoria continuava a gritar o nome de Robert, mas o vento recusava-se a levar seus chamados para o mar. Sentia-se indefesa e impotente. Não havia o menor sentido em se aventurar dentro d'água para salvá-lo – ele nadava muito melhor do que ela e, além disso, não tinha ideia de onde ele estava. Então berrou seu nome de novo. Não que ele fosse ouvi-la, mas era a única coisa que podia fazer.

E não fazer nada era pura agonia.

Ela assistia ao céu escurecer ameaçadoramente, ouvia os uivos do vento se tornarem mais ferozes... E dizia a si mesma para respirar com calma enquanto seu coração batia desesperado de pânico. Então, quando tinha certeza de que explodiria de frustração, viu um ponto rosa no horizonte.

Ela correu até a beira da água.

- Robert! - gritou.

Um minuto se passou e ela pôde discernir que a mancha na água era de fato um homem.

- Ah, graças a Deus, Robert - disse ela com um suspiro, entrando na água até a altura da panturrilha.

Ele ainda estava muito longe para que pudesse ajudar, mas não conseguia deixar de se mover em sua direção. Além disso, parecia tolice se preocupar em molhar os tornozelos quando a chuva já encharcara suas roupas.

Ela avançou até as ondas baterem em seus joelhos. A corrente estava forte, puxando-a para o horizonte, e ela tremia de medo. Robert lutava contra a mesma corrente. Ela podia vê-lo melhor agora; suas braçadas ainda eram fortes, mas estavam ficando irregulares. Ele estava cansado.

Ela gritou seu nome mais uma vez, e desta vez ele parou e ergueu os olhos enquanto movia os braços. A boca dele se abriu, e em seu coração Victoria sabia que dissera o nome dela.

Robert baixou a cabeça de novo e continuou nadando. Podia ser imaginação de Victoria, mas parecia que agora ele estava se movendo um pouco mais rápido. Ela estendeu os braços e deu outro passo à frente. Apenas cerca de 10 metros os separavam agora.

- Você está quase chegando! - gritou ela. - Você consegue, Robert!

A água estava na cintura dela quando, de repente, uma onda enorme quebrou, cobrindo sua cabeça. Ela deu uma cambalhota dentro d'água e por um instante não tinha ideia de que lado era para cima. Então milagrosamente seus pés tocaram o chão e seu rosto encontrou o ar. Ela piscou, percebeu que agora estava de frente para a costa e virou bem a tempo de ver Robert cambaleando em sua direção. O peito dele estava nu e sua calça, colada às coxas.

Ele caiu em cima dela.

- Meu Deus, Victoria - disse ele, ofegante. - Quando vi você descer...

Sem conseguir concluir a frase, curvou-se na altura da cintura, buscando o ar.

Victoria agarrou seu braço e começou a puxar.

– Temos de voltar à praia – implorou ela.

– Você... Você está bem?

Ela encarou-o boquiaberta, em meio à chuva que caía torrencialmente.

– Você está *me* perguntando isso? Robert, você estava a quilômetros da costa! Eu não conseguia enxergá-lo. Estava apavorada. Eu... – Ela parou. – Por que estou discutindo isso agora?

Eles caminharam com dificuldade até a areia. Victoria estava gelada e fraca, mas sabia que ele estava ainda mais fraco, então forçava suas pernas a continuar. Ele estava agarrado a ela, e Victoria podia sentir as pernas de Robert vacilarem.

– Victoria – disse ele sem ar.

– Não diga nada.

Ela procurou se concentrar na praia e, ao pisar na areia, seguiu para o caminho que levava até a casa.

Robert parou, porém, forçando-a a esperar. Ele tomou o rosto de Victoria em suas mãos, ignorando a chuva e o vento, e olhou nos olhos dela.

– Você está bem? – repetiu ele.

Victoria o encarou, incapaz de acreditar que ele pudesse parar no meio da tempestade para lhe perguntar isso. Ela cobriu a mão dele com a sua e disse:

– Robert, estou bem. Estou com frio, mas estou bem. Temos de levá-lo para dentro.

Como eles subiram o caminho íngreme, Victoria nunca saberia. O vento e a chuva haviam deixado a terra mais solta, e mais de uma vez um deles tropeçou ou escorregou e foi levantado pelo outro. Por fim, com as mãos feridas e arranhadas, Victoria pulou da colina para o gramado verde da casa. Um segundo depois, Robert se juntou a ela.

Chovia torrencialmente e o vento uivava como uma centena de fúrias. Juntos conseguiram alcançar, cambaleantes, a porta da casa. Robert segurou a maçaneta e a girou, guiando Victoria para o calor aconchegante da casa. Depois que haviam entrado, os dois ficaram imóveis, momentaneamente paralisados de alívio.

Robert foi o primeiro a se recuperar, e estendeu a mão para Victoria, puxando-a contra ele. Seus braços tremiam sem controle, mas a abraçavam com firmeza.

– Pensei que tivesse perdido você – sussurrou ele, pressionando os lábios contra a têmpora dela. – Pensei que tivesse perdido você.

– Não seja bobo, eu...

– Pensei que tivesse perdido você – repetiu ele, ainda segurando-a com força. – Primeiro, pensei que eu iria... Que não conseguiria voltar, e eu não queria... Deus, não queria morrer, não quando estamos tão perto de... – As mãos de Robert deslizaram para o rosto dela, segurando-a com firmeza enquanto memorizava cada traço, cada sarda e cada cílio. – Então quando você afundou...

– Robert, foi só por um instante.

– Eu não sabia se você sabia nadar. Você nunca me disse.

– Eu sei nadar. Não tão bem como você, mas sei... Não importa. Estou bem. Ela tirou as mãos dele de seu rosto e tentou puxá-lo para a escada. – Vamos para o quarto. Vai ficar doente se não se secar.

– Você também – murmurou ele, deixando-a ir na frente.

– Não fiquei submersa no Estreito de Dover por sabe lá Deus quanto tempo. Quando cuidarmos de você, prometo que colocarei roupas secas.

Ela o arrastou escada acima. Ele tropeçou várias vezes, nunca parecia levantar a perna o suficiente para alcançar o degrau seguinte. Quando chegaram ao segundo andar, ela o empurrou para a frente.

– Suponho que este seja o seu quarto – disse ela, levando-o para dentro.

Ele assentiu com um breve aceno.

– Tire suas roupas – ordenou ela.

Robert teve força suficiente para rir.

– Se soubesse quantas vezes sonhei com você me dizendo isso...

Ele olhou para as mãos, que tremiam violentamente de frio. As unhas estavam arroxeadas.

– Não seja bobo – disse Victoria, severa, correndo pelo quarto para acender as velas.

Era apenas o início da noite, mas a tempestade levara com ela boa parte da luz do sol. Ela se virou e viu que ele não tinha feito muito progresso com a roupa.

– O que há de errado com você? – repreendeu ela. – Já lhe disse para se despir.

Ele encolheu os ombros, impotente.

– Não consigo. Meus dedos...

Os olhos de Victoria pousaram nas mãos dele, que tentavam desajeitadamente abrir a calça. Os dedos de Robert tremiam de modo violento, e ele não conseguia fechá-los em torno dos botões. Com uma rápida determinação que a fazia se lembrar de seus dias não tão distantes como preceptora, aproximou-se dele e abriu sua calça, tentando não olhar quando a abaixou.

– Geralmente sou um pouco mais impressionante – brincou Robert.

Victoria não pôde deter seus olhos depois *daquele* comentário.

– Ah! – disse ela, surpresa. – Não é nem um pouco como eu esperava.

– Não está como eu mesmo gosto de ver – murmurou ele.

Ela corou e se virou.

– Já para a cama! – ordenou ela, tentando fazer sua voz parecer normal, mas sem conseguir.

Ele tentou explicar enquanto ela o puxava para a cama.

– Quando um homem fica com frio, ele…

– Já basta, obrigada. É mais do que preciso saber, tenho certeza.

Ele sorriu, mas o ranger de seus dentes prejudicou o efeito.

– Está envergonhada.

– Você percebeu – disse ela, caminhando até o guarda-roupa. – Você tem cobertores extras?

– Há um em seu quarto.

– Levei comigo para a praia. Devo tê-lo perdido na água. – Ela fechou a porta do guarda-roupa e se virou. – O que você está fazendo? – perguntou Victoria quase gritando.

Ele estava sentado na cama, ainda não tinha puxado as mantas sobre o corpo. Tinha cruzado os braços e se abraçava.

Ele só olhou para ela, sem piscar.

– Acho que nunca senti tanto frio.

Ela puxou as cobertas até o queixo dele.

– Bem, você não vai se aquecer se não usar os cobertores.

Ele assentiu, ainda tremendo descontroladamente.

– Suas mãos estão congelando – disse ele.

– Não estão tão frias quanto as suas.

– Vá trocar de roupa – ordenou ele.

– Quero ter certeza de que você…

– Vá.

Ele falou com calma, mas não sem autoridade.

Ela fez uma pausa, e então assentiu.

– Não se mexa.

– Cavalos selvagens não conseguem…

– Estou falando sério! – alertou ela.

– Victoria – disse ele, parecendo muito cansado. – Eu não conseguiria me mexer nem se quisesse, o que, por acaso, não quero.

– Ótimo.

– Vá!

Ela levantou os braços.

– Já vou, já vou.

Robert se enfiou ainda mais sob os lençóis quando ela saiu. Santo Deus, estava com frio. Quando decidiu nadar, não podia imaginar que uma tempestade tão forte se formaria. Ele cerrou os dentes, mas continuaram batendo mesmo assim. Detestava estar tão dependente de Victoria, ainda mais quando ela também devia estar congelando. Sempre adorara ser seu cavaleiro de armadura reluzente – forte e corajoso. Agora estava molhado, com frio e patético. E, para piorar, ela o vira nu, e ele não tivera muito o que mostrar.

– Você ainda está sob as cobertas? – gritou Victoria do quarto ao lado. – Se sair da cama, eu…

– Não me mexi!

Ele ouviu um grunhido que soava como "Ótimo". Sorriu. Podia não gostar de estar tão dependente de Victoria, mas era bom ser mimado.

Ele puxou as cobertas mais para perto e esfregou os pés contra os lençóis na vã tentativa de aquecê-los. Mal podia sentir as mãos, então as colocou sob o corpo, mas, ele também estava frio, o que não ajudou muito. Robert puxou os cobertores sobre a cabeça e soprou ar quente nas mãos. Isso trouxe um alívio momentâneo.

Por um instante, ouviu passos no corredor, depois escutou Victoria dizer:

– O que está fazendo aí embaixo?

Robert colocou a cabeça para fora apenas o suficiente para vê-la.

– Está mais quente aqui embaixo. – Então olhou-a com mais atenção. – *O que* está vestindo?

Ela fez uma careta.

– Talvez se lembre que não trouxe uma muda de roupa.

Ele gostaria que seu rosto estivesse aquecido o suficiente para conseguir sorrir.

– Tudo o que eu tinha – continuou ela – era essa camisola que você me deu. E também essa colcha que tirei da outra cama, em nome da decência.

Então, com um jeito de matrona, ajustou mais a colcha em volta do corpo.

Robert revirou os olhos, gemendo:

– Acho que estou ainda mais doente do que pensava.

– Como assim? – Victoria foi apressada até ele, sentou-se na beira da cama e afastou o cabelo da testa dele para sentir sua temperatura. – Você está febril?

Ele balançou a cabeça, o rosto sofrido.

– Então qual é o problema?

– É você – grunhiu ele.

Os olhos dela se arregalaram.

– Eu?

– Você. Nessa camisola.

Ela franziu a testa.

– É tudo o que eu tinha.

– Eu sei – gemeu ele. – Minha maior fantasia se tornou realidade. E estou me sentindo fraco demais para querer você.

Ela se recostou e cruzou os braços.

– Você está ótimo assim, na minha opinião.

– Tinha a impressão de que seria essa a sua opinião – murmurou ele.

– Você está se sentindo mais aquecido? – perguntou ela, avaliando-o de maneira prática.

Ele balançou a cabeça.

Victoria ficou de pé.

– Vou lá embaixo preparar-lhe um caldo. Presumo que haja mantimentos na cozinha?

Ele olhou para ela de modo inexpressivo.

– Mantimentos? – repetiu ela. – Na cozinha?

– Acho que sim – disse ele, nem um pouco seguro.

Ela encarou-o, incrédula.

– Você me sequestrou e se esqueceu de abastecer a casa com provisões?

Os lábios dele se esticaram em um sorriso fraco.

– Talvez tenha comida.

– Robert, isso não se parece nada com você, não sei o que pensar. Você nunca esqueceu um detalhe em sua vida.

– Mandei uma mensagem para o caseiro avisando que eu chegaria e pedindo-lhe que preparasse a casa. Tenho certeza de que providenciou mantimentos. – Ele fez uma pausa e engoliu em seco. – Pelo menos espero que sim.

Victoria levantou-se, a expressão severa digna de uma preceptora.

– Você sabe cozinhar? – perguntou Robert esperançoso.

– Sei fazer maravilhas contanto que haja mantimentos.

– Vai haver mantimentos.

Ela não disse outra palavra ao sair do quarto.

Robert permaneceu na cama, tremendo e sentindo-se muito mal. Não parecia tão ruim enquanto Victoria estava ao seu lado. Ela... E aquela terrível camisola que ele começava a desejar não ter comprado... Tiravam de sua cabeça o fato de que havia dez pequenos pingentes de gelo presos a seus pés, que costumava chamar de dedos.

Poucos minutos depois, Victoria reapareceu à porta, duas canecas fumegantes nas mãos. O rosto inteiro de Robert se iluminou.

– Caldo? – indagou.

Não conseguia se lembrar de uma ocasião em que parecera tão bom tomar um caldo.

Victoria sorriu docemente. Um pouco docemente demais.

– Este é o seu dia de sorte, Robert.

Robert inspirou em busca de um aroma.

– Obrigado, Victoria, por... – Ele parou quando ela lhe entregou uma caneca. – O que é isso?

– Água quente.

– Você me trouxe água quente? Uma pessoa não deve receber um alimento quentinho quando está doente?

– Você não está doente, apenas com frio. E água quente é, por definição, quente. Tenho certeza de que irá aquecê-lo.

Ele suspirou.

– Não havia mantimentos, não é?

– Nem um biscoito.

Ele tomou um gole da água, estremecendo de prazer quando o calor percorreu seu corpo. Então, sem tirar os lábios da borda da caneca, ergueu os olhos.

– Nem chá?

– Nem uma folhinha.

Ele bebeu mais um pouco, em seguida disse:

– Nunca pensei que veria o dia em que uma casa inglesa ficaria sem chá.

Victoria sorriu.

– Agora se sente mais aquecido?

Ele assentiu e estendeu a caneca vazia.

– Suponho que não haja mais?

Ela pegou a caneca da mão dele e se levantou, apontando para a janela. A chuva ainda castigava a casa.

– Não acho que a gente corra risco de ficar sem água. Deixei um pouco esquentando no fogão e coloquei um balde lá fora para pegar mais.

Ele ergueu os olhos bruscamente.

– Com certeza você não pretende sair com esse tempo. Quero que permaneça seca.

Ela sorriu e fez um gesto com a mão.

– Não há necessidade de se preocupar comigo. O beiral me manterá seca. Só minha mão irá se molhar.

Ela começou a sair.

– Victoria, espere!

Ela se virou.

– *Você* ainda está com frio? Vejo que não fez nada além de cuidar de mim. Não quero que se resfrie.

– A água ajudou. Eu…

– Suas mãos ainda estão tremendo – disse ele quase como uma acusação.

– Não, estou bem. Mesmo. Só demoro um pouco para me aquecer.

Ele franziu a testa, mas, antes que pudesse dizer mais alguma coisa, ela já havia saído do quarto. Victoria reapareceu alguns minutos depois. O cobertor escorregou dos ombros, e Robert tentou ignorar a maneira como a camisola azul de seda se grudava às suas curvas. Era a coisa mais estranha que já havia sentido. Sua mente imaginava todo tipo de fantasias eróticas e seu corpo se recusava a responder.

Robert amaldiçoou o frio com notável fluência.

Quando lhe entregou a água quente, Victoria perguntou:

– Você disse alguma coisa?

– Nada apropriado aos seus ouvidos – murmurou ele.

Ela ergueu as sobrancelhas, mas, além disso, não insistiu em saber. Ficaram ali por vários minutos, em meio a um agradável silêncio, Victoria sentada no lado oposto ao de Robert.

De repente, ela moveu o corpo tão bruscamente que Robert quase deixou cair a caneca.

– Onde está MacDougal? – perguntou, fechando ainda mais o cobertor à sua volta.

– Mandei-o de volta para Londres.

Ela relaxou no mesmo instante.

– Ah. Que bom. Não gostaria que ninguém me visse nesse estado.

– Humm, sim. É claro que, se MacDougal estivesse aqui, poderíamos mandá-lo buscar alguma coisa para comer.

O estômago de Victoria roncou alto em resposta.

Robert lançou-lhe um olhar meio de lado.

– Com fome?

– Ah, só um pouco – disse ela, mentindo.

– Ainda zangada comigo?

– Ah, só um pouco – disse no mesmo tom.

Ele riu.

– Nunca pretendi matá-la de fome, está bem?

– Não, tenho certeza de que violação estava no topo da sua lista.

– O casamento era meu objetivo principal, como bem sabe.

– Humpf.

– O que isto quer dizer? Certamente não duvida das minhas intenções.

Ela suspirou.

– Não, não duvido de você. Já demonstrou bastante entusiasmo.

Fez-se então um longo silêncio. Robert a observou pousar a caneca na mesinha de cabeceira e esfregar as mãos.

– Ainda está com frio, não é? – perguntou ele.

Ela assentiu, puxando as pernas para junto do corpo a fim de conservar o calor.

– Deite aqui – disse ele.

Ela girou lentamente a cabeça na direção dele.

– Com certeza está brincando.

– Nós dois ficaremos mais aquecidos se juntarmos o calor de nossos corpos.

Para sua surpresa, ela riu.

– Não fazia ideia de que você tinha ficado tão criativo, Robert.

– Não estou inventando. Sabe que estudei ciências exaustivamente na faculdade. A dinâmica do calor era uma das minhas matérias favoritas.

– Robert, recuso-me a comprometer…

– Ah, vamos, Torie, você não poderia se comprometer mais do que isso. – O que foi a coisa errada a dizer, concluiu, ao ver a expressão aflita no rosto dela. – O que quis dizer – continuou ele – é que, se alguém souber que passou a noite aqui comigo, vão logo imaginar o pior. Independentemente de nos comportarmos ou não com decoro. Ninguém se importará.

– Eu me importo.

– Victoria, não vou seduzi-la. Não poderia nem se eu quisesse. Meu corpo está tão gelado… Confie em mim, não estou em perfeitas condições de funcionamento.

– Você ainda está com frio? – perguntou ela.

Ele conteve o sorriso. Claro! Victoria não se aconchegaria com ele na cama para se aquecer, mas seu coração era grande o bastante para que fizesse isso por sua causa.

– Congelando – disse ele, e então bateu os dentes algumas vezes para dar veracidade à afirmação.

– E se eu me deitar ao seu lado na cama irei aquecê-lo?

Ela parecia não acreditar.

Ele assentiu, conseguindo manter uma expressão sincera no rosto porque não estava tecnicamente mentindo. *Ficaria* mais quente com o calor de outro corpo ao seu lado.

– E eu também ficarei mais aquecida?

Ela estremeceu.

Os olhos dele se estreitaram.

– Você anda mentindo para mim, não é? Ainda está congelando. Ficou andando pela casa, cuidando das minhas necessidades e não pensou em seu próprio bem-estar.

Ele se aproximou alguns centímetros, depois estendeu a mão para fora das cobertas. As mantas escorregaram, desnudando seu peito forte e musculoso.

– Robert!

A mão dele se fechou em torno do pé descalço dela.

– Meu Deus! – exclamou. – Você está mais fria do que eu.

– Só os meus pés. As tábuas do piso...

– Anda! – rugiu ele.

Victoria entrou apressada para debaixo dos cobertores. Robert passou o braço em volta dela e a puxou para seu lado.

– Tenho certeza de que isso não é necessário! – protestou Victoria.

– Ah, é necessário.

Victoria engoliu em seco quando Robert a puxou para mais perto dele. As costas dela estavam pressionadas contra a frente do corpo dele, e a única coisa que havia entre a pele nua dos dois era uma fina camada de seda. Ela não estava inteiramente certa de como acabara naquela posição. Robert de alguma forma a manipulara sem que ela percebesse.

– Ainda estou com frio – disse ela, irritada.

Quando ele falou, as palavras saíram quentes contra a orelha dela.

– Não se preocupe. Temos a noite toda.

Victoria cutucou as costelas dele. Com força.

– Ai! – Robert afastou-se e esfregou o local dolorido. – Por que isso?

– Temos a noite toda – imitou ela. – Sério, Robert, não pode ser mais insultante. Estou lhe fazendo um favor...

– Eu sei.

– ...deitando-me aqui ao seu lado, e... – Ela ergueu os olhos. – O que você disse?

– Disse "Eu sei". Está me fazendo um maravilhoso favor. Já me sinto mais aquecido.

Isso a acalmou um pouco, e tudo o que conseguiu dizer foi:

– Humpf.

Não foi seu momento mais brilhante, percebeu ela.

– Seus pés, no entanto, continuam gélidos.

Victoria fez uma careta.

– Eles irradiam o frio, não é?

– Não se pode irradiar frio – disse ele, de repente soando bastante acadêmico. – Objetos frios sugam o calor do ar circundante, o que faz com que pareça que irradiam o frio, mas, na verdade, só se pode irradiar calor.

– Ah – disse Victoria, sobretudo para que soubesse que estava ouvindo.

– É um equívoco comum.

Aquilo pareceu ser o fim da conversa, o que deixava Victoria bem onde começara – deitada na cama ao lado de um homem que *não* usava roupa alguma. E ela, com sua camisola escandalosamente decotada – aquilo era demais. Victoria tentou afastar-se pelo menos alguns centímetros, mas o braço dele, embora frio, parecia bem forte. Robert não tinha nenhuma intenção de deixá-la escapar para o outro lado da cama.

Victoria trincou os dentes com tanta força que pensou que a mandíbula fosse quebrar.

– Vou dormir – declarou ela com firmeza, depois fechou os olhos.

– É mesmo? – indagou Robert, deixando claro pelo tom de voz que não acreditava que ela conseguiria.

– É – disse ela, os olhos ainda fechados. Duvidava que pegaria logo no sono, mas sempre fora muito boa em fingir que dormia. – Boa noite.

Vinte minutos depois, Robert olhou para Victoria, surpreso. Os cílios dela estavam fechados e seu peito subia e descia em um ritmo regular e suave.

– Não posso acreditar que ela dormiu – murmurou.

Não queria ter que soltá-la, mas seu braço estava ficando dormente, então rolou para o lado com um suspiro alto e fechou os olhos.

A poucos centímetros de distância, Victoria reabriu os olhos e deixou escapar um pequeno sorriso.

CAPÍTULO 18

Na manhã seguinte, quando Victoria acordou, havia um braço nu jogado por cima de seu ombro e uma perna também nua sobre seu quadril. O fato de os dois membros estarem ligados a um homem sem roupas fez seu coração disparar.

Ela se desvencilhou dele com cuidado e saiu da cama, puxando um cobertor para cobrir parte da pele que a camisola azul deixava à mostra. Acabara de alcançar a porta quando ouviu Robert se mexer. Victoria segurou a maçaneta, esperando poder escapar antes que ele abrisse os olhos, mas nem sequer girou a mão quando ouviu um sonolento "Bom dia" atrás dela.

Não havia mais o que fazer se não voltar.

– Bom dia, Robert.

– Espero que tenha dormido bem.

– Como um bebê – mentiu ela. – Se me der licença, vou trocar de roupa.

Ele bocejou, esticou-se e disse:

– Imagino que seu vestido esteja destruído.

Ela engoliu em seco, tinha se esquecido do estrago que seu único vestido sofrera no dia anterior. O vento, a chuva, as rochas e a água salgada haviam-no deixado sem conserto. Ainda assim, com certeza era mais apropriado e respeitável do que o que vestia naquele momento, e foi o que lhe disse.

– Que pena – disse ele. – A camisola azul fica tão linda em você.

Ela bufou e ajustou o cobertor em volta do corpo.

– É indecente, e tenho certeza de que era isso que você pretendia quando a comprou.

– Na verdade – disse ele, pensativo –, você a preenche de forma ainda mais encantadora do que eu sonhava.

Victoria imaginou que "encantadora" era um eufemismo para alguma outra coisa e logo saiu do quarto. Não queria ser objeto dos comentários de duplo sentido de Robert. Pior ainda, tinha muito medo de que ele estivesse começando a vencê-la pelo cansaço. Detestava pensar no que poderia fazer se ele tentasse beijá-la de novo.

Provavelmente retribuiria o beijo. Que pesadelo.

Entrou no quarto dela, onde o vestido arruinado estava estendido na cama. A água salgada o deixara endurecido e ela teve de esticar o material até voltar a ficar flexível o bastante para vesti-lo. Ela deixou a camisola azul no corpo como uma roupa de baixo; a sua estava pinicando a pele como o diabo e tinha um pedaço de alga preso na alça.

Quando se colocou diante do espelho, não pôde conter um gemido alto. Estava horrível. Não havia salvação para seu cabelo. Não teria como modelá-lo de modo adequado sem lavá-lo para tirar o sal, e em sua inspeção superficial da casa não encontrara nenhum sabão. Seu vestido estava sofrivelmente amassado, rasgado em quatro lugares aparentes – não, em cinco, percebeu ao inspecionar a bainha. Ainda assim, cobria seu corpo melhor do que o que usava antes.

E se não estava em sua melhor aparência para Robert... Bem, ele a sequestrara. Então estava ótima assim.

Robert, franco como era, não tentou esconder o fato de que sua aparência não estava dentro dos padrões habituais.

– Parece que foi atacada por cães – disse ele quando se cruzaram no corredor.

Ele também se vestira, mas, ao contrário de Victoria, sua aparência estava impecável. Imaginou que ele devia deixar uma muda de roupa na casa para não ter que fazer as malas para viagens como aquela.

Ela revirou os olhos e disse:

– Elogios não o levarão a lugar algum.

Em seguida passou por ele e desceu a escada.

Robert entrou na cozinha atrás dela com ar alegre.

– É mesmo? Então qual é o caminho para o seu coração? Aceito de bom grado todo e qualquer conselho.

Victoria nem hesitou antes de dizer:

– Comida.

– Comida? Sério? Isso é tudo de que preciso para impressioná-la?

Era difícil ficar mal-humorada quando ele estava sendo tão cordial, mas ela tentou ao máximo.

– Com certeza seria um começo.

Então, como que para reforçar o que dissera, o estômago dela roncou alto.

Robert fez uma careta.

– Sinto-me do mesmo jeito – disse ele, com a mão na barriga, que agora parecia côncava.

Na noite anterior, estava com muito frio para seduzir Victoria; naquela manhã, estava com muita fome.

Olhou para o rosto dela. Victoria o encarava como se dissesse algo e ele não ouvisse.

– Hã, estava falando comigo? – perguntou ele.

Ela fechou o rosto e repetiu:

– Não posso sair assim.

Ele piscou, ainda rindo para si mesmo ao imaginar ele e Victoria fazendo amor e desmaiando de fome no meio do ato.

– Robert – disse ela com impaciência –, você vai ou não para a cidade? Precisamos de comida e necessito de algo para vestir.

– Está bem – disse ele, resmungando e sorrindo ao mesmo tempo. – Eu vou. Mas exijo pagamento.

– Ficou louco? – exclamou ela, a voz quase estridente. – Primeiro você me sequestra, ignorando completamente minha vontade, então quase me afogo tentando salvá-lo e agora tem a ousadia de me dizer que devo pagar para comer?

Robert ergueu um canto da boca em um sorriso preguiçoso.

– Só um beijo – disse ele.

Então, antes que ela tivesse a chance de reagir, ele a puxou contra seu corpo e a beijou com intensidade.

Ele havia pretendido que fosse um beijo de provocação, um beijo apenas divertido, mas no instante em que seus lábios tocaram os dela, viu-se tomado por uma ânsia que eclipsava qualquer coisa que seu estômago sentira naquela manhã. Ela era perfeita em seus braços, pequena, quente e delicada e tudo o que sonhara que uma mulher podia ser.

Ele tocou a língua dela com a sua, maravilhando-se com aquele calor suave. Ela estava cedendo – não, já havia cedido, e agora retribuía suas afeições.

Robert sentiu aquele beijo em sua alma.

– Você vai voltar a me amar – sussurrou.

Então descansou o queixo na cabeça dela e só a segurou bem junto a si. Às vezes, aquilo era o suficiente. Às vezes, apenas senti-la em seus braços era tudo de que precisava. Seu corpo não ardia de desejo, sua masculinidade não enrijecera e latejava. Ele só precisava abraçá-la.

Eles ficaram assim por um minuto. Então ele se afastou e viu a expressão confusa no rosto dela. Antes que Victoria pudesse dizer algo que ele não queria ouvir, abriu um sorriso alegre e disse:

– Seu cabelo cheira a alga.

Isso lhe valeu um golpe na cabeça com o saco de açúcar vazio que Victoria tinha em mãos. Robert apenas riu, grato por ela não estar segurando um rolo de macarrão.

~

Cerca de uma hora depois que Robert saiu para fazer compras, Victoria percebeu que os dois tinham desconsiderado um ponto importante. MacDougal levara a carruagem para Londres. Até onde sabia, não havia outro cavalo ali para Robert ir até a cidade. Ela não havia inspecionado a propriedade com muita atenção no dia anterior, mas com certeza não vira nenhuma construção que pudesse abrigar um estábulo.

Victoria não estava preocupada com o fato de Robert ter que ir caminhando até a cidade. O dia estava perfeitamente agradável, sem nenhum sinal da tempestade do dia anterior, e o exercício lhe faria bem. Mas ela se perguntava como carregaria as compras para casa. Os dois estavam famintos - ele teria que comprar muita comida. E, é claro, ela precisava de um novo vestido ou dois.

Victoria balançou a cabeça e decidiu não se preocupar com isso. Robert era muito engenhoso e adorava fazer planos. Ela sabia que ele conseguiria resolver aquele pequeno dilema.

Ela ficou caminhando sem rumo pela casa, examinando-a com mais atenção que no dia anterior. A casa era encantadora, e ela não entendia como Robert podia suportar morar em outro lugar. Provavelmente estava acostumado a acomodações mais grandiosas. Victoria deixou escapar um suspiro pesaroso. Uma casa como aquela era tudo o que mais queria. Bonita, arrumada, acolhedora, com uma bela vista para o mar. Como alguém poderia querer outra coisa?

Ao perceber que estava ficando sentimental, Victoria procurou se concentrar de novo e continuou sua inspeção. Sabia que estava invadindo a privacidade de Robert ao vasculhar suas gavetas e armários, mas não se sentia culpada. Afinal, ele a sequestrara. Então tinha alguns direitos como vítima naquela pequena trama.

E, por mais que não gostasse de admitir, sabia que estava procurando por partes de si mesma. Será que Robert havia guardado lembranças do namoro dos dois, recordações de seu amor? Não era realista pensar que ele teria levado essas coisas para aquela casa mesmo que tivesse guardado, mas não conseguia deixar de procurar.

Estava se apaixonando por ele de novo. Robert estava vencendo suas resistências, assim como dissera que faria. Ela se perguntava se havia alguma forma de reverter a maré. Claro que não *queria* amá-lo.

Victoria voltou para o quarto dele e abriu a porta do que imaginava ser seu quarto de vestir. No canto havia uma banheira, e na banheira... Seria possível? Ela olhou com mais atenção. Isso mesmo, presa ao fundo da banheira havia uma barra de sabonete meio usada que alguém - provavelmente Robert - se esquecera de tirar dali. Victoria nunca antes se sentira tão agradecida pela falta de organização de alguém. A última vez que tentara passar a mão pelos cabelos, ela ficara presa nele. Poder lavar o cabelo e tirar o sal era a coisa mais próxima do paraíso que podia imaginar.

Robert com certeza ficaria fora por várias horas. Teria tempo suficiente para desfrutar de um banho quente. Com um grunhido de esforço, Victoria tirou a banheira do quarto de vestir e levou-a para o quarto de Robert, onde a luz do sol entrava pelas janelas. De repente, se sentindo muito desconfortável com a ideia de tomar banho nos aposentos dele, levou a banheira pelo corredor até o quarto dela. Tentou tirar o sabonete do metal, mas parecia grudado. Decidiu desistir. A água quente provavelmente o soltaria.

Foram necessárias quase meia hora e várias viagens subindo e descendo as escadas, mas, por fim, Victoria conseguira encher a banheira de água fumegante. Só de vê-la, já sentiu o corpo estremecer de expectativa. Tirou a roupa o mais rápido possível e entrou na água. Estava tão quente que queimava a pele, mas estava limpa e parecia de fato o paraíso.

Victoria suspirou satisfeita enquanto entrava lentamente na banheira de metal. Observou as manchas brancas de sal grudadas à sua pele se dissolverem na água, então mergulhou sob a superfície para molhar o cabelo. Depois de um bom tempo feliz naquela imersão, usou o pé esquerdo para cutucar o sabonete ainda preso ao fundo.

Não se movia.

– Ah, vamos – murmurou ela. – Já se passaram uns bons vinte minutos.

Ocorreu-lhe, então, que falava com uma barra de sabonete, mas, depois do que passara nas últimas 48 horas, achou que tinha o direito de agir de maneira um pouco estranha se quisesse.

Ela trocou para o pé direito e fez mais força. Com certeza aquela coisa já devia estar mais solta.

– Mexa-se! – ordenou ela, pressionando o calcanhar.

Mas o sabonete estava escorregadio e tudo o que conseguiu foi fazer seu pé deslizar sobre ele.

– Ah, maldição – murmurou ela, sentando-se.

Teria de usar as mãos para soltá-lo. Enfiou as unhas nele e o puxou. Então teve uma ideia melhor e o torceu. Por fim sentiu que o sabonete começava a se mover e, após mais alguns segundos torcendo e puxando, tinha pelo menos parte da barra nas mãos.

– A-ha! – gritou ela, sentindo-se triunfante, mesmo que seu inimigo fosse apenas um sabonete idiota. – Venci. *Eu* venci. Eu *venci!*

– Victoria!

Ela congelou.

– Victoria, com quem você está falando?

Robert. Como raios ele poderia ter ido até a cidade e voltado em tão pouco tempo? Isso sem falar que ainda teve de fazer compras. Ele só estava fora havia uma hora. Ou duas?

– Comigo mesma! – gritou ela de volta, ganhando tempo.

Santo Deus, ele estava de volta e ela ainda não tinha nem lavado o cabelo. Maldição. Queria *muito* lavar o cabelo.

Victoria ouviu os passos de Robert na escada.

– Não quer nem saber o que comprei?

Não tinha jeito. Teria de falar a verdade, então gritou:

– Não entre aqui!

Os passos pararam.

– Victoria, está tudo bem?

– Sim, estou... Só estou...

Após vários segundos, Robert falou de trás da porta:

– Você planeja completar a frase?

– Estou tomando banho.

Mais silêncio, então:

– Posso ver.

Victoria engoliu em seco.

– Eu preferiria que não.

– Não o quê?

– Visse. Que não me visse, quero dizer.

Ele deixou escapar um gemido tão alto que Victoria conseguiu ouvir pela porta. Era impossível não pensar que ele a imaginava na banheira e...

– Precisa de toalha?

Victoria expirou, mais do que feliz por ele ter interrompido seus pensamentos, que a levavam em uma direção muito perigosa.

– Não – respondeu ela. – Tenho uma aqui.

– Que pena – murmurou ele.

– Encontrei-a com a roupa de cama – esclareceu ela, porque sentia que devia dizer alguma coisa.

– Precisa de sabonete?

– Encontrei um preso à banheira.

– Quer algo para comer? Trouxe meia dúzia de folhados.

O estômago de Victoria roncou, mas ela disse:

– Como mais tarde, se não se importar.

– Precisa de *alguma* coisa?

Ele soava quase desesperado.

– Não, na verdade, não, embora...

– Embora o quê? – disse ele rapidamente. – Do que você precisa? Eu ficaria feliz em trazer para você. Maravilhado. Qualquer coisa para deixá-la mais confortável.

– Lembrou de comprar um vestido para mim? Vou precisar de algo para vestir. Poderia até colocar este de novo, mas está pinicando muito por causa do sal.

Victoria o escutou dizer:

– Só um instante. Não se mova. Não vá a lugar nenhum.

– Como se eu pudesse ir a algum lugar assim – disse para si mesma, olhando para o corpo nu.

Um minuto depois, ouviu Robert vindo depressa pelo corredor.

– Voltei! – disse ele. – Trouxe seu vestido. Espero que sirva.

– Qualquer coisa seria melhor que... – Victoria arfou ao ver a maçaneta da porta girar. – O que está fazendo? – gritou.

Felizmente, a maçaneta parou na mesma hora. Imaginou que até mesmo Robert soubesse quando estava indo longe demais.

– Trazendo seu vestido – disse ele com um tom de indagação na voz.

– Só abra a porta alguns centímetros e o deixe aí mesmo – instruiu ela.

Um instante de silêncio e então:

– Não posso entrar?

– Não!

– Ah.

Ele parecia um estudante desapontado.

– Robert, com certeza você não achou que eu permitiria que entrasse enquanto estou tomando banho.

– Tinha esperança... – disse ele, as palavras dando lugar a um suspiro magoado.

– Só deixe o vestido aí.

Ele fez o que ela pediu.

– Agora feche a porta.

– Gostaria que eu deixasse um folhado também?

Victoria ponderou a distância entre a banheira e a porta. Teria de sair da banheira para pegar a comida. Não era uma ideia atraente, mas, por outro lado, seu estômago roncou ao pensar em um folhado de carne.

– Poderia fazê-lo deslizar pelo chão? – perguntou ela.

– Não vai ficar sujo?

– Não me importo.

Não mesmo. Estava com muita fome.

– Muito bem. – A mão dele apareceu a uns 2 centímetros do chão. – Em que direção?

– Perdão?

– Em que direção devo lançar o folhado? Não quero mandá-lo para longe de você.

Victoria pensou que o que deveria ser uma tarefa muito simples estava se transformando em um empreendimento complicado e se perguntou se por acaso ele não havia encontrado um lugar por onde espiá-la. Talvez estivesse só protelando enquanto a observava. Talvez pudesse ver seu corpo nu. Talvez...

– Victoria?

Então ela pensou na precisão científica com que ele abordava tudo o que fazia. O louco provavelmente queria mesmo saber para que lado lançar o folhado.

– Estou na direção de uma hora – disse ela, erguendo a mão esquerda da banheira e sacudindo-a para secá-la.

Robert girou a mão um pouco para a direita e lançou o folhado pelo piso de madeira. O salgado parou quando bateu na banheira de metal.

– Bem no alvo! – gritou Victoria. – Pode fechar a porta agora.

Nada.

– Eu disse que você pode fechar a porta agora! – repetiu ela, a voz um pouco mais severa.

Outro suspiro magoado, e então a porta se fechou.

– Vou esperar na cozinha – disse ele com voz fraca.

Victoria teria respondido, mas estava de boca cheia.

Robert sentou-se num banquinho e deixou a cabeça cair desanimadamente na mesa de madeira da cozinha. Primeiro, estava com muito frio. Depois com fome. Mas agora... Bem, para ser franco, agora seu corpo estava em perfeito estado de funcionamento e Victoria estava nua na banheira, e ele estava...

Gemeu. Não estava *nada* confortável.

Procurou ocupar-se na cozinha, guardando parte dos mantimentos que comprara. Não estava acostumado à tarefa, mas era raro trazer muitos empregados para a casa de Ramsgate, então estava um pouco mais à vontade ali do que estaria em Castleford ou em Londres. Além disso, não havia muito que guardar; pedira aos comerciantes que entregassem a maior parte das compras. Só levara consigo o que estava pronto para ser consumido imediatamente.

Robert terminou sua tarefa colocando dois pãezinhos na caixa de pão e voltou para o banco, esforçando-se ao máximo para não imaginar o que Victoria estaria fazendo naquele momento.

Não deu certo, e começou a sentir tanto calor que teve de abrir uma janela.

– Pare de pensar nela – murmurou. – Não há necessidade de pensar em Victoria. Há milhões de pessoas neste planeta e ela é apenas uma delas. Há uma série de planetas, também. Mercúrio, Vênus, Terra, Marte...

Robert logo terminou de enumerar os planetas e, desesperado por concentrar-se em qualquer coisa que não fosse Victoria, começou a pensar na taxonomia de Lineu.

– Reino, filo, depois...

Fez uma pausa. Tinha ouvido um passo? Não, devia estar só imaginando. Suspirou e voltou:

– ... classe, ordem, família e depois... E depois...

Droga, o que vinha depois?

Robert começou a bater com o punho na mesa, tentando lembrar.

– Droga, droga, droga – dizia, pontuando cada batida.

Sabia que estava um pouco irritado demais por não se lembrar de um termo científico simples, mas a tarefa assumira proporções desmedidas. Victoria estava lá em cima na banheira e...

– Gênero! – praticamente gritou. – Gênero e depois espécie!

– Como?

Robert virou a cabeça depressa. Victoria estava parada à entrada, o cabelo ainda úmido. O vestido que comprara tinha ficado um pouco comprido e arrastava no chão, mas, fora isso, serviu perfeitamente bem. Ele limpou a garganta.

– Você está... – Teve de limpar a garganta de novo. – Está linda!

– Muito obrigada – disse ela automaticamente. – Mas o que você estava gritando?

– Nada.

– Eu poderia jurar que você estava dizendo algo sobre um gênio especial.

Ele olhou para Victoria, certo de que sua virilidade havia drenado parte da energia de seu cérebro, porque não tinha a menor ideia do que ela estava falando.

– O que isso significa? – perguntou ele.

– Não sei. Por que você disse isso?

– Eu não disse isso. Eu disse "gênero e espécie".

– Ah. – Ela fez uma pausa. – Isso explicaria tudo, imagino, se eu soubesse o que significa.

– Significa... – Ele ergueu os olhos. Victoria tinha um ar de ansiedade divertido no rosto. – É um termo científico.

– Entendo – disse ela devagar. – E havia alguma razão para você estar gritando isso a plenos pulmões?

– Sim – disse ele, concentrando-se na boca de Victoria. – Havia.

– Havia?

Ele deu um passo na direção dela, depois outro.

– Sim. Eu estava tentando não pensar em algo.

Ela, então, umedeceu nervosamente os lábios e corou.

– Ah, entendo.

Ele se aproximou ainda mais.

– Mas não funcionou.

– Nem um pouco? – guinchou ela.

Ele balançou a cabeça, tão perto agora que seu nariz quase roçava o dela.

– Ainda desejo você. – Ele deu de ombros, como quem se desculpa. – Não consigo evitar.

Ela não fez nada além de olhar para ele. Robert concluiu que era melhor do que uma rejeição direta e tocou a cintura dela.

– Procurei um lugar para espiar pela porta – disse ele.

Ela não parecia surpresa quando sussurrou:

– E encontrou?

Ele negou com a cabeça.

– Não. Mas tenho uma imaginação muito boa. – Ele se inclinou para a frente e roçou de leve os lábios dela com um beijo – Não tão boa quanto a realidade, receio, mas foi o suficiente para me levar ao meu estado atual de extremo e prolongado desconforto.

– Desconforto? – repetiu ela, os olhos se arregalando e ficando desfocados.

– Sim.

Ele a beijou mais uma vez, outro toque suave com a intenção de provocar, não invadir.

De novo, ela não deu sinal de querer se afastar. As esperanças de Robert aumentavam, assim como sua excitação. Mas ele manteve seu desejo sob controle, sentindo que ela precisava ser seduzida por palavras, assim como por ações. Então tocou o rosto dela e sussurrou:

– Posso beijá-la?

Ela pareceu surpresa por ele ter perguntado.

– Você acabou de fazer isso.

Ele sorriu de modo preguiçoso.

– Tecnicamente, suponho que isso – ele depositou outro daqueles beijos suaves em sua boca – se qualifica como um beijo. Mas o que quero fazer com você é tão diferente que parece um crime contra as palavras chamá-lo do mesmo jeito.

– Co... Como assim?

A curiosidade dela o animou.

– Acho que você sabe – disse ele, sorrindo. – Mas só para refrescar sua memória...

Ele inclinou a boca contra a dela e a beijou com intensidade, mordiscando os lábios e explorando-a com a língua.

– Isso está mais na linha do que eu pretendia.

Ele podia senti-la ser levada na maré da paixão. A pulsação dela havia disparado e a respiração estava cada vez mais acelerada. Sob sua mão, ele sentia a pele dela quente através do tecido fino do vestido. A cabeça de

Victoria tombou para trás enquanto ele beijava seu pescoço, deixando uma trilha ardente.

Ela estava cedendo. Podia sentir isso.

As mãos de Robert desceram e se curvaram em torno do traseiro dela, puxando-a firmemente contra ele. Não havia como negar a excitação dele e, quando ela não se afastou de imediato, Robert tomou aquilo como um sinal de concordância.

– Suba comigo – sussurrou ele em seu ouvido. – Venha e me deixe amar você agora.

Ela não congelou em seus braços, mas ficou estranhamente quieta.

– Victoria? – sussurrou em tom áspero.

– Não me peça para fazer isso – disse ela, virando o rosto.

Ele praguejou baixinho.

– Quanto tempo vai me fazer esperar?

Ela não disse nada.

Ele segurou-a com mais força.

– Quanto tempo?

– Você não está sendo justo comigo. Sabe que não posso... Não é certo.

Ele a soltou tão bruscamente que ela chegou a tropeçar.

– Não existe nada mais certo do que isso, Victoria. Você só não quer enxergar.

Ele olhou com avidez para ela por um último instante, sentindo-se irritado e rejeitado demais para se preocupar com a expressão angustiada no rosto dela. Então se virou e saiu da sala.

CAPÍTULO 19

Victoria fechara os olhos contra a amargura dele, mas não os ouvidos. Os passos irritados de Robert ecoaram pela casa, terminando com o barulho alto da porta de seu quarto batendo.

Ela se recostou contra a parede da cozinha. Do que tinha tanto medo? Não podia mais negar que gostava de Robert. Nada tinha o poder de alegrar seu coração como um sorriso dele. Mas deixá-lo fazer amor com ela era tão permanente. Teria de esquecer a raiva que ainda guardava dentro de si. Em algum momento, aquela raiva se tornara parte de quem era e nada a aterrorizava mais do que perder a noção de si mesma. Fora a isso que se agarrara quando era preceptora. *Eu sou Victoria Lyndon*, dizia a si mesma depois de um dia difícil. *Ninguém pode tirar isso de mim.*

Victoria cobriu o rosto com as mãos e suspirou. Seus olhos ainda estavam fechados, mas não conseguia deixar de ver a expressão ardente de Robert. Podia ouvir a voz dele em sua mente, e ele dizia "Eu te amo", sem parar. Então ela inspirou. Suas mãos estavam com o cheiro dele: uma mistura de sândalo e couro. Era avassalador.

– Preciso sair daqui – murmurou ela, então atravessou a sala até a porta que levava ao jardim dos fundos da casa.

Já do lado de fora, inspirou profundamente o ar fresco. Ajoelhou-se na grama e tocou as flores.

– Mamãe – sussurrou. – Você está me ouvindo?

Nenhum raio cruzou o céu, mas o sexto sentido lhe disse para virar e, ao fazer isso, viu Robert pela janela do quarto. Ele estava sentado no peitoril da janela, de costas para ela. A postura parecia triste e desolada.

Estava ferindo os sentimentos dele. Agarrava-se à sua raiva porque sentia que era o que a protegia, mas tudo o que estava fazendo era magoar a única pessoa que...

A flor em sua mão se partiu ao meio. Estava mesmo prestes a dizer que o amava?

Victoria se levantou como se erguida por alguma força invisível. Havia algo mais em seu coração agora. Não tinha certeza se era amor, mas era algo bom e suave, e tinha afastado a raiva. Sentia-se mais livre do que em muito anos.

Olhou de novo para a janela dele. Robert apoiava a cabeça nas mãos. Aquilo não estava certo. Não podia continuar a feri-lo daquele jeito. Ele era um homem bom. Um pouco dominador às vezes, pensou com um sorriso hesitante, mas um homem bom.

Victoria entrou na casa e subiu para o quarto em silêncio.

Permaneceu imóvel em sua cama por um minuto. Poderia mesmo fazer aquilo? Fechou os olhos e assentiu. Então, respirando fundo, levou as mãos trêmulas ao fecho do vestido.

Em seguida, vestiu a camisola azul, deslizando as mãos pela maciez do tecido. Sentia-se transformada.

E finalmente admitiu para si mesma o que sempre soubera: queria Robert. Ela o queria e queria saber que ele a queria. A questão do amor ainda era muito assustadora para confrontar, até mesmo em sua mente, mas seu desejo era forte e impossível de negar. Com uma firmeza de propósito que não sentia havia muito tempo, Victoria foi até a porta do quarto dele e girou a maçaneta.

Ele a trancara.

Ela ficou sem ação. Girou mais uma vez, só para ter certeza. Definitivamente estava trancada.

Ela quase desabou no chão, frustrada. Tomara uma das decisões mais importantes de sua vida e ele trancara a maldita porta.

Victoria estava quase decidida a se virar e voltar para seu quarto, onde poderia amargar sozinha a decepção. O infeliz nunca saberia o que havia perdido. Mas então percebeu que ela também nunca saberia. E queria se sentir amada.

Ergueu a mão e bateu na porta.

Robert levantou a cabeça, surpreso. Pensara ter ouvido o barulho da maçaneta, mas concluíra que devia ser apenas o rangido de uma construção antiga. Nem em seus sonhos mais loucos imaginaria que Victoria iria até ele por vontade própria.

Mas então ouviu algo diferente. Uma batida. O que ela poderia querer?

Ele atravessou o quarto a passos largos e abriu a porta.

– O que você...

Ele ficou sem ar.

Não sabia o que esperar, mas certamente não aquilo. Victoria estava com a sedutora camisola que ele lhe deu, e desta vez não se cobria com uma colcha. A seda azul ressaltava todas as suas curvas, o decote descia para revelar a delicada área entre os seios e uma longa fenda lateral deixava visível uma de suas pernas.

O corpo de Robert se enrijeceu na mesma hora. De algum jeito, ainda conseguiu pronunciar o nome dela. Não foi fácil; sua boca estava completamente seca.

Ela estava parada diante dele, as mãos trêmulas apesar do porte orgulhoso.

– Tomei uma decisão – disse ela com um tom de voz mais baixo.

Ele inclinou a cabeça, sem se atrever a falar.

– Eu quero você – disse ela. – Se ainda me quiser.

Robert ficou paralisado, tão incapaz de acreditar no que estava ouvindo que não conseguia se mexer.

Ela ficou desapontada.

– Sinto muito – disse Victoria, interpretando mal a falta de ação dele. – Que comportamento terrível o meu. Por favor, esqueça que...

O resto de sua frase se perdeu quando Robert a agarrou contra seu corpo, as mãos percorrendo descontroladamente o corpo dela. Robert queria devorá-la – queria envolver o corpo dela e nunca mais soltá-la. Sua reação foi tão avassaladora que temia tê-la assustado com sua paixão. Com a respiração ofegante, afastou-se poucos centímetros dela.

Ela olhou para ele com os olhos azuis arregalados e questionadores.

Robert conseguiu esboçar um sorriso trêmulo.

– Ainda quero você – disse ele.

Por um segundo, Victoria não reagiu. Então riu. O som era quase musical e fez mais pela alma dele do que a Igreja Anglicana jamais conseguira. Robert tomou o rosto dela nas mãos com uma delicadeza reverente.

– Eu amo você, Torie – disse ele. – Sempre vou amar.

Ela não reagiu de imediato. Por fim, ficou na ponta dos pés e beijou-lhe os lábios de leve.

– Ainda não posso falar em "para sempre" – sussurrou ela. – Por favor, não...

Ele entendia e a poupou de terminar a frase, reivindicando sua boca mais uma vez em um beijo ávido e possessivo. Não se importava que ela ainda não estivesse pronta para o "para sempre". Logo estaria. Ele lhe provaria que o amor dos dois era eterno. E faria isso com as mãos, os lábios e as palavras.

Suas mãos deslizaram pelo corpo dela, a seda da camisola embolando sob seus dedos. Ele podia sentir cada curva de Victoria através do tecido fino.

– Vou lhe mostrar o que é o amor – sussurrou ele. Então se curvou e pressionou os lábios contra a pele macia do seio dela. – Vou amar você aqui.

Ele moveu os lábios para o pescoço de Victoria.

– E aqui.

Em seguida, apertou as nádegas dela.

– E aqui.

Ela gemeu, um som rouco e sensual que veio do fundo da garganta. Robert de repente duvidou de sua capacidade de permanecer de pé. Então a pegou nos braços e levou-a para a cama. Enquanto a deitava, ele disse:

– Vou te amar em todos os lugares.

Ela ficou sem ar. Robert olhava fixamente para Victoria, e ela se sentiu terrivelmente exposta, como se ele conseguisse ver dentro de sua alma. Então ele deitou ao seu lado, e ela se perdeu no calor do corpo dele e na paixão do momento. O corpo dele era rijo e forte, quente e avassalador. Os sentidos de Victoria flutuavam.

– Quero tocar você – sussurrou ela, mal conseguindo acreditar em sua própria ousadia.

Ele pegou a mão dela e levou-a até o peito. A pele de Robert ardia, e ela podia sentir o coração dele bater sob seus dedos.

– Sinta-me – murmurou ele. – Sinta o que você faz comigo.

Tomada pela curiosidade, Victoria sentou-se, com as pernas por baixo do corpo. Viu a dúvida nos olhos de Robert, sorriu e murmurou suavemente:

– Shhh.

Ela deixou seus dedos deslizarem para a pele lisa do abdômen dele, hipnotizada pela forma como os músculos saltavam ao seu toque. Sentiu que ele exercia um controle incrível. Era uma sensação muito poderosa saber que podia fazê-lo ficar assim, a respiração ofegante e difícil, os músculos tensos.

Victoria sentia-se ousada. Sentia-se selvagem e impulsiva. Queria o mundo inteiro e queria naquela tarde. Inclinava-se para a frente, provocando-o com sua proximidade, depois se afastava, sentindo-se zonza e eufórica. Sua mão deslizou até tocar a cintura da calça dele.

Robert arfou e cobriu depressa a mão dela com a sua.

– Ainda não – disse ele com voz rouca. – Não consigo me controlar... Não ainda.

Victoria ergueu a mão.

– Diga-me o que fazer – pediu ela. – O que você quiser.

Robert olhou para ela sem conseguir falar.

Ela se inclinou em sua direção.

– Tudo o que quiser – sussurrou ela. – Qualquer coisa.

– Quero sentir suas mãos em mim de novo – disse por fim. – As duas.

Ela estendeu o braço, mas parou quando a mão estava a poucos centímetros do ombro dele.

– Aqui?

Ele assentiu, prendendo a respiração quando a mão dela deslizou de seu ombro para o braço. Victoria segurou os bíceps dele.

– Você é muito forte.

– Você me faz forte – disse ele. – Tudo o que é bom em mim... Você me faz assim. Com você, torno-me mais do que eu sou. – Ele deu de ombros, indefeso. – O que estou dizendo não parece fazer sentido. Não sei como explicar. Não tenho palavras.

Os olhos de Victoria se encheram de lágrimas e seu coração ficou apertado por emoções que não queria sentir. Ela levou a mão até a nuca dele.

– Beije-me.

Ele a beijou. Ah, como beijou! Com suavidade no início, provocando-a sem piedade, fazendo o corpo dela ansiar por mais. Então, quando Victoria estava certa de que não poderia resistir a outro segundo daquela tortura sensual, ele envolveu-a com os braços e puxou-a firmemente para junto de seu corpo.

Ele parecia enlouquecido, os movimentos descontrolados. Puxou a seda da camisola dela para cima até ficar embolada na altura da cintura. Separou as pernas dela com uma de suas fortes coxas, e Victoria sentiu o tecido da calça dele roçar sua feminilidade. Era uma sensação tão avassaladora que ela tinha certeza de que teria caído se ele não a estivesse segurando tão junto ao corpo.

– Eu quero você – gemeu ele. – Deus, como eu quero.

– Por favor – implorou ela.

Robert continuou levantando a camisola de seda até passá-la pela cabeça dela e deixá-la esquecida no chão, ao lado da cama. Victoria foi tomada por uma súbita timidez e desviou o olhar, incapaz de vê-lo olhar para ela. Sentiu os dedos dele tocarem seu queixo e, com uma suave pressão, virarem sua cabeça de frente para ele de novo.

– Eu amo você – disse ele, a voz baixa, mas ardente.

Ela não falou o mesmo.

– Você me dirá isso em breve – disse ele, puxando-a para seus braços e deitando-a. – Não estou preocupado. Posso esperar. Por você, eu esperaria pelo resto da vida.

Victoria não sabia direito como Robert conseguiu a proeza, mas, em poucos segundos, não sentia mais a calça dele entre os dois. Era só pele contra a pele, e ela se sentia deliciosamente perto dele.

– Meu Deus, você é tão bonita – sussurrou Robert, apoiando-se nos braços para admirá-la.

Ela tocou o rosto dele.

– Você também.

– Bonito? – disse ele com um sorriso.

Ela assentiu.

– Eu sonhei com você, sabia? Todos esses anos.

– É mesmo?

Victoria inspirou fundo quando a mão dele se fechou ao redor do seio dela, apertando-o com carinho.

– Eu não conseguia parar de sonhar – admitiu ela. – Então percebi que não queria.

Robert deixou escapar um som áspero do fundo da garganta.

– Sonhava com você também. Mas nunca foi assim, nunca foi tão bom. – Então baixou a cabeça até seus lábios estarem a poucos centímetros do seio dela. – Não podia saboreá-la nos meus sonhos.

Os quadris dela arquearam-se, afastando-se da cama, quando a boca dele se fechou no seu mamilo, provocando-a com uma perícia irresistível. Sem perceber o que estava fazendo, os dedos dela se afundaram nos cabelos grossos dele.

– Ah, Robert – gemeu.

Ele sussurrou algo contra seu peito. Ela não conseguiu entender, mas percebeu que não importava. A língua dele traçava sua pele, a respiração dele diabolicamente suave e sedutora. Ele percorreu o pescoço dela com os lábios, murmurando:

– Eu quero mais, Torie. Quero tudo.

Robert abriu as pernas dela e Victoria pôde senti-lo acomodar-se em seu corpo. Ele estava rijo e quente, intimidador e reconfortante ao mesmo tempo. As mãos de Robert estavam sob ela, apertando-lhe o traseiro, puxando-a para mais perto.

– Quero ir devagar – sussurrou ele. – Quero que seja perfeito.

Victoria sentiu a voz falhar de tanta emoção e soube o quanto lhe custara pronunciar aquelas palavras. Ela estendeu a mão e passou os polegares pelas sobrancelhas dele.

– Não há como não ser perfeito – sussurrou ela. – Não importa o que você faça.

Robert olhou para ela, o corpo trêmulo de desejo e perto de explodir de amor. Não podia acreditar em como ela se entregava a ele sem reservas. Ela era franca e sincera e era tudo o que sempre quisera, não apenas em uma mulher, mas da vida.

Mas que diabo, ela *era* sua vida. E não lhe importava quem soubesse. Sentia vontade de gritar a plenos pulmões, bem naquele momento, pouco antes de finalmente torná-la sua. *Eu amo essa mulher*, queria gritar. *Eu amo!*

Ele se posicionou na entrada de sua feminilidade.

– Isso pode doer um pouco – disse Robert.

Ela tocou o rosto dele.

– Você não vai me machucar.

– Eu não quero, mas... – Ele não conseguiu terminar a frase. Ele aprofundou-se dentro dela... Apenas um pouquinho, mas era tão perfeito que perdera a capacidade de falar.

– Ah, meu Deus – exclamou Victoria.

Robert apenas gemeu. Não conseguia dizer mais nada. Qualquer discurso inteligente estava além das suas capacidades. Ele se forçou a ficar parado, esperando sentir os músculos dela relaxarem ao seu redor antes de penetrar mais profundamente nela. Era impossível se conter; seu corpo inteiro ansiava por explodir. Precisou cerrar os dentes, contrair os músculos, contrair *tudo* para manter sua paixão sob controle, mas conseguiu.

Tudo porque a amava. Era uma sensação maravilhosa.

Por fim, avançou o centímetro final e estremeceu de completo e absoluto prazer. Era a mais deliciosa das sensações. Estava dominado pelo desejo mais intenso que sentira na vida, mas, ao mesmo tempo, nunca estivera tão protegido e satisfeito.

– Nós somos um só agora – sussurrou ele, tirando um fio suado de cabelo da testa dela. – Você e eu. Somos uma só pessoa.

Victoria assentiu e respirou fundo. Sentia-se muito estranha. Estranha e, de alguma forma, completa. Robert estava *dentro* dela; e mal podia compreender isso. Era a sensação mais estranha e ao mesmo tempo mais natural que já experimentara. Sentia como se fosse explodir caso se movesse alguns milímetros, e ainda assim ansiava por mais.

– Machuquei você? – sussurrou ele.

Ela balançou a cabeça.

– É tão... estranho.

Ele deixou escapar uma pequena risada.

– Vai melhorar. Eu prometo.

– Não, não é ruim – disse ela, tentando tranquilizá-lo. – Por favor, não pense...

Ele riu de novo enquanto pressionava gentilmente o dedo nos lábios dela.

– Shhh. Deixe-me lhe mostrar. – Então substituiu o dedo pela boca, distraindo-a para que ela não percebesse quando começou a se mover dentro dela.

Ela notou. A primeira deliciosa fricção a fez gritar e, antes que se desse conta, tinha colocado as pernas ao redor dele.

– Ah, Victoria – gemeu Robert. Mas foi um gemido muito feliz.

Moveu-se para a frente de novo, depois para trás, criando lentamente um ritmo tão bonito quanto primitivo.

Victoria se movia com ele, o instinto a guiando onde a experiência não podia ajudar. Sentia algo se formando dentro dela – uma pressão crescente. Não sabia direito se era dor ou prazer e, naquele momento, não importava. Tudo o que sabia era que estava em uma estrada para *algum* lugar e que, se não chegasse logo, explodiria.

Quando chegou ao seu destino, explodiu de qualquer maneira. E, pela primeira vez na vida, soube o que significava estar totalmente em paz com o mundo.

Os movimentos de Robert ficaram frenéticos e então ele também gritou sua explosão e desabou sobre ela. Vários minutos se passaram antes que um deles conseguisse falar.

Robert rolou o corpo, puxando Victoria com ele. Então a beijou gentilmente nos lábios.

– Machuquei você?

Ela balançou a cabeça.

– Sou pesado demais?

– Não. Gostei de sentir seu peso. – Ela corou, sentindo-se um tanto ousada. – Por que você trancou a porta?

– Humm?

– A porta. Estava trancada.

Ele olhou para ela, os olhos azuis calorosos e pensativos.

– Por hábito, imagino. Sempre tranquei minha porta. Com certeza não pretendia deixá-la de fora.

Seus lábios se abriram em um sorriso indolente e satisfeito.

– Gosto muito de sua companhia.

Ela riu.

– Sim, creio que demonstrou isso.

O rosto dele ficou sério.

– Não haverá mais portas fechadas entre nós. As barreiras não têm lugar em nosso relacionamento, sejam portas, mentiras ou mal-entendidos.

Victoria engoliu em seco, sentindo-se emotiva demais para falar. Limitou-se a assentir.

Robert deslizou uma perna por cima dela, trazendo-a para perto.

– Você não vai embora, não é? Sei que estamos no meio do dia, mas podíamos dormir um pouco.

– Sim – disse ela com suavidade.

Então se aninhou nos braços dele, fechou os olhos e mergulhou em um sono tranquilo.

CAPÍTULO 20

Uma hora mais tarde, quando Victoria acordou do cochilo, o rosto radiante de Robert estava a poucos centímetros do dela. Ele estava apoiado sobre o cotovelo, e ela suspeitou que passara o tempo todo observando-a.

– Hoje é um excelente dia para se casar – anunciou ele com grande alegria.

Victoria tinha certeza de que havia escutado errado.

– Perdão?

– Casar. Marido e mulher.

– Você e eu?

– Não, na verdade, acho que os ouriços do jardim precisam se unir em sagrado matrimônio. Eles vivem em pecado há anos. Não posso mais tolerar isso.

– Robert – disse Victoria, rindo.

– E todos aqueles pequenos ouriços ilegítimos. Pense no estigma. Seus pais vêm procriando como coelhos. Ou como ouriços, no caso.

– Robert, esse é um assunto sério.

A frivolidade deixou seus olhos, que então a encararam de modo caloroso e intenso.

– Nunca falei tão sério.

Victoria ficou em silêncio enquanto escolhia as palavras.

– Não acha que hoje é um pouco repentino demais? Casamento é uma questão muito séria. Devemos pensar bastante.

– Não pensei em mais nada o mês inteiro.

Victoria sentou-se, puxando o lençol para cobrir sua nudez.

– Mas eu não. Ainda não estou pronta para tomar esse tipo de decisão.

O rosto de Robert assumiu uma expressão séria.

– Poderia ter pensado nisso antes de bater na minha porta esta tarde.

– Eu não pensei adiante…

– Adiante do quê? – perguntou ele, irritado.

– Tinha ferido seus sentimentos – sussurrou ela. – Eu queria…

Ele saiu da cama e pôs-se de pé em menos de um segundo. Colocou as mãos na cintura e encarou-a furioso, alheio ao fato de que não usava uma única peça de roupa.

– Você fez amor comigo por *pena*? – disparou ele.

– Não!

Ela, no entanto, não estava alheia ao fato de que ele continuava nu, então direcionou sua negação aos joelhos dele.

– Olhe para mim! – ordenou ele, a raiva tornando sua voz terrivelmente áspera.

Ela ergueu os olhos alguns centímetros, depois os baixou de novo.

– Você poderia vestir alguma coisa?

– É um pouco tarde para o recato – replicou ele, mas pegou a calça do chão e a vestiu.

– Não fiz isso por pena – disse ela, erguendo os olhos para o rosto dele, embora preferisse olhar para o teto, para as paredes ou até mesmo para o penico no canto do quarto. – Fiz porque queria fazer e não estava pensando no depois.

– Acho bem difícil acreditar que você, uma pessoa que deseja estabilidade e permanência, embarcaria em um caso de curto prazo.

– Não pensei que seria isso.

– Então o que você pensou?

Victoria olhou nos olhos dele, enxergou a vulnerabilidade que Robert tentava esconder sob a raiva e percebeu como sua resposta era importante para ele.

– Eu não estava pensando com a cabeça – disse ela com suavidade. – Estava pensando com o coração. Olhei para a sua janela e você parecia tão triste...

– Como você tão gentilmente ressaltou – disse ele com amargura.

Victoria ficou em silêncio por um instante, para deixá-lo falar. Então continuou:

– Não foi só por você. Foi por mim também. Suponho que só queria me sentir amada.

A esperança se iluminou nos olhos dele.

– Você é amada – disse ele com fervor, aproximando-se para pegar as mãos dela. – E vai poder se sentir assim todos os dias pelo resto da vida, se você se permitir. Case comigo, Victoria. Case comigo e faça de mim o homem mais feliz do mundo. Case comigo e lhe darei paz e alegria. E – acrescentou ele, baixando a voz para um sussurro rouco – amor. Com certeza, nunca existiu uma mulher mais profunda e verdadeiramente amada do que você por mim.

Victoria lutou contra as lágrimas que ardiam em seus olhos, mas as palavras dele foram poderosas demais, e acabou sentindo o rosto ficar salgado e úmido.

– Robert – começou, sem saber direito o que tentava dizer –, por tanto tempo eu...

– Você pode estar esperando um filho – interrompeu ele. – Já pensou nisso?

– Não tinha pensado – admitiu ela, de repente engolindo em seco. – Mas eu...

– Case comigo – repetiu ele, segurando as mãos dela com mais força. – Você sabe que é a coisa certa a fazer.

– Por que tinha de falar isso? – indagou ela. – Sabe que odeio quando tenta me dizer o que fazer.

Robert deixou escapar um suspiro exasperado.

– Não foi o que quis dizer e você sabe disso.

– Eu sei, é só que...

– É só o quê? – disse ele, afetuoso. – O que a impede, Torie?

Ela desviou o olhar, sentindo-se bastante estúpida.

– Não sei. Casamento é algo tão permanente. E se eu estiver cometendo um erro?

– Se for um erro, você já cometeu – disse ele, lançando um olhar para a cama. – Mas não é um erro. O casamento nem sempre será fácil, mas a vida sem você... – Ele passou a mão pelos cabelos, o rosto revelando a incapacidade de traduzir os pensamentos em palavras. – A vida sem você seria impossível. Não sei de que outro jeito dizer isso.

Victoria mordeu o lábio inferior, sabendo que sentia o mesmo. Apesar de tudo o que ele a fizera passar no último mês, não conseguia imaginar a vida sem os sorrisos tortos dele, o brilho em seus olhos ou o modo como seus cabelos nunca pareciam ter sido adequadamente penteados. Ela olhou nos olhos dele.

– Eu tenho algumas reservas – começou.

– Você não seria humana se não tivesse – disse ele com tranquilidade.

– Mas posso ver que há várias razões para o casamento ser uma boa ideia.

Ela falava devagar, ponderando bem as palavras. Lançou um rápido olhar para Robert, esperando que ele a envolvesse em outro abraço avassalador. Mas ele permaneceu imóvel, perfeitamente ciente de que ela precisava desabafar.

– Para começar – disse Victoria –, como ressaltou, existe a possibilidade de um filho. Foi muito irresponsável de minha parte não pensar nisso, mas não pensei e não há o que fazer agora. Suponho que poderia esperar algumas semanas e ver...

– Eu não recomendaria essa linha de ação – disse Robert, depressa.

Ela conteve um sorriso.

– Não, imagino que não vá me deixar voltar para Londres e não imagino que, se eu ficar aqui...

– Não conseguirei ficar longe de você – disse ele, dando de ombros sem se desculpar. – Eu admito.

– E não vou tentar mentir e dizer que não. – Ela corou – Aprecio suas atenções. Sabe que sempre apreciei, mesmo sete anos atrás.

Ele sorriu, em reconhecimento.

– Mas há outras razões pelas quais devemos ou não nos casar.

– Devemos.

Ela piscou.

– Perdão?

– *Devemos* nos casar. Nada de não devemos.

Victoria estava tendo dificuldade em não rir. Quando ficava ansioso por algo, Robert era mais adorável do que um cachorrinho.

– Preocupo-me que você não vá me deixar tomar minhas próprias decisões – queixou-se ela.

– Tentarei atender suas vontades – disse ele, a expressão solene. – Se eu me tornar um cretino autoritário, dou-lhe permissão para bater na minha cabeça com sua bolsa.

Ela estreitou os olhos.

– Posso ter isso por escrito?

– Com certeza.

Ele cruzou o quarto até a escrivaninha, abriu uma gaveta, pegou uma pena, uma folha de papel e um vidro de tinta. Victoria observou boquiaberta Robert escrever alguma coisa, depois, com um floreio, assinar no final da folha. Então, foi até ela, entregou-lhe o papel e disse:

– Pronto.

Victoria leu:

– Se eu me tornar um cretino autoritário, dou à minha amada esposa, Victoria Mary Lyndon Kemble... – Ela ergueu os olhos. – Kemble?

– Sim, Kemble. Hoje ainda, no que depender de mim. – Ele apontou para algo escrito no alto da folha. – Mas datei como se fosse semana que vem. Você já será uma Kemble até lá.

Victoria evitou fazer algum comentário sobre sua incrível confiança e continuou lendo.

– Vejamos... Victoria Mary Lyndon, certo, Kemble... Autorização para bater na minha cabeça com o objeto que desejar. – Ela ergueu os olhos de maneira questionadora. – Qualquer objeto?

Robert deu de ombros.

– Se eu me tornar um *grande* cretino autoritário, você pode querer me bater com algo mais resistente do que sua bolsa.

Os ombros dela sacudiram quando voltou a olhar para o bilhete.

– Assinado Robert Phillip Arthur Kemble, conde de Macclesfield.

– Não sou um conhecedor das leis, mas acredito que seja legal.

Victoria sorriu com lágrimas nos olhos. Então enxugou-as com um movimento impaciente.

– É por isso que vou me casar com você – disse ela, segurando o papel no ar.

– Porque lhe disse que pode me bater a seu critério?

– Não – disse ela, fungando alto –, porque não sei o que será de mim se não tiver você para me provocar. Tornei-me séria demais, Robert. Nem sempre fui assim.

– Eu sei – disse ele, gentil.

– Durante sete anos não tive permissão para rir. Então me esqueci de como era.

– Vou ajudá-la a se lembrar.

Ela assentiu.

– Acho que preciso de você, Robert. Acho mesmo.

Ele se sentou na ponta da cama e envolveu-a em um abraço terno.

– Eu *sei* que preciso de você, querida Torie. Tenho certeza.

Depois de passar alguns instantes desfrutando o calor dos braços dele, Victoria afastou-se o suficiente para perguntar:

– Você falava sério sobre se casar hoje?

– Com certeza.

– Mas é impossível. Temos de correr os proclamas.

Ele sorriu com malícia.

– Consegui uma licença especial.

– Conseguiu? – Ela encarou-o, pasma. – Quando?

– Há mais de uma semana.

– Um pouco confiante demais, não acha?

– Deu tudo certo no final, não deu?

Victoria tentou adotar uma expressão desconfiada, mas não podia fazer nada quanto ao riso em seus olhos.

– Creio, milorde, que você pode ser considerado um cretino autoritário em razão desse tipo de comportamento.

– Um cretino autoritário ou um *grande* cretino autoritário? Gostaria de saber, já que o bem-estar da minha cabeça depende disso.

Victoria caiu na gargalhada.

– Sabe, Robert, acho que posso acabar gostando de estar casada com você.

– Isso significa que me perdoa por sequestrá-la?

– Ainda não.

– Sério?

– Sim, o perdão só virá depois de eu aproveitar tudo o que a situação tem a oferecer.

Então foi a vez de Robert ter uma crise de riso. Enquanto ele recuperava o fôlego, Victoria cutucou-o no ombro e disse:

– Mas não podemos nos casar hoje.

– E por que não?

– Já passa do meio-dia. Um casamento apropriado deve ocorrer pela manhã.

– Uma regra boba.

– Meu pai sempre foi fiel a isso – disse ela. – Sei muito bem disso porque era obrigada a tocar órgão nas cerimônias de casamento que ele oficiava.

– Não sabia que tínhamos um órgão no vicariato da aldeia.

– Não tínhamos. Isso era em Leeds. E creio que está mudando de assunto.

– Não – disse ele, roçando o nariz no pescoço dela. – Apenas uma digressão temporária. Quanto ao horário do casamento, acredito que só os casamentos convencionais tenham de ser realizados pela manhã. Com uma licença especial, podemos fazer o que quisermos.

– Suponho que eu deveria estar agradecida por estar me unindo a um homem tão extraordinariamente organizado.

Robert suspirou de alegria.

– Recebo os agradecimentos da forma que você desejar.

– Quer mesmo se casar esta noite?

– Não consigo pensar em nada mais interessante. Não temos cartas para jogar e já li a maioria dos livros da biblioteca.

Ela o acertou com um travesseiro.

– Estou falando sério.

Bastou um segundo para Robert prendê-la de costas na cama, seu peso achatando-lhe os seios nus, os olhos cintilantes fixos nos dela.

– Eu também – disse ele.

Ela recuperou o fôlego, depois sorriu.

– Acredito em você.

– Além disso, se não nos casarmos esta noite, terei de desonrá-la de novo.

– É mesmo?

– Sim. Mas você é uma mulher que vai sempre à igreja, filha de um vigário, então sei que vai querer que o número dessas violações pré-nupciais seja o menor possível. – A expressão de repente ficou séria. – Sempre jurei que, quando fizesse amor com você, seríamos marido e mulher.

Ela sorriu e tocou o rosto dele.

– Bem, quebramos essa promessa.

– Suponho que uma vez não seja um pecado tão grande assim – disse ele, voltando sua atenção para o lóbulo da orelha dela. – Mas gostaria de colocar uma aliança em seu dedo antes de ser dominado pela luxúria outra vez.

– Não se sente dominado agora? – perguntou ela com uma expressão incrédula. Não era muito difícil sentir o desejo dele em seu quadril.

Robert riu contra o queixo dela.

– Vou gostar de estar casado com você, Torie.

– Eu... suponho que seja uma boa razão para me pedir em casamento – disse Victoria, ofegante, tentando ignorar os espasmos de prazer que ele suscitava dentro dela.

– Humm, sim. – Robert voltou para sua boca e beijou-a com intensidade, provocando-a, até ela ficar trêmula sob o corpo dele. Então rolou abruptamente para o lado e se levantou. – É melhor eu parar agora – disse ele com um sorriso malicioso –, daqui a pouco não conseguirei me controlar.

Victoria queria gritar que não se importava, mas se contentou em atirar um travesseiro nele.

– Não quero comprometê-la ainda mais – continuou Robert, esquivando-se com facilidade de seu ataque. – E gostaria de lembrá-la – ele se inclinou e beijou-a uma última vez – disso. Só para o caso de você querer mudar de ideia.

– Estou mudando de ideia *agora* – replicou ela, certa de que aparentava estar tão frustrada quanto se sentia.

Robert riu enquanto cruzava o quarto.

– Tenho certeza de que ficará satisfeita em saber que minha pequena precaução me deixou tão desconfortável e insatisfeito quanto você.

– Estou perfeitamente bem – disse ela, erguendo o queixo no ar.

– Sim, claro que está – provocou ele, estendendo a mão para a mala que deixara na mesa de forma descuidada.

Victoria estava prestes a lhe dar uma resposta mordaz quando o rosto dele se fechou e Robert disse:

– Maldição!

– Alguma coisa errada? – perguntou ela.

Ele virou para encará-la.

– Você mexeu nesta bolsa?

– Não, é claro que não, eu não... – Ela ficou vermelha ao lembrar que andara vasculhando as coisas dele. – Bem, na verdade, eu ia bisbilhotar as suas coisas, admito, mas encontrei a banheira antes da sua mala.

– Não me importo que arranque as tábuas do piso, se quiser – disse ele, distraído. – O que é meu é seu. Mas eu tinha documentos importantes nesta mala, e agora sumiram.

Victoria sentiu o peito invadido por uma alegria inesperada.

– Que tipo de documentos? – perguntou com cuidado.

Robert praguejou baixinho mais uma vez antes de responder:

– A licença especial.

Victoria teve a sensação de que não era o momento apropriado para explodir em altas gargalhadas, mas foi o que fez de qualquer maneira.

Robert colocou as mãos na cintura ao virar para encará-la.

– Isso não é engraçado.

– Sinto muito – disse ela, embora não parecesse muito sincera. – É que você... Ah, meu Deus!

Victoria teve outro ataque de riso.

– Deve estar na minha outra mala – declarou Robert. – Maldição!

Victoria enxugou os olhos.

– Onde está a sua outra mala?

– Em Londres.

– Entendi.

– Temos de partir dentro de uma hora.

Ela parecia surpresa.

– Partir para Londres? Agora?

– Não vejo outra opção.

– Mas como vamos chegar até lá?

– MacDougal deixou minha carruagem a cerca de 400 metros daqui antes de seguir para Londres. O fidalgo local sempre foi muito gentil. Tenho certeza de que pode nos ceder um cavalariço para nos levar.

– Você me deixou acreditar que eu estava isolada aqui? – gritou ela.

– Você nunca perguntou – disse ele, dando de ombros. – Bem, então sugiro que se vista. Por mais encantadora que esteja nos trajes atuais, está meio frio lá fora.

Ela puxou o lençol contra o corpo.

– Meu vestido está no quarto ao lado.

– Quer ser recatada agora?

Victoria contraiu os lábios, ofendida.

– Sinto muito por não ser tão cosmopolita quanto você, Robert. Não tenho muita experiência com esse tipo de coisa.

Ele sorriu e deu um beijo afetuoso em sua testa.

– Perdoe-me, perdoe-me. É muito divertido provocá-la. Vou buscar seu vestido agora mesmo. E – acrescentou ele ao abrir a porta – vou deixá-la à vontade para se trocar.

Trinta minutos depois, estavam a caminho de Londres. Robert tinha de se esforçar para não cantar de alegria. Quando voltara com a carruagem, chegara a cantar uma versão bastante desafinada de "Hallelujah Chorus", de Handel. Provavelmente teria terminado a canção se os cavalos não tivessem relinchado de agonia. Robert desistiu, achando melhor não oferecer tortura semelhante aos ouvidos de sua noiva… Sua noiva! Adorava dizer isso. Diabos, adorava apenas pensar nisso.

Sua felicidade era tão grande que não cabia no peito, então de vez em quando esquecia e percebia que estava assobiando.

– Não sabia que você gostava de assobiar – disse Victoria após o quinto assobio.

– Com certeza não sei cantar – respondeu ele. – Então, assobio.

– Acho que não o ouço assobiando há… – Ela fez uma pausa e pensou. – Não me lembro da última vez.

Ele sorriu.

– Não me sinto feliz assim há muitos anos.

Uma pausa, e então ela disse:

– Ah. – Ela parecia incrivelmente satisfeita e Robert sentia-se muito satisfeito por ela estar assim. Ele assobiou por mais alguns minutos, ergueu os olhos e disse: – Percebe como é maravilhoso sentir-se espontâneo de novo?

– Como?

– Quando a conheci, caminhávamos pela floresta à meia-noite. Éramos impetuosos e despreocupados.

– Era tão bom – disse Victoria, terna.

– Mas agora... Bem, você sabe como minha vida é organizada. Sou o homem mais organizado da Grã-Bretanha, como você gosta de dizer. Traço um plano e sempre o sigo. É muito bom fazer algo espontâneo outra vez.

– Você me sequestrou – ressaltou Victoria. – Isso foi espontâneo.

– De modo algum – respondeu ele, gesticulando com a mão para o comentário dela. – Planejei tudo com muito cuidado, pode ter certeza.

– Não com cuidado suficiente para se lembrar das nossas *refeições* – respondeu ela com um pouco de ironia.

– Ah, sim, os mantimentos – ponderou ele. – Um pequeno descuido.

– Não parecia pequeno na ocasião – murmurou ela.

– Você não morreu de fome, não é?

Victoria bateu de brincadeira no ombro dele.

– E você esqueceu a licença especial. Quando todo o propósito do sequestro era se casar comigo, isso constitui uma grande falha no plano, na verdade.

– Não me esqueci de providenciar a licença especial. Só de trazê-la. Com certeza não era minha intenção.

Victoria espiou pela janela. O crepúsculo já se estendia por várias horas. Não chegariam a Londres naquela noite, mas já estariam a menos da metade do caminho.

– Na verdade – disse ela –, estou bastante feliz que tenha esquecido a licença.

– Quer adiar o inevitável o máximo possível, imagino – falou ele.

Estava brincando, mas Victoria sentiu que sua resposta seria importante para ele.

– Na verdade, não – respondeu ela. – Quando tomo uma decisão, gosto de resolver tudo no mesmo instante. É que é bom vê-lo cometer um erro de vez em quando.

– Perdão?

Ela deu de ombros.

– Você é quase perfeito, sabia?

– Por que isso não me soa como um elogio? E, ainda mais importante, se sou tão perfeito assim, por que demorei tanto para convencê-la a se casar comigo?

– *Porque* você é perfeito – disse ela com um sorriso dissimulado. – Pode ser bem irritante. Por que fazer qualquer coisa se você faria melhor?

Ele sorriu maliciosamente e puxou-a contra seu corpo.

– Posso pensar em muitas coisas que você faz melhor.

– Ah, é mesmo? – murmurou ela, tentando não se excitar muito com a maneira como ele acariciava seu quadril.

– Humm. Você beija melhor.

Para provar seu ponto de vista, levou os lábios aos dela.

– Você me ensinou.

– Você fica muito melhor sem roupa.

Ela corou, mas começava a se sentir à vontade o bastante com ele para ousar dizer:

– É uma questão de opinião.

Ele se afastou com um suspiro alto.

– Muito bem. Você costura melhor.

Ela piscou.

– Você tem razão.

– E com certeza sabe mais sobre crianças – acrescentou ele. – Quando formos pais, com frequência terei de aceitar suas opiniões. Eu provavelmente daria para eles uma aula sobre as leis de Newton antes mesmo de deixarem o berço. O que seria inapropriado. Você terá de me ensinar todas as canções de ninar.

O coração de Victoria disparou com aquelas palavras. Sua breve experiência como costureira lhe mostrara como era bom tomar suas próprias decisões. Seu maior medo era que o casamento representasse o fim disso tudo. Mas agora Robert estava lhe dizendo que valorizava suas opiniões.

– E seu coração é maior – disse ele, tocando o rosto dela. – Muitas vezes acabo pensando só em mim. Você sempre pensa nas necessidades dos outros primeiro. É um dom lindo e raro.

– Ah, Robert!

Ela se inclinou para ele, ansiosa pelo calor de seus braços. Mas, antes que conseguisse alcançá-lo, a carruagem passou por um grande buraco na estrada, e ela escorregou.

– Ah! – gritou, assustada.

– Aiii! – grunhiu Robert, sentindo dor.

– Ah, meu Deus, ah, meu Deus – disse Victoria, as palavras saindo apressadas. – O que houve?

– Seu cotovelo – disse ele, arfando.

– O quê? Ah, sinto muito...

A carruagem sofreu outro solavanco e o cotovelo dela se afundou ainda mais na cintura dele. Ou, pelo menos, ela achava que era só a cintura.

– Por favor... Levante-se... AGORA!

Por fim, Victoria conseguiu se desvencilhar dele.

– Sinto muito – repetiu ela.

Então o observou com mais atenção. Ele estava curvado e, mesmo sob a luz fraca, podia ver que estava muito pálido.

– Robert? – disse, hesitante – Você vai ficar bem?

– Não por vários minutos.

Victoria olhou para ele por alguns segundos e arriscou:

– Acertei seu estômago? Juro que foi um acidente.

Ele permaneceu encolhido enquanto falava:

– É uma dor *masculina*, Victoria.

– Ahhhh – disse ela. – Não fazia ideia.

– Não esperaria que você soubesse – murmurou ele.

Outro minuto se passou e, de repente, um terrível pensamento ocorreu a Victoria.

– Isso não é permanente, não é?

Ele balançou a cabeça.

– Não me faça rir. Por favor.

– Sinto muito.

– Pare de dizer que sente muito.

– Mas eu sinto.

– Frio, fome e agora ferimento mortal – disse Robert baixinho. – Algum homem já passou por tantos tormentos quanto eu?

Victoria não viu motivo para responder. Manteve o olhar voltado para a janela, vendo Kent passar. Robert não emitiu nenhum ruído por pelo menos dez minutos e, então, quando ela estava certa de que ele tinha adormecido, sentiu uma batidinha no ombro.

– Sim? – disse ela, virando-se.

Ele estava sorrindo.

– Estou me sentindo melhor agora.

– Ah. Que bom, fico tão feliz por você – replicou ela, sem saber ao certo que tipo de comentário era considerado apropriado numa situação como aquela.

Robert aproximou-se com um olhar faminto.

– Não, eu quis dizer que estou me sentindo *muito* melhor.

Victoria queria que ele parasse de falar tão enigmaticamente.

– Bem, então, fico *muito* feliz por você – disse ela.

– Não tenho certeza de que você entendeu – murmurou ele.

Victoria queria dizer que tinha certeza de que *não* havia entendido, mas, antes que pudesse falar qualquer coisa, Robert puxara suas pernas para o assento e ela estava deitada de costas. Victoria sussurrou o nome dele, ofegante, mas Robert a silenciou com um beijo.

– Estou muito melhor – disse ele contra sua boca. – Muito – beijo –, muito – beijo –, muito melhor. – Então ergueu a cabeça e presenteou-a com o mais preguiçoso e lânguido dos sorrisos. – Gostaria de uma demonstração?

CAPÍTULO 21

– Aqui? – grunhiu Victoria. – Na carruagem?

– Por que não?

– Porque... Porque... É indecente! – Ela tentou se afastar, então murmurou: – Deve ser.

Robert levantou um pouco a cabeça. Seus olhos azuis cintilavam de forma maliciosa.

– Será? Não me lembro de seu pai fazer um sermão sobre o assunto.

– Robert, tenho certeza de que isso é muito incomum.

– É claro que é – disse ele, roçando o nariz no queixo de Victoria. Ela era macia e quente e ainda cheirava a seu sabonete de sândalo. – Normalmente, eu não faria isso aqui na carruagem, mas queria acalmá-la.

– Ah, então é para o meu bem?

– Você estava tão preocupada com os possíveis efeitos permanentes da minha lesão...

– Ah, não – disse ela, tentando recuperar o fôlego. – Estou certa quanto a sua recuperação, posso lhe assegurar.

– Ah, mas quero ter certeza de que não fique com nenhuma dúvida.

Suas mãos envolveram os tornozelos dela e começaram a deslizar pelas pernas, deixando rastros de fogo que queimavam através de suas meias.

– Nenhuma, eu lhe garanto.

– Shhh, só me beija.

Ele mordiscou os lábios dela, as mãos traçando a suave curva dos quadris. Então passou as mãos por baixo dela, agarrando seu traseiro macio.

– Eu pensei... – Ela limpou a garganta. – Pensei que não quisesse fazer isso de novo até estarmos casados.

– Isso – disse ele, movendo-se para o canto da boca dela – foi quando ainda pensava que poderíamos nos casar esta noite. Descobri que tem hora e lugar certos para se ter escrúpulos.

– E este não é um deles?

– Definitivamente não.

Robert encontrou a pele nua das coxas dela e apertou, provocando um suspiro de prazer. Ele gemeu – adorava os sons do desejo dela. Nada inflamava tanto sua paixão quanto ver e ouvir o prazer de Victoria. Sentiu-a arquear-se sob ele, e suas mãos se moveram para as costas dela, onde abriu os botões de forma desesperada. Ele precisava dela... Deus, ele precisava dela *naquele instante*.

Ele abaixou o corpete do vestido dela. Victoria ainda usava a camisola azul como roupa de baixo. Impaciente demais para abrir mais essa outra peça de roupa, abocanhou o seio dela, umedecendo o tecido ao redor do mamilo saliente com a língua.

Victoria se contorcia debaixo dele, murmúrios incoerentes escapando-lhe dos lábios. Ele ergueu a cabeça por um instante para olhar para ela. Os cabelos negros caíam selvagens e livres nas almofadas do banco, e seus olhos azul-escuros estavam quase negros de desejo. Robert foi tomado por uma incompreensível sensação de sufocamento, algo tão forte que não conseguia controlar.

– Eu amo você – sussurrou ele. – E sempre amarei.

Robert percebeu o conflito interno de Victoria e sabia que ela queria dizer o mesmo. Mas algo ainda dominava-lhe o coração, e ela não conseguiu. Ele não se importava; sabia que chegaria a hora em que entenderia seu amor por ele. Mas não suportava vê-la tão aflita, então levou com suavidade o dedo aos lábios dela.

– Não fale nada – sussurrou ele. – Não precisamos de palavras neste momento.

Ele a beijou de novo, a boca ávida e impulsiva. Suas mãos encontraram as roupas íntimas dela, que, em questão de segundos, estavam no chão da carruagem. Ele a tocou, os dedos experientes provocando as dobras de sua feminilidade.

– Ah, Robert! – disse ela, arfando. – O que... Na última vez você não...

– Há muitas maneiras de amar você – murmurou.

Ele a sentiu mais profundamente, maravilhando-se com a maneira como ela reagia ao seu toque. O corpo de Victoria se movia contra ele, fazendo com que seu dedo se aprofundasse cada vez mais. Ela provocava seu desejo com grande intensidade e a pressão em sua calça aumentava. Robert encostou os lábios no ponto de pulsação da têmpora dela e sussurrou:

– Você me quer?

Ela olhou para ele, incrédula.

– Quero ouvir você dizer isso – pediu ele, a voz rouca.

Arfando em busca de ar, ela assentiu.

Robert decidiu que aquilo já bastava e começou a abrir a calça. Ele estava muito excitado, enlouquecido demais de desejo para ainda perder tempo tirando a maldita peça de roupa. Então, em vez disso, simplesmente botou o membro para fora e posicionou-se entre as coxas dela, onde seus dedos ainda a levavam ao paraíso.

Uma das pernas de Victoria deslizou do banco, dando-lhe mais espaço para sondar-lhe a feminilidade. Robert moveu-se para a frente, encaixando só a ponta dentro dela. Os músculos dela convulsionaram, quentes, ao redor dele, e todo seu corpo estremeceu em resposta.

– Eu quero mais, Torie – disse, ofegante. – Mais.

Ele sentiu-a concordar, então investiu de novo, aproximando-se cada vez mais do centro de seu ser, até estar por completo dentro dela. Robert puxou-a firmemente contra si, saboreando em silêncio aquela união. Os lábios dele percorreram o rosto dela até a orelha, e ele sussurrou:

– Estou em casa agora.

Logo sentiu as lágrimas dela em seu rosto, saboreou o sal enquanto rolavam para os seus lábios e perdeu todo o controle. O desejo animal o dominou, e mente e corpo se separaram. Movia-se incansavelmente dentro dela, mas de alguma maneira conseguiu conter sua explosão até senti-la se retesar e gritar sob ele.

Com um gemido alto, ele impulsionou uma última vez, derramando-se dentro dela. Então desabou quase que ao mesmo tempo, os músculos exaustos. Mil pensamentos colidiram em sua mente naquele instante – era pesado demais para ela? Será que ela estava arrependida? *Tinham feito um bebê?* –, mas sua boca estava tão ocupada arfando em busca de ar que não conseguiria falar nem que sua vida dependesse disso.

Quando já podia ouvir algo além de seus corações batendo em uníssono, apoiou-se no cotovelo, incapaz de acreditar no que havia feito. Possuíra Victoria em uma carruagem apertada e em movimento. Não estavam mais completamente vestidos, as roupas estavam amassadas... Mas que diabos, nem mesmo conseguira tirar as botas. Imaginava que devia dizer que sentia muito, mas essa não era a verdade. Como poderia estar sentindo muito quando Victoria – não, Torie – estava deitada sob ele, a respiração ainda ofegante com os últimos vestígios de seu clímax, o rosto quente e corado de prazer?

Ainda assim, sentiu que deveria dizer alguma coisa, então abriu um sorriso torto e falou:

– Isso com certeza foi interessante.

Victoria abriu a boca, a mandíbula movendo-se lentamente como se estivesse tentando dizer algo. Mas não emitiu nenhum som.

– Victoria? – perguntou ele. – Algum problema?

– Duas vezes – disse ela, piscando atordoada. – Duas vezes antes da cerimônia. – Ela fechou os olhos e assentiu. – Duas vezes não tem problema.

Robert jogou a cabeça para trás e riu.

∽

Na verdade, não foram exatamente "duas vezes". Quando Robert conseguiu colocar uma aliança de ouro no dedo anelar da mão esquerda de Victoria, haviam feito amor não duas, mas quatro vezes. Tiveram de parar em uma pousada a caminho de Londres e ele nem sequer se preocupara em consultá-la antes de informar ao estalajadeiro que eram marido e mulher e pedir um quarto com uma cama grande e confortável.

E, então, ele ressaltou que seria um pecado desperdiçar uma cama tão linda e grande.

Casaram-se quase que imediatamente após sua chegada a Londres. Victoria teve de rir quando Robert a deixou na carruagem e foi correndo até em casa buscar a licença especial. Ele voltou em menos de cinco minutos, e então se dirigiram à residência do lorde reverendo Stuart Pallister, filho mais novo do marquês de Chippingworth, e um velho amigo de escola de Robert. Lorde Pallister os casou num instante, concluindo a cerimônia em menos da metade do tempo que o pai de Victoria costumava levar para realizar a tarefa.

Victoria sentia-se muito constrangida quando por fim chegaram à casa de Robert. Não que fosse imponente e grandiosa; como o pai ainda era vivo, Robert ocupara uma das propriedades menores da família. Ainda assim, a casa da cidade era impecavelmente elegante e Victoria tinha a sensação de que morar nos aposentos familiares de uma residência como aquela seria muito diferente do que em um cubículo de preceptora no último andar.

Também tinha receio de que todos os criados a reconhecessem como uma farsa. A filha de um vigário – uma preceptora! Não iriam querer receber ordens suas. Era imperativo que começasse com o pé direito em relação aos empregados de Robert, pois uma primeira impressão ruim poderia levar anos para ser remediada. Só precisava saber como começar.

Robert pareceu entender seu dilema. Na carruagem, enquanto seguiam da casa de lorde Pallister para a sua, deu-lhe um tapinha na mão e disse:

– Agora será apresentada ao seu novo lar como uma condessa. Será muito melhor assim.

Victoria concordou, mas isso não impedia suas mãos de tremerem enquanto subiam os degraus da frente da casa. Tentou controlá-las, mas não obteve sucesso, e a aliança de casamento de repente pareceu muito pesada em seu dedo.

Robert parou antes de abrir a porta.

– Você está tremendo – disse ele, pegando sua mão enluvada.

– Estou nervosa – admitiu ela.

– Por quê?

– Sinto-me como se estivesse em um baile de máscaras.

– E sua fantasia seria... – indagou ele.

Victoria deixou escapar uma risada nervosa.

– De condessa.

Ele sorriu.

– Não é fantasia, Victoria. Você *é* uma condessa. Minha condessa.

– Não me sinto como uma.

– Você vai se acostumar.

– Para você é fácil dizer. Já nasceu nesse meio. Não tenho a menor ideia de como fazer isso.

– Você não passou sete anos como preceptora? Certamente deve ter observado uma ou duas coisas que lady... Não, retiro o que disse – ponderou ele, franzindo a testa. – Não tente imitar lady Hollingwood. É só ser você mesma. Não há nenhuma regra dizendo que uma condessa deva ser severa e presunçosa.

– Tudo bem – disse ela, incerta.

Robert estendeu a mão para a maçaneta, mas a porta se abriu antes de tocá-la. Um mordomo curvou-se em uma grande reverência, murmurando:

– Milorde.

– Acho que ele fica espiando pela janela à minha espera – sussurrou Robert no ouvido de Victoria. – Nunca consegui colocar a mão na maçaneta.

Victoria soltou uma risadinha. Robert estava se esforçando tanto para deixá-la à vontade. Ela, então, decidiu que não o desapontaria. Podia estar apavorada, mas seria uma condessa perfeita a qualquer custo.

– Yerbury – disse Robert, entregando seu chapéu ao homem –, permita-me lhe apresentar minha esposa, a condessa de Macclesfield.

Se Yerbury ficou surpreso, com certeza não deixou transparecer no rosto, que Victoria tinha certeza de que era de granito.

– Minhas mais sinceras felicitações – disse ele, depois virou para Victoria e acrescentou: – Milady, será um prazer servi-la.

Victoria quase riu outra vez. A ideia de alguém servi-la era tão estranha. Mas, determinada a se comportar da forma apropriada, conseguiu conter-se e transformar a risada em um sorriso amistoso.

– Obrigada, Yerbury. É um prazer fazer parte de sua casa.

Os olhos pálidos de Yerbury brilharam de forma mais intensa quando ela disse "*sua* casa". Então, o impensável ocorreu. Yerbury espirrou.

– Ah! – exclamou ele, como se quisesse desaparecer. – Milady, sinto muitíssimo mesmo.

– Não seja bobo, Yerbury – disse Victoria. – É apenas um espirro.

Então ele espirrou de novo, bem quando dizia:

– Um bom mordomo nunca espirra.

Em seguida deu mais quatro espirros em rápida sucessão.

Victoria nunca vira um homem tão angustiado. Com um rápido olhar para Robert, ela avançou e passou o braço pelo do mordomo.

– Venha, Yerbury – disse ela com afeto, antes que ele tivesse a chance de desmaiar em razão de um contato tão íntimo com a nova condessa. – Por que não me mostra a cozinha? Conheço um excelente remédio. Vamos curá-lo rapidinho.

E então Yerbury, o rosto revelando mais emoção do que demonstrara em quarenta anos, levou-a para os fundos da casa, agradecendo-lhe profusamente.

Robert apenas sorriu quando foi abandonado no hall da frente. Foram necessários menos de dois minutos para Victoria cativar Yerbury. Calculou, assim, que o resto da casa já estaria tomado de amores por ela até o anoitecer.

Passaram-se alguns dias, e Victoria ia aos poucos se sentindo mais confortável com sua nova posição. Mas achava que nunca seria capaz de dar ordens aos servos como a maioria da nobreza; passara muito tempo em suas fileiras para não perceber que também eram pessoas, com esperanças e sonhos, assim como ela. Embora os criados nunca tivessem sido informados sobre a origem de Victoria, pareciam sentir que tinha uma afinidade especial por eles.

Uma vez, enquanto Victoria e Robert tomavam café da manhã, uma criada muito devotada insistiu em reaquecer o chocolate matinal de sua senhora porque não estava quente o suficiente. Quando a criada saiu apressada, Robert observou:

– Acho que eles dariam a vida por você, Torie.

– Não seja tolo – disse ela com um sorriso.

Robert acrescentou:

– E não estou bem certo de que fariam o mesmo por mim.

Victoria estava prestes a repetir o comentário anterior quando Yerbury entrou na sala.

– Milorde, milady – disse ele –, a Sra. Brightbill e a Srta. Brightbill chegaram para uma visita. Devo dizer-lhes que não estão em casa?

– Obrigado, Yerbury – disse Robert, voltando para seu jornal.

– Não! – exclamou Victoria.

Yerbury parou de súbito.

– Quem deveria estar no comando aqui? – murmurou Robert, vendo que o mordomo abertamente desconsiderava sua orientação em deferência à da esposa.

– Robert, elas são da família – disse Victoria. – Devemos recebê-las. Ou irá ferir os sentimentos de sua tia.

– Minha tia já é bem calejada e eu gostaria de passar algum tempo sozinho com minha esposa.

– Não estou sugerindo que convidemos Londres inteira para o chá. Só que disponha de alguns minutos para cumprimentar sua tia. – Victoria olhou para o mordomo. – Yerbury, por favor, deixe-as entrar. Talvez queiram desfrutar de nossa refeição.

Robert franziu a testa, mas Victoria podia ver que ele não estava chateado. Em poucos segundos, a Sra. Brightbill e Harriet entraram na sala. Robert imediatamente se levantou.

– Meu adorado, adorado sobrinho! – disse a Sra. Brightbill de forma vibrante. – Que menino travesso.

– Mãe – acrescentou Harriet, lançando um olhar constrangido para Robert –, não creio que ele ainda possa ser chamado de menino.

– Que bobagem, posso chamá-lo do que quiser. – Então se virou para Robert com uma expressão severa. – Tem alguma ideia de como seu pai está aborrecido com você?

Robert sentou-se de novo quando as duas mulheres se acomodaram.

– Tia Brightbill, meu pai está irritado comigo há sete anos.

– Não o convidou para o seu casamento!

– Não convidei ninguém para o meu casamento.

– Isso é irrelevante aqui.

Harriet virou-se para Victoria e disse por trás da mão:

– Minha mãe adora uma justa causa.

– E que causa é essa?

– Indignação justificada – replicou Harriet. – Não há nada de que goste mais.

Victoria olhou para o marido, que suportava a repreensão da tia com notável paciência. Então se virou para Harriet.

– Quanto tempo você acha que ele vai aguentar?

Harriet franziu a testa enquanto ponderava a respeito.

– Eu diria que ele está chegando ao limite.

Como se tivesse ouvido, Robert bateu a mão na mesa, fazendo os pratos vibrarem.

– Já chega! – bradou ele.

A criada parou assustada à entrada da cozinha.

– Não querem mais chocolate? – sussurrou ela.

– Não! – interrompeu Victoria, levantando-se. – Ele não estava falando com você, Joanna. Adoraríamos mais chocolate, não é, Harriet?

Harriet assentiu com entusiasmo.

– Tenho certeza de que minha mãe também. Não é, mãe?

A Sra. Brightbill girou em seu assento.

– Do que está falando, Harriet?

– Chocolate – replicou a filha, paciente. – Não gostaria de tomar um pouco?

– Claro – concordou a Sra. Brightbill, bufando.

– Nenhuma mulher sensata recusaria chocolate.

– Minha mãe sempre se orgulhou de ser muito sensata – disse Harriet a Victoria.

– Claro – falou Victoria. – Sua mãe é muito sensata e sincera.

A Sra. Brightbill sorriu.

– Eu o perdoo, Robert – disse ela com um grande suspiro –, por não ter nos convidado para o seu casamento, mas só porque finalmente mostrou ter o juízo que Deus lhe deu e escolheu a adorável Srta. Lyndon como esposa.

– A adorável Srta. Lyndon agora é lady Macclesfield – disse Robert com firmeza.

– Claro – replicou a Sra. Brightbill. – Agora, como eu dizia, é imperativo que a apresente à sociedade assim que possível.

Victoria sentiu o estômago revirar. Uma coisa era conquistar o coração dos criados de Robert. Seus iguais já era um assunto bem diferente.

– A temporada está chegando ao fim – disse Robert. – Não vejo motivo para não esperarmos até o ano que vem.

– Ano que vem! – guinchou a Sra. Brightbill... E ela sabia guinchar como ninguém. – Você está louco?

– Devo apresentar Victoria aos meus amigos mais próximos em jantares íntimos, mas não vejo por que sujeitá-la a um odioso baile de sociedade quando tudo o que mais queremos é um pouco de privacidade.

Victoria se pegou torcendo fervorosamente para que Robert ganhasse aquela batalha.

– Mas que bobagem – disse a Sra. Brightbill com desdém. – O mundo inteiro sabe que agora está em Londres. Escondê-la daria a impressão de que tem vergonha de sua nova esposa, que talvez tenha *tido* de se casar com ela.

Robert ficou furioso.

– A senhora sabe que não é o caso.

– Sim, claro. Eu sei e Harriet sabe, mas somos apenas duas entre muitos.

– Talvez – disse Robert com suavidade –, mas sempre tive em alta conta sua habilidade em divulgar informações.

– Ele quis dizer que ela fala muito – disse Harriet a Victoria.

– Entendi o que ele quis dizer – disparou Victoria, e logo ficou constrangida porque acabara de chamar sua nova tia de fofoqueira.

Harriet percebeu a expressão envergonhada de Victoria e disse:

– Ah, não se preocupe com isso. Até mamãe sabe que é uma grande fofoqueira.

Victoria conteve o riso e voltou-se para a disputa acirrada que acontecia do outro lado da mesa.

– Robert – dizia a Sra. Brightbill, uma das mãos estendida dramaticamente sobre o peito –, nem mesmo *eu* sou tão eficiente. Terá de apresentar sua esposa à sociedade antes que a temporada acabe. Esta não é só a minha opinião. É um fato.

Robert suspirou e olhou para Victoria. Ela se esforçou ao máximo para disfarçar o terror em seus olhos e temia ter conseguido, porque ele soltou outro suspiro – este infinitamente mais cansado – e disse:

– Muito bem, tia Brightbill. Faremos uma aparição. Mas apenas uma, preste bem atenção. Ainda somos recém-casados.

– Isso é tão romântico – sussurrou Harriet, abanando-se com a mão.

Victoria pegou sua xícara de chocolate e levou-a aos lábios, numa tentativa de esconder o fato de que não conseguia abrir um sorriso. Mas isso só serviu para mostrar como suas mãos tremiam, então pousou a xícara na mesa e olhou para o colo.

– Naturalmente – disse a Sra. Brightbill –, terei de levar Victoria para comprar roupas novas. Ela precisará da orientação de alguém já familiarizado com os costumes da sociedade.

– Mãe! – interveio Harriet. – Estou certa de que a prima Victoria é mais do que capaz de escolher seu próprio guarda-roupa. Afinal, ela trabalhou por muitas semanas para a Madame Lambert, a modista mais exclusiva de Londres.

– Humpf! – fez a Sra. Brightbill em resposta. – Nem me lembre disso. Teremos de fazer o possível para ocultar esse pequeno episódio.

– Não tenho vergonha do meu trabalho – disse Victoria, serena.

E não tinha. É claro que isso não significava que não tinha medo da reação dos conhecidos de Robert.

– E não deveria ter – disse a Sra. Brightbill. – Não há nada errado com o trabalho árduo. Só não precisamos falar disso.

– Não vejo como seria possível evitar esse assunto – ressaltou Victoria. – Atendi muitas damas enquanto trabalhava lá. Madame sempre gostou que eu ficasse na parte da frente da loja por me expressar bem. Com certeza, alguém irá me reconhecer.

A Sra. Brightbill deixou escapar um suspiro resignado.

– Sim, será inevitável. O que devo fazer? Como evitar um escândalo?

Robert, que se sentia um pouco intimidado, voltou a atenção para o café da manhã e comeu um pedaço de seu omelete.

– Estou certo de que dará conta disso, tia Brightbill.

Harriet limpou a garganta e disse:

– Com certeza todos entenderão quando souberem do passado romântico de Robert e Victoria. – Ela suspirou. – Jovens apaixonados, separados por um pai cruel... Não se compara nem mesmo ao melhor dos meus romances franceses.

– Não pretendo arrastar o nome do marquês para a sarjeta – disse a Sra. Brightbill.

– Melhor o nome dele do que o de Victoria – interferiu Robert causticamente. – Ele tem mais culpa em nossa separação do que nós.

– Somos todos culpados – disse Victoria com firmeza. – Assim como o meu pai.

– Não importa quem é o culpado – afirmou a Sra. Brightbill. – Só estou interessada em minimizar os danos. Eu realmente acho que Harriet tem razão.

Harriet sorriu.

– Só me informem onde devo estar e quando – disse Robert com uma expressão entediada.

– Pode ter certeza de que também lhe direi o que falar – replicou a Sra. Brightbill. – Quanto aos detalhes, creio que a festa dos Lindworthies amanhã à noite atende aos nossos propósitos.

– Amanhã? – murmurou Victoria, o estômago de repente tão embrulhado que não conseguiu fazer a voz soar normal.

– Sim – respondeu a Sra. Brightbill. – Todos estarão lá. Incluindo meu adorado, adorado, adorado Basil.

Victoria piscou.

– Quem é Basil?

– Meu irmão – respondeu Harriet. – Não é sempre que está em Londres.

– Quanto mais família, melhor – disparou a Sra. Brightbill. – Só para o caso de Victoria não ser bem recebida e precisarmos nos unir.

– Ninguém se atreveria a destratar Victoria – grunhiu Robert. – A menos que queiram se ver comigo.

Harriet ficou boquiaberta diante da ferocidade atípica do primo.

– Victoria – disse ela –, acho que ele realmente a ama.

– É claro que a amo – retrucou Robert. – Acha que eu teria me dado ao trabalho de sequestrá-la se não amasse?

Victoria sentiu algo se aquecer no peito... Algo que suspeitava ser amor.

– E ninguém iria querer irritar meu adorado, adorado, adorado Basil também – acrescentou a Sra. Brightbill.

Victoria virou para o marido disfarçando um sorriso e sussurrou:

– Receio que ela goste mais de Basil do que de você, querido. Ele recebe três "adorados", enquanto você só recebeu dois.

– Um fato pelo qual agradeço ao Criador todos os dias da minha vida – murmurou Robert.

A Sra. Brightbill estreitou os olhos, desconfiada.

– Não sei do que vocês estão falando, mas juro que não me importa. Ao contrário de alguns dos presentes, sou capaz de manter os pensamentos focados nos objetivos em questão.

– Do *que* está falando? – indagou Robert.

– Compras. Victoria terá de sair comigo agora mesmo se quiser ter um vestido adequado para amanhã à noite. Madame Lambert terá um ataque por aparecermos tão em cima da hora, mas não há o que fazer a respeito.

– Tia Brightbill – disse Robert, encarando-a por cima da xícara de café –, talvez fosse melhor *perguntar* a Victoria se ela está livre.

Victoria conteve um sorriso pela maneira como ele a defendeu. Robert mostrava-lhe de tantas maneiras como a amava. Dos beijos apaixonados ao apoio e respeito incansáveis, ele não poderia deixar seu amor mais claro nem se gritasse. O que ele fez, na verdade. Esse pensamento a fez sorrir.

– O que é tão engraçado? – perguntou Robert, um pouco desconfiado.

– Nada, nada – disse Victoria depressa, percebendo que amava aquele homem.

Não sabia bem como lhe dizer, mas tinha certeza de que era verdade. Tudo o que ele fora quando jovem agora era dez vezes mais como homem, e ela não podia imaginar a vida sem ele.

– Victoria? – insistiu Robert, interrompendo seus pensamentos.

– Ah, sim. – Ela corou de vergonha por ter deixado a mente vagar para tão longe. – É claro que vou fazer compras com a Sra. Brightbill. Sempre tenho tempo para minha nova tia favorita.

A Sra. Brightbill procurou conter uma lágrima emocionada.

– Ah, minha querida, ficaria bastante honrada se me chamasse de tia Brightbill, assim como meu adorado, adorado Robert.

Seu adorado, adorado Robert já parecia ter aguentado o suficiente.

Victoria colocou a mão sobre a mão da senhora.

– Seria uma honra.

– Viu só? – disse Harriet com a voz melodiosa. – Sabia que seríamos parentes. Não lhe disse?

CAPÍTULO 22

A Sra. Brightbill mostrou ser quase assustadoramente organizada, e Victoria se viu levada de loja em loja com a precisão de uma especialista. Era fácil ver de quem Robert herdara a habilidade de traçar um plano e, então, levá-lo a cabo de maneira decidida. Tia Brightbill era uma mulher com uma missão e nada se colocaria em seu caminho.

Normalmente, não teriam conseguido comprar um vestido adequado em tão curto tempo, mas desta vez o passado de classe trabalhadora de Victoria a favoreceu. A equipe da loja da Madame Lambert ficou encantada em revê-la e se empenhou ao máximo para que seu vestido fosse incomparável.

Victoria acompanhava os preparativos um pouco distraída. Agora que concluíra que de fato amava Robert, não fazia ideia de como dizer a ele. Era para ser fácil: ela sabia que ele a amava e ficaria muito feliz, independentemente de como lhe contasse. Mas queria que fosse perfeito e era difícil pensar em algo perfeito com quatro costureiras espetando alfinetes por todo lado. Ainda mais difícil com tia Brightbill dando ordens como um general.

Havia, é claro, a noite, mas Victoria não queria dizer que o amava no calor da paixão. Queria que ficasse claro que seu amor por ele era baseado em mais do que desejo.

Quando se arrumava para o baile, ela ainda não lhe contara. Estava refletindo sobre a questão, sentada à penteadeira, enquanto uma criada arrumava seu cabelo, quando ouviu uma batida à porta e Robert entrou sem esperar resposta.

– Boa noite, querida – disse ele, curvando-se para lhe dar um beijo no alto da cabeça.

– No cabelo, não! – gritaram ao mesmo tempo Victoria e a criada.

Robert parou a cerca de 2 centímetros da cabeça dela.

– Eu sabia que havia um bom motivo para eu ter concordado com apenas uma cerimônia. Adoro bagunçar seu cabelo.

Victoria sorriu, pronta para declarar seu amor por ele naquele instante, mas não queria fazer isso na frente da criada.

– Você está ainda mais linda esta noite – disse ele, esparramando-se numa cadeira próxima. – O vestido lhe caiu muito bem. Deveria usar essa cor com mais frequência. – Ele piscou, distraído. – Como se chama?

– Malva.

– Sim, claro. Malva. Não consigo entender por que as mulheres gostam tanto de inventar nomes tolos para as cores. Rosa serviria perfeitamente.

– Digamos que precisemos de algo com que ocupar nosso tempo, enquanto os homens estão por aí, governando o mundo.

Ele sorriu.

– Achei que fosse precisar de algo para usar com o vestido novo. Não sabia bem o que combinaria com malva. – Ele pegou uma caixa de joias de trás das costas e a abriu. – Mas me disseram que diamantes combinam com tudo.

Victoria arfou.

A criada arfou ainda mais alto.

Robert corou, parecendo um pouco constrangido.

– Ah, Robert! – exclamou Victoria, quase com medo de tocar o reluzente conjunto de colar e brincos. – Nunca vi nada tão lindo.

– Eu já – murmurou ele, tocando seu rosto.

A criada, que era francesa e discreta, deixou o quarto em silêncio.

– São preciosos demais – disse Victoria, estendendo a mão para tocá-los, a admiração nos olhos.

Robert pegou o colar e fez menção de colocá-lo no pescoço dela.

– Posso? – Quando ela assentiu, ele foi para trás dela. – Em que mais, por favor me diga, deveria gastar meu dinheiro?

– Eu... Eu não sei – gaguejou Victoria, adorando sentir as pedras preciosas em seu pescoço, apesar dos protestos. – Tenho certeza de que deve haver algo que mereça mais.

Robert entregou os brincos para que ela os colocasse.

– Você é minha esposa, Victoria. Gosto de comprar presentes para você. Espere muitos outros no futuro.

– Mas eu não tenho nada para você.

Ele se curvou sobre a mão dela e beijou-a galantemente.

– Sua presença em minha vida é suficiente – murmurou ele. – Embora...

– Embora? – insistiu ela.

Queria tanto lhe dar o que ele queria.

– Um filho seria maravilhoso – disse ele com um sorriso sem graça. – Se pudesse me dar um...

Victoria corou.

– Se depender do nosso ritmo, acredito que não teremos dificuldade.

– Que bom. Agora, se puder se esforçar para que seja uma menina parecida com você...

– Não tenho controle sobre isso – disse ela, rindo.

Então seu rosto ficou sério. Estava prestes a dizer que o amava. Cada músculo de seu corpo estava preparado para se atirar nos braços dele e dizer "Eu te amo" várias e várias vezes. Mas não queria que ele pensasse que confundia amor com gratidão, então decidiu esperar até mais tarde naquela noite. Acenderia uma vela perfumada no quarto, esperaria pelo momento certo…

– Por que de repente parece tão sonhadora? – perguntou Robert, tocando-lhe o queixo.

Victoria sorriu, enigmática.

– Ah, nenhum motivo. É só uma pequena surpresa que tenho para esta noite.

– Sério? – Os olhos dele se iluminaram de expectativa. – Durante o baile ou depois?

– Depois.

Ele, então, encarou-a com um olhar semicerrado e sensual.

– Mal posso esperar.

Uma hora depois, estavam preparados para entrar na mansão Lindworthy. A Sra. Brightbill e Harriet estavam logo atrás dos recém-casados; tinham decidido que seria mais fácil todos os quatro irem na mesma carruagem.

Robert virou para a esposa com preocupação nos olhos.

– Ainda está nervosa?

Ela ergueu os olhos para ele, surpresa.

– Como sabia que eu estava nervosa?

– Ontem, quando tia Brightbill declarou sua intenção de apresentá-la à sociedade tão imediatamente, achei que fosse colocar o café da manhã para fora.

Ela abriu um sorriso discreto.

– Fui tão transparente assim?

– Só para mim, querida. – Ele levou a mão dela aos lábios e beijou-lhe sem pressa os nós dos dedos. – Mas não respondeu à minha pergunta. Ainda está nervosa?

Victoria balançou de leve a cabeça.

– Eu não estaria viva se não estivesse um pouco nervosa, mas não, não estou com medo.

Robert sentia tanto orgulho dela naquele momento que se perguntou se a família conseguia perceber seu peito estufado.

– Por que a mudança?

Ela olhou profundamente em seus olhos.

– Você.

Ele teve de se conter para não envolvê-la fortemente nos braços. Deus, como amava aquela mulher. Parecia que a amava desde antes de nascer.

– Como assim? – perguntou ele, sem se importar em ter o coração nos olhos.

Ela engoliu em seco, então disse baixinho:

– Por saber que você está comigo, que o tenho ao meu lado. Você nunca deixaria nada de ruim acontecer comigo.

Robert apertou a mão dela com força.

– Eu a protegeria com minha vida, Torie. Com certeza sabe disso.

– E eu o protegeria com a minha – disse suavemente em resposta. – Mas estamos falando bobagem. Tenho certeza de que estamos destinados a ter uma vida feliz e tranquila.

Ele a encarou com resoluta intensidade.

– Ainda assim, eu iria...

– *O conde e a condessa de Macclesfield!*

Robert e Victoria se afastaram quando o mordomo dos Lindworthies anunciou seus nomes, mas o estrago já havia sido feito. Seria comentado por anos a fio que, na primeira aparição do novo casal da sociedade, eles se devoravam com os olhos. O silêncio tomou conta da sala até que uma velha tagarelou:

– Bem, esses se casaram por amor, com certeza!

Robert sorriu ao dar o braço para a esposa.

– Suponho que haja reputações piores que essa.

Sua resposta foi um sorriso contido.

Então a noite começou.

~

Três horas depois, Robert não estava tão animado. Por quê? Porque tivera de passar as últimas três horas observando a alta sociedade analisar sua esposa. E pareciam analisá-la com grande interesse. Principalmente os homens.

Se mais algum patife miserável se aproximasse e beijasse a mão dela... Robert grunhiu para si mesmo, tentando conter o desejo de afrouxar a gravata. Foi um pesadelo afastar-se e sorrir com serenidade enquanto o duque de Ashbourne – conhecido como o maior libertino de todos – murmurava seus cumprimentos para Victoria.

Robert sentiu a tia colocar a mão em seu braço para controlá-lo.

– Tente se conter – sussurrou ela.

– Está vendo como ele olha para ela? – sibilou. – Tenho vontade de...

– Tudo bem ter *vontade* – rebateu a Sra. Brightbill. – Victoria está se comportando lindamente e Ashbourne nunca foi de flertar com mulheres casadas. Além disso, está atrás de uma americana. Agora pare de reclamar e sorria.

– Estou sorrindo – disse ele com os dentes cerrados.

– Se isso é um sorriso, tremo só de pensar em sua gargalhada.

Robert abriu um sorriso forçado.

– Pare de se preocupar – disse a Sra. Brightbill, batendo de leve em seu braço. – Aí vem o querido Basil. Vou lhe dizer para tirar Victoria para dançar.

– *Eu* vou dançar com ela.

– Não, não vai. Já dançou com ela três vezes. As línguas maldosas já estão comentando.

Antes que Robert pudesse responder, Basil apareceu ao lado deles.

– Olá, mãe, primo – disse ele.

Robert apenas acenou a cabeça para ele, sem tirar os olhos de Victoria.

– Desfrutando seu primeiro compromisso social com a linda esposa? – perguntou Basil.

Robert olhou para o primo, esquecendo-se que Basil sempre fora um de seus parentes preferidos.

– Cale a boca, Brightbill – disparou. – Sabe muito bem que estou vivendo um inferno.

– Ah sim, a maldição de uma bela esposa. Não é curioso que uma moça solteira esteja protegida de olhares lascivos por sua inocência, mas uma mulher casada, que prometeu diante de Deus permanecer fiel a um só homem, seja considerada um alvo legítimo?

– Aonde quer chegar, Brightbill?

Robert olhou para as mãos, depois para o pescoço do primo, avaliando como as primeiras se encaixariam bem em torno do último.

– A lugar algum – disse Basil, encolhendo ligeiramente os ombros. – É que talvez o seu plano de se afastar da sociedade por um tempo seja sábio. Já reparou como os homens olham para ela?

– Basil! – exclamou a Sra. Brightbill. – Pare de provocar seu primo. – Então se virou para Robert. – Ele só está implicando com você.

Robert parecia prestes a explodir. Era uma prova da coragem da Sra. Brightbill não ter tirado a mão de seu braço.

Basil apenas sorriu, obviamente satisfeito por ter conseguido provocar Robert.

– Se me der licença, devo prestar meus respeitos à minha parente preferida.

– Pensei que eu fosse seu parente preferido – disse Robert com sarcasmo.

– Como se você pudesse se comparar – rebateu Basil, balançando a cabeça de forma lenta, quase pesarosa.

– Basil! – exclamou Victoria de maneira carinhosa quando ele chegou ao seu lado. – É um prazer revê-lo esta noite.

Robert renunciou a toda pretensão de um comportamento normal e razoável e chegou ao lado dela com apenas dois passos.

– Robert! – disse ela, e ele concluiu que sua voz tinha sido duas vezes mais calorosa do que quando se dirigira a Basil.

Então sorriu, envaidecido.

– Estava apenas desfrutando da companhia da sua esposa – disse Basil.

– Procure não desfrutar tanto – rosnou Robert.

Victoria ficou boquiaberta.

– Está com ciúmes, Robert?

– De forma alguma – mentiu.

– Não confia em mim?

– É claro que sim – disparou. – Não confio *nele*.

– Em mim? – disse Basil com desfaçatez.

– Não confio em nenhum deles – grunhiu Robert.

Harriet, que estava em silêncio ao lado de Victoria, cutucou-a e disse:

– Viu só? Eu lhe disse que ele a ama.

– Já chega! – exclamou Robert. – Ela sabe. Confie em mim.

– Todos a amamos – disse Basil, sorrindo.

Robert gemeu.

– Não aguento mais tantos parentes.

Victoria tocou seu braço e sorriu.

– E eu não estou aguentando de cansaço. Você se importaria se eu fosse ao toalete por um instante?

Os olhos dele imediatamente se obscureceram de preocupação.

– Você está se sentindo mal? Se estiver, chamarei...

– Não estou – disse Victoria em voz baixa. – Só preciso ir ao toalete. Estava tentando ser educada.

– Ah – respondeu Robert. – Eu a acompanho.

– Não seja tolo. Fica logo ali no fim do corredor. Estarei de volta antes que dê pela minha falta.

– Sempre dou pela sua falta.

Victoria estendeu a mão para tocar o rosto dele.

– Você diz as coisas mais doces.

– Pare de tocá-lo! – disse, ofegante, a Sra. Brightbill. – As pessoas dirão que estão apaixonados!

– E que diabos haveria de errado nisso? – indagou Robert, virando para ela.

– Em princípio, nada. Mas o amor não é nem um pouco elegante.

Basil riu.

– Temo que esteja preso em uma terrível farsa, primo.

– Sem nenhuma chance de fuga à vista – ironizou Harriet.

Victoria aproveitou a conversa para escapar.

– Se me derem licença – murmurou.

Então seguiu pelo perímetro do salão de baile até chegar às portas duplas que levavam ao hall.

A Sra. Brightbill lhe mostrara o toalete mais cedo naquela noite, então Victoria o encontrara com facilidade.

O toalete feminino se dividia em duas partes. Victoria atravessou a antecâmara espelhada e entrou no banheiro propriamente dito, fechando a porta. Ouviu alguém entrar na antecâmara enquanto usava o banheiro e apressou-se, imaginando que a outra dama também precisaria utilizá-lo. Ajeitou depressa as saias e destrancou a porta, um sorriso educado no rosto.

Seu sorriso durou menos que um segundo.

– Boa noite, lady Macclesfield.

– Lorde Eversleigh! – exclamou ela, ofegante.

O homem que a atacara na festa na casa dos Hollingwoods.

Victoria de repente se viu lutando contra a vontade de vomitar. Então redirecionou seus esforços, ponderando que, se tivesse de esvaziar o estômago, miraria nos pés dele.

– Lembra-se do meu nome – murmurou ele. – Estou honrado.

– O que está fazendo aqui? Este é o toalete feminino.

Ele deu de ombros.

– Qualquer dama que tente entrar só encontrará uma porta trancada. Sorte a delas que os Lindworthies têm outro toalete do outro lado da casa.

Victoria passou depressa por ele e tentou abrir a porta, que não se moveu.

– Eu a convido a procurar a chave – disse ele de forma insolente. – Está comigo.

– Ficou louco!

– Não – disse ele, prendendo-a contra a parede. – Só furioso. Ninguém me faz de bobo.

– Meu marido vai matá-lo – disse ela em voz baixa. – Ele sabe onde estou. Se encontrá-lo aqui...

– Ele vai imaginar que está sendo infiel – concluiu Eversleigh por Victoria, acariciando o ombro nu dela com um tipo de ternura repugnante.

Victoria sabia que Robert nunca pensaria o pior dela, principalmente tendo em vista o comportamento passado de Eversleigh.

– Ele vai matá-lo – repetiu ela.

A mão de Eversleigh deslizou até a curva da cintura dela.

– Pergunto-me como conseguiu fazê-lo se casar com você. Que preceptorazinha sorrateira se provou ser.

– Tire as mãos de mim – sibilou ela.

Ele a ignorou, agarrando a curva de seu quadril.

– Seus encantos são óbvios – ponderou ele –, mas você não é a melhor opção para o herdeiro de um marquesado.

Victoria tentou ignorar a ânsia em seu estômago.

– Vou lhe dizer mais uma vez para tirar as mãos de mim – advertiu ela.

– Ou fará o quê? – disse ele, com um sorriso, não acreditando que ela representasse qualquer tipo de ameaça.

Victoria pisou no pé dele com toda a força que conseguiu, e então, enquanto ele uivava de surpresa, ergueu o joelho e acertou-o na virilha. Eversleigh desabou no chão no mesmo instante, sibilando alguma coisa. Victoria teve a impressão de ouvi-lo xingá-la de vadia, mas ele sentia tanta dor que suas palavras não soaram claras. Ela esfregou as mãos e permitiu-se um sorriso satisfeito.

– Aprendi uma ou duas coisas desde nosso último encontro – disse ela.

Antes que pudesse dizer outra palavra, alguém começou a bater na porta. Robert, pensou ela, o que se provou ser verdade quando o ouviu berrar o nome dela no corredor.

Ela agarrou a maçaneta, mas a porta não se mexia.

– Maldição – murmurou ela, lembrando que Eversleigh a trancara. – Só um instante, Robert – gritou ela.

– Mas que diabo está acontecendo aí? – perguntou ele. – Você sumiu há horas.

Certamente não tinham se passado horas, mas Victoria não via motivo para discutir a questão. Queria estar fora do toalete tanto quanto ele.

– Já vou sair – disse em direção à porta. Então virou e viu o corpo patético se retorcendo no chão. – Dê-me a chave.

Eversleigh, mesmo em seu estado emasculado, de alguma forma conseguiu abrir um sorriso irônico.

– Com quem você está falando? – gritou Robert.

Victoria o ignorou.

– A chave! – exigiu ela, fulminando Eversleigh com o olhar. – Ou juro que farei de novo.

– Fazer o que de novo? – indagou Robert. – Victoria, insisto que abra a porta.

Exasperada, Victoria colocou as mãos na cintura e gritou:

– Eu abriria se tivesse a maldita chave!

Em seguida virou para Eversleigh e grunhiu:

– A chave.

– Nunca.

Victoria flexionou o pé.

– Desta vez vou chutar. Aposto que causo mais danos com o pé do que com o joelho.

– Fique longe da porta, Torie! – gritou Robert. – Vou arrombá-la.

– Ah, Robert, queria que você...

Ela pulou para trás bem a tempo de desviar da porta.

Então viu Robert junto à entrada, ofegante pelo esforço e espumando de raiva. A porta pendia de uma das dobradiças.

– Você está bem? – perguntou ele, correndo para seu lado. Então olhou para baixo. O rosto ficou quase roxo de fúria. – O que ele está fazendo no chão? – perguntou, as palavras friamente controladas.

Victoria sabia que não era a hora certa para rir, mas não pôde evitar.

– Eu o deixei assim – disse ela.

– Você se importaria de esclarecer? – pediu Robert, chutando Eversleigh na barriga e plantando a sola de sua bota nas costas do homem.

– Você se lembra da nossa viagem de carruagem voltando de Ramsgate?

– Detalhadamente.

– Não essa parte – disse depressa Victoria, corando. – Quando eu... Ah... Quando eu acertei você por acidente...

– Eu me lembro – interrompeu ele.

A voz estava entrecortada, mas Victoria teve a impressão de detectar algum traço de humor.

– Certo – replicou ela. – Eu tento aprender com meus erros e não pude deixar de lembrar como ficou incapacitado. Então pensei que o mesmo poderia funcionar com Eversleigh.

Robert começou a se sacudir de tanto rir.

Victoria deu de ombros e parou de tentar conter o riso.

– Ele tinha as partes necessárias – explicou ela.

Robert ergueu a mão.

– Não é preciso mais nenhuma explicação – disse ele, rindo sem parar. – Você é muito engenhosa, milady, e eu te amo.

Victoria suspirou, esquecendo-se da presença de Eversleigh.

– E eu amo você – disse ela com um suspiro. – Muito mesmo.

– Se eu puder interromper esta cena tocante... – disse Eversleigh.

Robert o chutou.

– Não pode. – Seus olhos se voltaram para a esposa. – Ah, Victoria, está falando sério?

– De todo o meu coração.

Ele se aproximou para abraçá-la, mas Eversleigh estava no caminho.

– Tem alguma janela aqui? – perguntou ele, virando a cabeça em direção ao toalete.

Victoria assentiu.

– Grande o suficiente para um homem?

Os lábios dela se contraíram.

– Diria que sim.

– Que conveniente. – Robert pegou Eversleigh pelo colarinho e pela calça e colocou metade do corpo dele para fora da janela. – A última vez que atacou minha esposa, acredito que tenha lhe dito que acabaria com você se repetisse seus insultos.

– Ela não era sua esposa na época – disparou Eversleigh.

Robert socou sua barriga, depois virou para Victoria e disse:

– É incrível como isso é bom. Gostaria de experimentar?

– Não, obrigada. Eu teria de tocá-lo.

– Muito esperta – murmurou Robert. Então, voltando a atenção para Eversleigh, disse: – Meu casamento me deixou muito bem-humorado e é só por isso que não o mato agora. Mas se você se aproximar da minha esposa de novo, não hesitarei em colocar uma bala entre seus olhos. Fui claro?

Eversleigh pode ter tentado assentir, mas era difícil dizer, já que estava pendurado na janela de cabeça para baixo.

– Fui claro? – rugiu Robert.

Victoria chegou a dar um passo para trás. Não tinha ideia de que ele ainda estava tão furioso; vinha conseguindo controlar tão bem as emoções.

– Sim, desgraçado! – gritou Eversleigh.

Robert o soltou.

Victoria correu para a janela.

– É muito alto? – perguntou ela.

Robert olhou para fora.

– Não muito. Mas por acaso você sabe se os Lindworthies têm cachorro?

– Cachorro? Não, por quê?

Ele sorriu.

– Parece um pouco sujo lá fora. Estava só curioso.

Victoria levou a mão à boca.

– Você…? Nós…?

– Com certeza fizemos isso. O criado do Eversleigh terá um trabalho danado para lavar o cabelo dele.

Não havia como conter o riso. Victoria curvou o corpo de tanto gargalhar, conseguindo recuperar o fôlego apenas o suficiente para dizer:

– Saia daí para eu dar uma olhada! – Ela olhou pela janela bem a tempo de ver Eversleigh balançando a cabeça como um cachorro enquanto ia embora, praguejando sem parar. Ela saiu da janela. – O cheiro é certamente terrível.

Mas o rosto de Robert tinha ficado sério.

– Victoria – começou meio sem jeito –, o que você disse… Você…

– Sim, falei sério – disse ela, pegando as mãos dele. – Eu amo você. Só não conseguia dizer isso antes.

Ele piscou.

– Você precisava acertar o joelho na virilha de um homem para me dizer que me amava?

– Não! – Então pensou nas palavras dele. – Bem, sim, de certa forma. Sempre tive tanto medo de que você fosse controlar minha vida. Mas aprendi que ter você comigo não significa que eu também não possa cuidar de mim mesma.

– Com certeza você deu conta de Eversleigh.

Ela ergueu ligeiramente o queixo e se permitiu um sorriso satisfeito.

– Dei, não foi? Sabe, acho que não poderia ter feito isso sem você.

– Victoria, você fez tudo isso sozinha. Eu nem estava presente.

– Sim, estava. – Ela pegou a mão dele e colocou sobre seu coração. – Você estava aqui. E me fez forte.

– Torie, você é a mulher mais forte que conheço. Sempre foi.

Ela não tentou conter as lágrimas que rolavam pelo seu rosto.

– Sou muito melhor com você do que sem você. Robert, eu te amo tanto.

Robert inclinou-se para beijá-la, então percebeu que a porta para o toalete ainda estava pendurada na dobradiça. Ele fechou a porta de ligação e trancou-a.

– Pronto – murmurou ele no que esperava que fosse sua melhor voz sensual. – Agora tenho você só para mim.

– Com certeza tem, milorde. Com certeza tem.

Vários minutos depois, Victoria se afastou da boca dele.

– Robert – disse ela –, você percebe...

– Psiu, mulher, estou tentando beijá-la, e não há muito espaço para manobra aqui.

– Sim, mas você percebe...

Ele a interrompeu com a boca. Victoria se rendeu ao beijo dele por mais um minuto, mas depois se afastou de novo.

– O que eu queria lhe dizer...

Ele soltou um suspiro dramático.

– O quê?

– Algum dia nossos filhos vão nos perguntar qual foi o momento mais importante de nossa vida. E vão querer saber onde aconteceu.

Robert ergueu a cabeça e olhou para o banheiro apertado, depois riu.

– Querida, vamos ter que mentir e dizer que viajamos para a China, porque ninguém acreditaria nisso.

Então a beijou de novo.

EPÍLOGO

Vários meses depois, Victoria olhava os flocos de neve pela janela da carruagem, quando ela e Robert voltavam para casa após o jantar em Castleford. Robert não queria visitar o pai, mas ela insistiu que precisavam fazer as pazes com suas famílias antes que pudessem pensar em começar a deles.

O reencontro de Victoria com o próprio pai acontecera duas semanas antes. Tinha sido difícil no início, e Victoria ainda não diria que o relacionamento deles estava reparado, mas pelo menos o processo de cura havia começado. Após aquela visita a Castleford, sentia que Robert e o pai haviam chegado a um ponto semelhante em seu relacionamento.

Ela deixou escapar um suspiro suave e voltou-se para dentro da carruagem. Robert tinha cochilado, os cílios escuros pecaminosamente longos contra as bochechas. Ela estendeu a mão para afastar uma mecha de cabelo do rosto, e ele abriu os olhos.

Robert bocejou.

– Peguei no sono?

– Só por um instante – disse Victoria. Então bocejou também. – Deus, deve ser contagioso.

Robert sorriu.

– Bocejos?

Victoria assentiu.

– Não esperava ficar lá até tão tarde – disse Robert.

– Estou feliz por termos ficado. Queria que você passasse um tempo com seu pai. Ele é um bom homem. Um pouco equivocado, mas ele o ama e é isso que importa.

Robert puxou-a para perto dele.

– Victoria, seu coração é maior do que o de qualquer pessoa que já conheci. Como pode perdoá-lo depois do modo como a tratou?

– Você perdoou meu pai – ressaltou ela.

– Só porque você me obrigou.

Victoria deu um tapa no ombro dele.

– No mínimo podemos aprender com os erros deles. Para quando tivermos nossos próprios filhos.

– Suponho que se for para ver o lado bom das coisas... – murmurou ele.

– Espero que possamos aprender *em breve* – disse ela de maneira enfática.

Robert ainda estava com sono, porque não entendeu a insinuação e apenas assentiu.

– Muito em breve – repetiu Victoria. – Talvez no início do verão.

Ele não era tão tonto para deixar de entender duas vezes.

– O quê? – indagou, ofegante, endireitando-se.

Ela assentiu e colocou a mão dele em sua barriga.

– Você tem certeza? Não ficou enjoada. Eu teria notado se tivesse tido enjoos matinais.

Victoria abriu um sorriso divertido.

– Está desapontado por eu não estar colocando meu café da manhã para fora?

– Não, claro que não, é só...

– Só o quê, Robert?

Ele sentiu um nó na garganta e Victoria ficou surpresa ao ver uma lágrima se formar no olho dele. E ficou ainda mais surpresa quando ele não tentou limpá-la.

Ele se virou para ela e beijou-a com suavidade no rosto.

– Quando finalmente nos casamos, nunca pensei que poderia ser mais feliz do que me senti naquele momento, mas você provou que eu estava errado.

– É bom provar que você está errado de vez em quando. – Ela riu. Então, Robert ficou tenso de repente, surpreendendo-a. – O que foi?

– Você vai achar que estou louco – disse ele, soando um pouco desconcertado.

– Talvez, mas só da melhor maneira possível – provocou ela.

– A lua – disse ele. – Eu poderia jurar que ela *piscou* para mim.

Victoria virou a cabeça para olhar pela janela. A lua pendia grande e baixa no céu noturno.

– Parece perfeitamente normal para mim.

– Deve ter sido o galho de uma árvore cruzando nossa janela – murmurou Robert.

Victoria sorriu.

– Não é interessante a lua nos seguir aonde quer que vamos?

– Existe uma explicação científica para...

– Eu sei, eu sei. Mas prefiro pensar que ela nos segue.

Robert olhou de novo para a lua, ainda surpreso com o fato de tê-la visto piscar para ele.

– Você se lembra de quando lhe prometi a lua? – perguntou ele. – De quando lhe prometi a lua e tudo mais que você quisesse?

Ela assentiu, sonolenta.

– Tenho tudo de que preciso aqui mesmo nesta carruagem. Não preciso mais da lua.

Robert observou a lua seguir a carruagem, piscando mais uma vez para ele.

– Mas que diabos?

Ele ergueu a cabeça procurando um galho de árvore. Não viu nenhum.

– O que foi? – murmurou Victoria, aninhando-se nele.

Robert olhou para a lua, desafiando-a em silêncio a piscar de novo. Mas ela permaneceu debochadamente cheia.

– Querida – disse ele, distraído –, sobre a lua...

– Sim?

– Acho que não importa se você a quer ou não.

– Do que está falando?

– A lua. Acho que ela é sua.

Victoria bocejou, sem se preocupar em abrir os olhos.

– Que bom. Fico feliz em tê-la.

– Mas...

Robert balançou a cabeça. Estava ficando imaginativo. A lua não pertencia a sua esposa. Não a seguia ou a protegia. E com certeza não *piscava* para ninguém.

Mas ele achou melhor ficar olhando pela janela durante o resto do caminho para casa, só por precaução.

CONHEÇA OS LIVROS DE JULIA QUINN

OS BRIDGERTONS

O duque e eu
O visconde que me amava
Um perfeito cavalheiro
Os segredos de Colin Bridgerton
Para Sir Phillip, com amor
O conde enfeitiçado
Um beijo inesquecível
A caminho do altar
E viveram felizes para sempre

Os Bridgertons, um amor de família

Rainha Charlotte

QUARTETO SMYTHE-SMITH

Simplesmente o paraíso
Uma noite como esta
A soma de todos os beijos
Os mistérios de Sir Richard

AGENTES DA COROA

Como agarrar uma herdeira
Como se casar com um marquês

IRMÃS LYNDON

Mais lindo que a lua
Mais forte que o sol

OS ROKESBYS

Uma dama fora dos padrões
Um marido de faz de conta
Um cavalheiro a bordo
Uma noiva rebelde

TRILOGIA BEVELSTOKE

História de um grande amor
O que acontece em Londres
Dez coisas que eu amo em você

DAMAS REBELDES

Esplêndida – A história de Emma
Brilhante – A história de Belle
Indomável – A história de Henry

Os dois duques de Wyndham – O fora da lei / O aristocrata

A Srta. Butterworth e o barão louco

editoraarqueiro.com.br